COMO LER
UM ESCRITOR

John Freeman

COMO LER UM ESCRITOR

55 entrevistas com
grandes autores de nosso tempo

Tradução
Helena Londres

Todos os direitos desta edição reservados à
Editora Objetiva Ltda.
Rua Cosme Velho, 103
Rio de Janeiro – RJ – Cep: 22241-090
Tel.: (21) 2199-7824 – Fax: (21) 2199-7825
www.objetiva.com.br

Título original
How to Read a Novelist

Capa
Mateus Valadares

Imagens de capa
Getty Images

Revisão
Ana Kronemberger
Tamara Sender
Cristiane Pacanowski

Editoração eletrônica
Abreu's System Ltda.

Este volume contém entrevistas publicadas originalmente em duas edições de língua inglesa: Text Publishing (Melbourne, 2012) e Farrar, Straus and Giroux (Nova York, 2013)

CIP-BRASIL. CATALOGAÇÃO NA PUBLICAÇÃO
SINDICATO NACIONAL DOS EDITORES DE LIVROS, RJ

F93c

Freeman, John
Como ler um escritor / John Freeman; tradução Helena Londres. – 1. ed. – Rio de Janeiro: Objetiva, 2013.
309 p. ; 23 cm.

Tradução de: *How to read a novelist*
ISBN 978-85-390-0513-0

1. Romancistas – Entrevistas. 2. Escritores – Entrevistas. 3. Ficção – Autoria. I. Título.

13-02571 CDD: 808.3
CDU: 808.1

Este livro é para o meu pai, que fazia perguntas difíceis.

Sumário

Você e eu. As difíceis lições de idolatrar John Updike

Meu primeiro apartamento em Nova York era em um prédio de tijolos aparentes no Brooklyn, pertencente a uma editora de revista e a seu marido, um homem estudioso e quieto. Na casa deles, eu passava muito tempo em frente de uma estante de livros empoeirada, que ficava paralela à escada. Para conseguir pegar um volume da seção "F", era preciso subir até a metade da escada e se inclinar por cima da balaustrada. Um dia, o marido taciturno e estudioso me pegou espichado por cima da queda de três metros com *Educação sentimental*, de Flaubert, nas mãos. Ele se tornou loquaz. Falou de se perder dentro de Proust durante um verão, quando adolescente, em Fire Island, e de como Tolstói fora uma aventura apaixonante na época da faculdade. Leitor tardio, eu invejava sua biblioteca e esses indolentes verões literários. Perguntei-lhe o que deveria ler. Primeiro, ele puxou um volume de contos de John Cheever, depois me deu *Coelho corre*, de John Updike.

Larguei o Cheever sem terminar: as histórias me pareciam lamuriosas e assertivas demais, os mistérios enunciados mal pareciam misteriosos. Mas Updike era inteiramente diferente. Eu devorei o *Coelho corre* em poucos dias, levando-o para a cidade em um transe acalorado. Na faculdade, eu fora seduzido por Jack Kerouac — a história de Sal Paradise e seu amor pelas estradas americanas. Ali estava o oposto maravilhoso daquele livro — a história de um homem que fez da vida doméstica numa cidade pequena uma prisão para si mesmo, um homem cujo grande ato de contracultura era não sair correndo pela estrada aberta, mas entrar num carro, atravessar a cidade e ir dormir com a amante.

Senti uma conexão imediata com a ação de Updike. Eu morara no leste da Pensilvânia durante seis anos, quando criança, e o abraço circundante da região me parecia um terceiro pai enquanto eu crescia. Agora que era adulto eu conseguia ver como uma vida dessas podia se tornar sufocante. A prosa de Updike mostra isso de modo deslumbrante.

Um livro levou a outro, e em pouco tempo meu gosto por Updike passou a ser mania. Eu lentamente reuni um conjunto quase completo das primeiras edições de seus livros — mais de cinquenta, no total. Minha namorada, perplexa e jamais entusiasmada por Updike, muitas vezes me acompanhava às livrarias para eu pedir o autógrafo. Quando resolvi que também queria ser escritor, fiz o que Updike fizera quarenta anos antes de mim. Saí de Nova York e me mudei com minha companheira para uma casa de ripas de madeira branca, na Nova Inglaterra. Ela arranjou um emprego em pesquisa tecnológica e eu comecei a escrever. Só que não consegui. Em vez disso, passava o tempo todo lendo Updike, cada vez mais consciente de que, na minha idade, ele tinha publicado um volume de versos amenos e um romance curto; mas também cada vez mais consciente da magnífica tristeza de sua obra — das famílias dispersas e destruídas, a repetitiva falta de desejo carnal para aliviar a claustrofobia progressiva de seus personagens. À noite, eu às vezes olhava para as estantes, no nosso quarto, e tinha medo de que elas pudessem desabar com o peso negro de seu conteúdo, asfixiar-nos durante o sono.

De dia, no entanto, o ar ficava limpo e minhas prateleiras, cada vez mais repletas de livros de Updike, se tornavam novamente um farol. Sua diligência e atenção a cada detalhe do mundo visível — tão predominante até no mais pesado de seus romances — foram os temas da minha dissertação de mestrado. Se o próprio Updike me serviu de modelo sobre como me comportar como escritor, seus personagens — com cujas vidas a minha se parecia cada vez mais — eram, para mim, os modelos de como não se comportar como pessoa. Talvez pela repetição da leitura eu pudesse evitar a imolação de relacionamentos que seus personagens provocavam de maneira incessante.

Ao menos era assim que eu pensava. Assumi a tarefa de condensar *Tarzan* para uma editora infantil. Passou pela minha cabeça que o que eu fazia com Updike parecia uma parcela obscura de pirataria: traçava a minha vida em cima da de outro escritor. Do mesmo modo, minha vida pessoal sofria com as tentativas de imitação.

No fim de um dia de trabalho, à medida que o frio da Nova Inglaterra se assentava em baixo das vigas, minha namorada e eu nos atormentávamos um ao outro, cada vez com mais frequência e com rancor. Eu estava infeliz porque não escrevia; ela estava infeliz por motivos que eu não conseguia entender muito bem. Muito embora tivéssemos apenas vinte e poucos anos, começou a pairar sobre nós um sentimento de oportunidades perdidas.

Depois de um ano morando em meio a casais com o dobro da nossa idade, minha namorada e eu já tínhamos visto o suficiente. Mudamos de volta para Nova York. Longe do predeterminado destino cruel do nosso cenário de vida updikeano, sentimos o nosso senso de possibilidades ser recarregado. Resolvi pedi-la em casamento, o que acarretava a necessidade de uma aliança. Pela última vez me voltei a Updike. Eu passara por um expurgo periódico de minhas estantes, atacando minha bibliofilia como um câncer necessitado de uma cirurgia radical. Mas ele sempre voltava, muitas vezes mais denso e mais pernicioso. Dessa vez, entretanto, eu me submeti à incisão mais radical — minha coleção inteira de Updike. Foram necessárias três viagens de táxi, mas, em poucas horas, consegui transportar as três prateleiras inteiras para um sebo de Nova York.

Ao percorrer a Park Avenue num táxi, uma semana mais tarde, com uma pequena caixa de couro vermelha no colo, senti-me purgado e absolvido. Todo o pesar, a sabedoria e a fraqueza que eu absorvera na leitura daqueles livros tinham se resumido em algo eterno e puro: uma aliança de casamento. As lombadas daqueles livros já não iriam mais nos contemplar, julgadoras e melancólicas. Eu estava livre para me tornar o marido que desejava e o escritor que estava destinado a ser — seja lá o que isso significasse. Eu tinha engolido o Updike inteiro e cuspido os ossos.

Fiquei surpreso com a rapidez com que tudo se desmancha. Um ano depois de nos casarmos, minha mulher saiu de casa. Quando as coisas não estavam bem com ela, eu tinha fantasiado sobre morar sozinho, como um jovem Updike, escrevendo em meu sótão. Agora tinha o espaço inteiro só para mim e o enchi de guimbas de cigarro. Enquanto olhava pela janela e fumava, muitas vezes pensei nos livros de Updike que tinha lido nos últimos dez anos, e em como o fato de testemunhar suas rupturas matrimoniais fictícias parecia não me ter feito muito bem. Estudar seus livros me tornara um escritor e um crítico melhores, mas eu tinha repetido os erros de seus personagens na vida.

Minha mulher e eu nos divorciamos no outono. Ela se mudou para a Califórnia, e as leis do Maine — onde tínhamos nos casado — exigiam que um de nós estivesse presente durante os procedimentos finais do divórcio. Fui sozinho de Nova York e passei a noite com os meus futuros ex-sogros, em sua casa na praia, quando comi o jantar de lagosta menos comemorativo da história. Na manhã seguinte, fui para o tribunal com minha sogra, que ficou esperando do lado de fora, no corredor que dava para os gabinetes vazios, enquanto eu cortava o fio legal que ainda me conectava à sua filha.

Não fui direto para casa. Naquela tarde, por um feliz acaso de programação, eu tinha combinado de entrevistar John Updike no Museu de Belas Artes, em Boston. Ele acabara de publicar uma coleção de ensaios sobre arte, chamada *Still Looking*, e a ideia da entrevista era que perambulássemos entre os quadros, para falarmos de arte em tempo real. Não era a primeira vez que eu o entrevistava. Quatro meses depois do meu casamento, conversei com ele a respeito de seu vigésimo romance, *Procurai a minha face*. Eu ficara deslumbrado com sua inteligência delicada, porém colossal, e aliviado por conseguir tratá-lo como um assunto de entrevista, e não como a personalização viva de um sonho abandonado.

Perdi-me a caminho do museu e cheguei tarde. Deparei com Updike me esperando no saguão, vestindo calças cáqui e um casaco esporte. Com pouco mais de 70 anos, ele tinha uma bela cabeleira cheia e a presença física entusiasmada de um homem em boa forma. Passamos por algumas salas, Updike soltava poemas de avaliação em prosa, com um bom humor contagiante — como se surpreso com a facilidade com que sua mente criava felicitações com a linguagem. No entanto, em algum momento, eu comecei a esmorecer, porque ele se voltou para mim e disse: "Isso basta? Quer dizer, você parece bastante cansado. Pelo que sei, você está vindo de Vermont?"

Eu lhe dissera que não era Vermont, mas Maine, e, em resposta à sua pergunta a respeito do que eu fazia lá, contei que estava me divorciando. A entrevista acabou ali mesmo. Updike voltou-se para mim com um sentimento verdadeiro, e sua pose irônica desabou.

"Lamento muito mesmo", disse ele. Updike não me permitiu fazer pouco caso do meu tão recente divórcio, e disse que passara por aquilo uma vez também — fato que eu já sabia —, que tinha sido um inferno. Os conselhos continuaram durante um tempinho, mas foi tão surreal escutá-lo referir-se à sua vida particular que mal consigo me lembrar do que falou.

Aparentemente, no entanto, ele se lembrava. Quando *Terrorista*, seu vigésimo primeiro romance, estava prestes a ser publicado, meu editor no *Australian* me perguntou se eu poderia mais uma vez falar com John Updike. Liguei para o editor dele e fui posto para escanteio, depois insisti, e insisti mais uma vez. Finalmente consegui chegar a seu assessor. Ele passou a ligação do viva-voz para o telefone comum.

Tivemos algumas informações ambíguas por parte de John na última conversa, explicou o assessor. Meus jeans rasgados e a barba de dois dias devem ter sido notados, minha explosão de detalhes pessoais no meio da entrevista — que eu lembrava mais como um pequeno vazamento — possivelmente tinha feito John se sentir desconfortável. Eu devia entender, John era da *velha escola*.

Eu não sabia o que dizer. No início, fiquei sentido, envergonhado, mas logo me tornei mais circunspecto. Se eu não sabia antes, fiquei sabendo naquele momento: era uma quebra de privacidade para todo mundo quando um leitor se volta para um autor, ou recorre a seus livros, usando as soluções vicariamente aprendidas como saída para seus próprios problemas. Essa é a falácia por trás de cada entrevista ou esboço biográfico: amarrar a vida do escritor literalmente ao seu trabalho, ou insistir em que o romance funcione como um substituto para viver realmente os erros pelos quais se deve passar, a fim de aprender como sobreviver da maneira adequada, ou até com felicidade.

Eu convenci o assessor a me deixar ir adiante com a tarefa. A conversa foi bem. Nos sentamos numa sala de conferências tão alta, no meio de Manhattan, que parecíamos viajar num helicóptero. Entre mordidas num sanduíche de peru, Updike descreveu o que ele viu no 11 de Setembro. Eu estava usando meu melhor terno, o terno que usei no meu casamento. Não mencionei esse fato a Updike e interrompi a tempestade de neve de seus poemas em prosa só uma vez. Era um perfeito momento Updike — poderoso e discreto, apenas ligeiramente estranho. Ele não tinha nada a ver com a moldagem ou o significado na minha ficção ou na minha vida. Isso era comigo.

Sempre achei uma experiência eletrizante encontrar romancistas. Não é a mesma coisa de topar com uma celebridade, quando nossos olhos se reajustam aos verdadeiros contornos físicos de alguém visto primordialmente nas telas. Tem mais a ver com perceber que o criador de um mundo fictício, um universo que vive dentro de você como leitor e ao mesmo tempo parece estranhamente incorpóreo, não é tão interior quanto esse mundo, e sim alguém vivo, de carne e osso.

Assim, quis que os textos que escrevi sobre os romancistas descrevessem um encontro, mostrassem ao leitor o que o escritor revelou para mim, por escolha própria, durante uma, duas ou três horas de conversa, às vezes mais. Porém, uma entrevista não é exatamente uma conversa, e sim uma forma de comunicação que está para a conversação assim como a ficção está para a vida. Para funcionar, a ficção precisa obedecer a um conjunto de regras que ela define para si mesma, mesmo que de modo invisível; e, para uma entrevista fluir feito um bate-papo entre duas pessoas, ela também precisa seguir um conjunto de práticas, algumas delas bem contrárias ao modo como aprendemos a interagir naturalmente. Especificamente, que o entrevistador faça todas as perguntas, apresente informações somente para estimular o aprofundamento do assunto e, principalmente, que nenhuma das partes chame atenção para a artificialidade do que está acontecendo. A minha explosão no meio da entrevista com Updike quebrou todas essas três regras.

Romancistas nem sempre promovem o seu próprio trabalho, é importante ressaltar. Sim, Charles Dickens enfiou-se num trem para viajar para cinquenta cidades em cinquenta dias quando seus livros foram lançados. Mas ele era uma exceção. Ele era famoso. O mesmo vale para Mark Twain, Oscar Wilde, Gertrude Stein e, num grau diferente, Ernest Hemingway. E através de sua fama eles ampliaram o poder do romance do século XIX para a esfera pública, falando e escrevendo sobre toda sorte de coisas, mesmo quando o número de leitores de romances literários estava prestes a entrar numa fase de declínio constante.

Na década de 1980, quando as cadeias de livrarias cresceram e o circuito de festivais no Reino Unido começou a se desenvolver, as leituras públicas começaram a ficar populares. Mais ou menos nessa época, Kazuo Ishiguro, um de meus entrevistados, lembrou de quando participou de um evento pela talvez centésima vez, ocupando o palanque de leitura. Ele estava fazendo uma leitura com William Golding, que ganhara o Booker e o Nobel e mesmo assim precisava fazer uma leitura em público. Ishiguro lembra que Golding tremia de nervosismo.

Alguns escritores, como J.D. Salinger e Thomas Pynchon, decidiram evitar expandir papel público. Outros agarraram a oportunidade. Muitos, inclusive Updike, eram ou são evasivos quanto a isso, mesmo que desfrutem da atenção, já que o trabalho que os apresentou ao mundo — ficar sentado sozinho num aposento, em casa — é diametralmente oposto à tarefa de falar sobre ele em público com leitores, jornalistas ou fãs. Quando dei início a esta minha missão, chegando excessivamente preparado, munido de vinte perguntas, muitas vezes por escrito, eu achava que este era no mínimo o jeito mais respeitoso de começar. Mas logo percebi que perguntas preparadas de antemão levam a respostas preparadas de antemão. Aos poucos, a minha lista de perguntas foi diminuindo até que comecei a comparecer às entrevistas depois de ter lido os livros, mas sem uma única pergunta em mente. Isso me forçou a ouvir o que as pessoas tinham a dizer, e significava que poderíamos ter uma conversa de verdade, com toda a imprevisibilidade e o frescor de um bom bate-papo.

Acredito que os verdadeiros contadores de histórias escrevem não porque conseguem, mas porque precisam. Existe algo que querem dizer sobre o mundo que só pode ser dito numa história. Quando chegou a hora de selecionar os trechos que eu queria incluir neste livro, minha preferência imediata foi para aqueles cujos entrevistados sentiam um senso de urgência e necessidade, e cujo trabalho era importante, belo e agradável ao mesmo tempo. Em nossa entrevista, Robert Pirsig usou a palavra *compelido*; ele se sentiu compelido a escrever *Zen e a arte da manutenção de motocicletas*, em parte para manter a própria sanidade. Era seu jeito de transformar as partes díspares do mundo, e da sua experiência, em algo completo.

Este tema — o consolo da narrativa — surgiu constantemente nas entrevistas. Aleksandar Hemon, Peter Carey e diversos outros escritores que entrevisto aqui são oriundos de dois lugares diferentes e percebem um nítido antes e depois em suas vidas. Falam de seus livros como obras literárias, mas também como uma maneira de entender a distância entre esses dois mundos. De manter a memória viva. A função de um entrevistador, descobri, não era preencher esta lacuna — entre o aqui e o acolá, entre o que foi rompido e o que ainda está intacto —, e sim torná-la mais misteriosa. Para alguns escritores, como Toni Morrison, Ngũgĩ Wa Thiong'o ou Louise Erdrich, esta missão de contar histórias sobre um lugar tem dimensão política; tem a ver com tornar visíveis uma história, uma sensibilidade, que a História reprimiu ou obstruiu. Para outros, como David Foster Wallace, a necessidade de escrever veio de sua obsessão com a linguagem, e todas as dimensões subsequentes de seu trabalho originaram dessa chama inicial.

Todas as entrevistas foram escritas com prazo, para jornais ou revistas. Mesmo que eu não estivesse escrevendo para eles, que, pelo menos nos Estados Unidos, não estão muito interessados na primeira pessoa, teria sido pomposo demais incluir-me em excesso nesses textos. Estou presente, imagino, nas perguntas que faço e nas coisas que noto. Estou presente na análise que faço de seus livros, e nas citações que escolhi para dar rumo à narrativa de nossos encontros, como todo entrevistador deve fazer, mas o eu que habito, aquele composto de fatores acidentais ou escolhidos, permanece, espero eu, oculto. Fiz isso com o objetivo de tornar mais fácil para o leitor penetrar na cena e se imaginar como parte da conversa. Alguns desses escritores, como Aleksandar Hemon e Peter Carey, são amigos meus, e para escrever sobre eles precisei me distanciar deles como pessoas. Com outros, como Robert Pirsig, que não era entrevistado havia vinte anos, ou Imre Kertész e Mo Yan, que concedem tão poucas entrevistas, intrometer-me no escopo da entrevista teria sido, francamente, uma afronta.

Também não me concentrei muito sobre o ofício da escrita. O problema com o ofício da escrita como conceito é que ele pode tornar-se, como a ideia de um romance ao tomar conta da mente de um escritor, um ideal excessivo. A madeira é trabalhada de maneira diferente em ambientes diferentes. O mesmo ocorre com a narrativa. Assim, minha outra esperança com estes perfis é de resgatar algum contexto atmosférico à lenda da vida e da obra de um escritor. Uma prateleira cheia de livros passa uma sensação inevitável, que é seu peso e massa; todos os escritores com quem conversei, no entanto, mencionaram o quanto suas obras pareciam provisórias enquanto eram construídas, recordam o quanto se sentiam hesitantes e temerosos a respeito da ideia de conseguir, e especialmente quão aterrorizante é o momento em que o resultado de tantos pensamentos solitários, do acaso e do fracasso, entra no mundo e sai de suas mãos.

A única coisa que um entrevistador pode fazer para capturar o que um escritor realmente faz é deixá-lo falar, contar histórias, pensar em voz alta. Estas entrevistas não têm a intenção de ser perfis biográficos definitivos, e sim vislumbres a partir de uma janela móvel. Escritores estão sempre evoluindo, publicando, e também em diálogo constante, direto ou indireto, uns com os outros. Jonathan Franzen e Jeffrey Eugenides, que moraram em Nova York no começo da década de 1990, me falaram sobre seu esforço mútuo de tentar trazer para a ficção norte-americana a dimensão do romance do século XIX. A grandeza dessa conquista significa que ambos alcançaram o nível de visibilidade que Dickens teve nos EUA e na Inglaterra à sua época. Eugenides deve ser o único escritor literário a aparecer em um *outdoor* na Times Square; Franzen foi o primeiro escritor, desde Updike, a aparecer na capa da revista *Time*. Na maioria das vezes, as conexões que surgiam ao montar essas entrevistas foram mais literárias do que pessoais. Mo Yan foi influenciado por Günter Grass, e ambos se inspiraram em William Faulkner, autor que obviamente serve de norte para Toni Morrison e Joyce Carol Oates, sendo que esta última foi professora de Jonathan Safran Foer, frequentemente caracterizado como alguém que se inspira em David Foster Wallace — por mais que Foer não o tivesse lido até recentemente —, e o próprio Wallace apontava sua bússola para Don DeLillo que, quando o assunto é inspiração, segue a si próprio. E assim por diante.

Esta confraria — a profunda conexão entre um escritor e outro e também leitores — é algo que gera esperança, porque significa que está aberta a qualquer um que seja leitor e planeja tornar-se escritor. Nos treze anos em que escrevi estes perfis, este foi um dos aspectos constantes nas minhas discussões: É um prazer ler — às vezes um desafio, mas há prazer no desafio —, mas os melhores textos são sempre difíceis de produzir. Quer tenham ganhado um Nobel ou Pulitzer, quer estejam trabalhando há dez anos em seu primeiro romance, todos esses escritores ainda ficam chocados toda vez que terminam uma obra, com o fato de que conseguiram terminá-la. Talvez seja por isso que o acaso continue a ser, além do mero esforço, o fator mais citado quando respondem como descobriram sua voz.

No fim, fica impossível separar as duas forças, assim como é muito difícil, mas necessário, separar os escritores de sua obra. Seus corpos são os corpos de sua obra, e mesmo o mais prolífico deles, como Updike, sente-se motivado a lutar contra a morte da luz que fulgura, como diz Dylan Thomas. Como ele escreveu em suas memórias, *Self-Consciousness*, "A ideia de que dormimos durante séculos e séculos, sem um laivo de sonho, enquanto nossos corpos apodrecem e viram pó e a própria lápide marcando nosso túmulo se desfaz em nada, é praticamente tão aterrorizante quanto a própria aniquilação." E, como ele me disse em 2004, "Escrevi muito. Em algum ponto devo ter falado de quase todos os aspectos da minha vida e da minha experiência. No entanto, existe esse medo constante de que aquilo que você deixou de fora não vai ser capturado". Aqui estão, portanto, cinquenta e cinco escritores diferentes tentando explicar o que é que não querem deixar de fora.

Toni Morrison

TONI MORRISON *é a passarela entre o passado e o presente nas letras norte-americanas. Em seus romances* Sula *(1973) e* Amada *(1987) ela evocou brilhantemente a terrível história dos Estados Unidos com a escravatura, e em* Song of Solomon *(1977) e* Jazz *(1992) tece histórias a respeito das barganhas do trabalho forçado e seus efeitos sobre os afro--americanos hoje: o chamado do passado e a necessidade de improvisar o futuro. No começo dos anos 2000, Toni começou a publicar uma série de romances curtos, elípticos, entre eles* Amor, *em 2003, quando me deu esta entrevista, e* Home *(2012). Em todos os seus livros, a linguagem é precisa e poética, Toni é uma descendente direta do modernismo lírico de William Faulkner. Ninguém nos Estados Unidos conhece a estridência e a música do vernáculo americano tão bem. Seus escritos sobre raça e os Estados Unidos — reunidos em livros como* Playing in the Dark *(1992) — servem de meio para compreender como a raça é um constructo, não uma condição genética. Nascida Chloe Ardelia Wofford, em Lorain, Ohio, em 1931, ganhou o Prêmio Nobel de Literatura em 1993.*

Todos os dias Toni Morrison se levanta enquanto os caminhões ainda coletam o lixo em Nova York, quando a tinta dos jornais matutinos ainda mancha os dedos. Se está trabalhando num livro, a autora literária mais fabulosamente elogiada (e talvez mais fabulosamente bem-paga) dos Estados Unidos senta-se com um lápis e um bloco amarelo e escreve até a mão doer. "Eu não gosto do ato de escrever durante longos períodos de tempo", diz a escritora de 73 anos, meio reclinada num divã em seu espaçoso *pied-à-terre* em Manhattan, vestida com uma camiseta branca, um cardigã preto e calças pretas esvoaçantes.

"Algumas pessoas pensam: 'Oh, ela é tão virtuosa, levanta-se tão cedo'", diz Morrison, soltando uma risada de fumante. "Não tem nada a ver com isso. Levanto-me porque: a) o sol se levantou, e b) fico inteligente de manhã. Não consigo fazer nada à noite."

Essa rotina espartana não mudou desde que Morrison começou a escrever. Mãe solteira que trabalhava num emprego na área editorial, no meio de Manhattan, ela acordava às cinco horas — algumas vezes mais cedo — e escrevia durante um tempo antes de acordar os filhos e aprontá-los para a escola. Toni Morrison tem sido uma máquina literária há tanto tempo que é fácil esquecer que ela vive assim há quase vinte anos. O rigor necessário para essa vida dupla ainda está evidente no porte de Toni Morrison, e na impetuosidade de seu olhar, quando ela voltou a um ponto de repouso depois de uma de suas risadas ruidosas.

Toni Morrison tem razão em pôr os pés para cima e rir um pouco. Quando publicou seu romance de estreia em 1970, *O olho mais azul*, ela era uma autora desconhecida de 37 anos. Desde então, publicou outros seis romances, um estudo sobre a negritude, *Playing in the Dark*, e diversos livros infantis, editou várias antologias, escreveu um livro para um musical, *New Orleans*, além de uma peça, *Dreaming Emmett*, e ocupou um posto como professora na Universidade de Princeton desde 1989. Foi duas vezes jurada do National Book Award, ganhou um Pulitzer por *Amada* e se tornou a primeira afro-americana a receber o Prêmio Nobel de Literatura, em 1993.

Graças a essa fenomenal quantidade de trabalho, a urgência financeira daquela época há muito se acabou. O apartamento de Morrison, localizado num prédio municipal reformado, que já foi famoso por abrigar modelos e celebridades, parece menos o santuário de uma escritora que um refúgio exclusivo. Aninhado entre o Soho e Tribeca, o prédio é do tipo em que se mora quando segurança e discrição são importantes. O resto de seu tempo é passado numa casa flutuante no rio Hudson. Não é o tipo de vida desfrutado pela maioria dos escritores. Na verdade, depois de várias décadas de muito trabalho, ela entrou para uma estratosfera das letras americanas talvez só ocupada por John Updike, Philip Roth e Annie Proulx. Não se discute quanto ela recebe por um romance. Do mesmo modo que um restaurante topo de linha cujos preços não são mencionados, só quem convidou sabe quanto é a conta, e ela não diz.

Isso tudo não impede que Morrison continue a pesquisar e escrever incansavelmente. No começo deste ano, ela entregou um de seus melhores romances até agora, *Amor*, e uma pequena mas poderosa história das mulheres e do homem encantador que as possui depois de morto. Como a infame epígrafe de William Faulkner, "O passado não está morto. Não é sequer passado", essas mulheres ficam marinando em lembranças de velhas insignificâncias, recriminações e trapalhadas sexuais.

"Elas estão simplesmente emaranhadas", diz Toni Morrison, faiscando o sorriso malicioso de um titereiro que curte infernizar seu elenco. "Estão emaranhadas nesse homem que as ajudou ou que as feriu, a quem elas permitiram alguns desses ultrajes por causa das benesses que os acompanhavam."

Ao falar do trabalho, a linguagem de Morrison se torna quase acadêmica. Não deixa dúvidas quanto a ser ela a dona do texto, e que as chaves estão com ela. O efeito, em pessoa, é ligeiramente disjuntivo. De estatura baixa, com uma amabilidade de avó, Toni Morrison parece quase doce, mas, quando confrontada com uma questão intelectual, a fala fica mais lenta, a voz cai para um tom grave de sussurro.

Há alguns anos ela usa o cabelo em tranças longas, de alguma forma nodosas, que brotam da cabeça. *Amor* também brotou inteiramente da cabeça de Morrison, o que não é comum. A maior parte dos últimos quatro romances cresceu de matérias saídas dos jornais. O germe de *Amada* (publicado em 1987) foi uma reportagem a respeito de Margaret Garner, em Cincinnati, escrava negra que assassinou a própria filha. *Paraíso* (1998) emergiu de velhos jornais negros em Oklahoma que encorajavam negros libertos a se estabelecerem lá no século XIX. E *Jazz* (1992) foi inspirado numa fotografia que Morrison viu de uma mulher de 18 anos assassinada pelo amante numa festa, por ciúme.

Essa marca de ciúme de vida e morte está em toda parte em *Amor*, cujo título fica mais cheio de camadas à medida que a leitura se aprofunda. O amor sobre o qual Toni Morrison escreve tanto aquece quanto devora, e seus personagens têm de encontrar o equilíbrio entre os dois. Como resultado, a linguagem é tensa, mas apaixonada, cheia de expressões idiomáticas, o turbilhão e o sopro forte dos furacões que devastam a parte da Flórida onde o romance se desenrola.

Toni Morrison se esforça muito para alcançar essa qualidade na prosa, escrevendo à mão, depois digitando o manuscrito no computador e então revisando interminavelmente.

Ex-editora que passou duas décadas na Random House (até meados dos anos 1980), ela reconhece o valor do trabalho de edição e se fia em seu conhecimento para chegar ao polimento. "A linguagem tem de ter sua própria música — não quero dizer ornamento, porque quero que ela funcione sem som, enquanto você lê. Mesmo assim, ela também deve ter aquela qualidade falada: é oral — uma combinação de inglês padrão e a linguagem vernacular das ruas."

Cheia de *flashbacks* e narrações com "Ls" sugados entre os dentes, *Amor* tem uma estrutura que combina com sua linguagem complexa. A informação vaza como pistas em um caso de homicídio; só depois de algum tempo, no livro, os papéis precisos dos personagens se tornam claros, numa estratégia deliberada. Essa "estrutura profunda" é onde Morrison encontra a arte na elaboração dos romances. "As tramas são interessantes, os personagens são fascinantes, o cenário pode ser completamente envolvente", diz Toni Morrison, "mas a arte verdadeira é a estrutura profunda, a maneira como a informação é revelada e retida, de modo que o leitor tem de descobrir as coisas apropriadamente, ou numa estrutura de tempo que faz com que sejam uma experiência íntima".

Nesse sentido, o jogo de esconde-esconde de Morrison com as informações-chave obriga o leitor a entrar numa atmosfera em que as pessoas acham que sabem algo a respeito umas das outras, nos quais a inveja e a paixão se misturam, mas não conseguem se liberar. Nas cidades pequenas, explica ela, "os ódios são grandes, antigos, e as paixões e os silêncios extraordinários são mais profundos, porque têm uma importância tão grande pelo fato de você não poder se liberar".

Morrison tem algum conhecimento dessas comunidades. Ela nasceu como Chloe Ardelia Wofford, em Lorain, Ohio, em 1931. Para escrever a esse respeito, teve de sair de lá. Mudou-se para Washington, D.C., a fim de cursar a Howard University e mais tarde Cornell, em Nova York, onde estudou inglês. Nessa época, conheceu seu futuro marido, o arquiteto Howard Morrison — de quem se divorciou mais tarde. Durante alguns anos, ganhou a vida como professora de inglês na Texas Southern University e depois de volta a Howard, antes de acabar na Random House. Mais tarde se aposentou para voltar a escrever — e ensinar — em tempo integral.

Ao mesmo tempo que Toni Morrison escreve muito sobre comunidades fechadas, a comunidade de seus leitores vem se expandindo, especialmente depois que Oprah Winfrey escolheu um livro seu, não uma vez, não duas, mas quatro vezes, para seu agora fechado clube do livro. Acredita-se que cada seleção tenha aumentado as vendas em um milhão de exemplares.

Acrescente-se a isso o Prêmio Nobel, a adoção de seus livros em faculdades, a ligação a filmes (*Amada*, com Danny Glover, uma jovem Thandie Newton, e, outra vez, Oprah Winfrey) e a avidez geral dos fãs de Toni Morrison, e você tem uma autora que vende números históricos para uma afro-americana.

Ao contrário de Jonathan Franzen, que desdenhou de Oprah e seus telespectadores quando *As correções* foi escolhido para o clube, Toni Morrison foi inteiramente aberta à seleção e nunca achou que isso comprometia a seriedade de sua obra. Ela fica muito impressionada pela transformação feita por Oprah de um programa popular em ferramenta de venda de livros mais poderosa dos Estados Unidos. "Acho que o impacto dela tem sido positivo, de fato, poderosamente positivo, ao lançar as pessoas", diz ela. "Para mim, é simplesmente assombroso que haja uma personalidade de televisão que diz: 'Desligue a televisão e leia um livro.'"

Toni Morrison é sensível ao assunto do Prêmio Nobel, não porque achasse que não o merecia ("Nunca achei que minha obra não o merecesse"), mas porque gostaria que os críticos parassem de medir seu trabalho na cronologia do antes e depois de um prêmio que ela ganhou há quase vinte anos. "Isso não pode autenticar minha obra; pode apenas dizer que eles acharam que meu trabalho era extremamente bom, é tudo o que se pode dizer. E ainda há o fato de que haverá outro no ano que vem. É importante, o dinheiro é fabuloso, mas vamos em frente."

Morrison diz que, vinte anos atrás, ela teria achado que as vendas e a visibilidade do prêmio a teriam compelido a permanecer sob os holofotes e falar pela comunidade negra. Já não acha mais isso. "Agora eles falam muito bem por si mesmos", diz ela. "Como editora, eu sentia essa responsabilidade: ir encontrar novos autores que os agentes não tinham, e eu queria ajudar a publicar e adquirir livros escritos por ativistas, de modo que suas vozes, suas opiniões, suas narrativas, suas análises pudessem ser distribuídas sem terem sido filtradas."

Agora, com seu nível de publicação, Morrison parece estar um tanto ansiosa para se livrar de parte da atenção, olhando esperançosamente para o futuro da literatura americana, que ela considera promissor.

Fala com entusiasmo do trabalho de autores que estão expandindo a ideia do romance americano: escritores como Chant-Rae Lee, Jhumpa Lahiri e Colson Whitehead. Ao mesmo tempo que quase os chama de multiculturais, aplaude o fato de eles ampliarem a paleta da vida americana representada na ficção. Ouvi-la falar dá uma sensação de que parte de Toni Morrison sabe que ela tornou isso possível. Mais importante, a vida dela como leitora não diminuiu. Embora os receba às dezenas, em caixas "cheias de recomendações", Morrison ainda sai para comprar montes de livros. É sua primeira paixão. Como sempre, o que ela mais gosta é de voltar à linguagem.

"O inglês é uma língua poliglota, é isso o que faz com que seja instigante escrever nessa língua; há tantas outras dentro dela, tantos níveis. Quando você chega a romances influenciados nesta ou naquela tradição, para mim é uma delícia, uma absoluta delícia."

Agosto de 2004

Jonathan Safran Foer

JONATHAN SAFRAN FOER *fez sua estreia literária aos 24 anos, com* Tudo se ilumina *(2002), romance maníaco e comovente a respeito de um personagem chamado Jonathan Safran Foer que visita a Ucrânia em busca de uma mulher que salvou a vida de seu avô durante o Holocausto. No livro, Foer é orientado por Alexander "Alex" Perchov, que estropia a língua e fala cheio de poesia a respeito de garotas, do Lamborghini Countachs e de cappuccinos. A obra de Foer muitas vezes combina o elemento cômico ao trágico no mesmo fôlego e explora os limites da língua quando tem de enfrentar enormes perdas.*

Conversei com Foer por ocasião da publicação de Extremamente alto & incrivelmente perto, *seu romance de 2005, que conta a história de um menino cujo pai morre nos ataques ao World Trade Center.*

Nos últimos anos, Foer transpôs sua pesquisa de significado para uma meditação não fictícia sobre a moralidade do que comemos, Comer animais *(2009) e* The New American Haggadah *(2012), um novo relato do texto judaico que é a crônica do êxodo dos israelitas do Egito e apresenta a ordem do Seder de Pessach. Nascido em 1977, em Washington, D.C., Foer mora no Brooklyn com a mulher, a romancista Nicole Krauss.*

São 10h15 de uma manhã de sexta-feira na Stuyvesant High School, em Manhattan, e os mais velhos da turma do terceiro período de inglês estão inquietos. Enquanto entram na sala de aula, vislumbram um homem pequeno, bem-vestido, usando suéter preto e jeans, sentado lá na frente. A campainha toca e ele se apresenta.

"Olá, sou Jonathan Safran Foer, e não sou um escritor morto, mas um autor vivo." Risadinhas. Mas, assim que elas param, há silêncio. Os alunos leram o primeiro romance de Foer, *Tudo se ilumina*, e receber o autor ali em pessoa era como ter Holden Caulfield, de *O apanhador no campo de centeio*, como convidado. E depois descobrir que na realidade se tratava de J. D. Salinger disfarçado.

Mas hoje há algo mais que faz com que a aparência de Foer seja especialmente carregada. Ele está aqui para falar do romance *Extremamente alto & incrivelmente perto*, sobre um menino de 9 anos cujo pai morre durante os ataques terroristas do 11 de Setembro. Há três anos e meio os alunos daquela sala começavam seu primeiro ano de escola secundária quando dois aviões se chocaram contra o World Trade Center, a cerca de 400 metros dali. Perto o suficiente para fazer as janelas da escola explodirem quando as torres caíram.

Hoje, o local do Marco Zero é um canteiro de obras vazio. Na sala, o assunto daquele dia também é um vazio. Sentindo o nervosismo dos alunos, Foer lê as páginas iniciais de seus dois livros, um após o outro, e começa a falar das semelhanças entre eles. Mãos se levantam, e estudantes entusiasmados dão partida a uma ampla discussão sobre literatura.

Nesse sentido, Foer representa um herói literário inverossímil. Ele quer ser acessível; ele quer que a turma acredite que também ela pode projetar a voz através de séculos. Por meio de tragédias, se quiserem.

Foi exatamente isso que Foer fez em *Extremamente alto & incrivelmente perto*, que traça seu caminho pelo coração ainda ferido do 11 de Setembro. O romance é conduzido por um jovem nova-iorquino precoce chamado Oskar Schell, que busca a fechadura que será aberta pela chave que ele acredita ter sido deixada por seu pai, morto porque compareceu a uma reunião no restaurante Windows of the World.

Oskar lida com a dor mantendo a cabeça a todo vapor. Ele inventa chaleiras que falam, escreve cartas para seus heróis, como Stephen Hawking, e conversa com todo mundo que encontra. "Você tem a impressão de que, se a mente dele parar de girar", disse Foer, depois, sentado numa lanchonete no Brooklyn, "ele se autodestruirá, como ocorre com os castores cujos dentes crescem para dentro do cérebro se eles param de mastigar".

Mais uma vez, Foer escreve a respeito da perda, e como, sob a pressão da perda, a linguagem se torna um recipiente malvedado para o significado. A avó e o avô de Oskar, sobreviventes de Dresden, cujas histórias se desenrolam ao longo da trajetória de Oskar, inventam uma linguagem que isola os fatos dos quais não querem falar. Quando isso não dá certo, escrevem cartas. E quando nem isso funciona, eles já não são mais um casal.

Foer não consegue deixar de dramatizar essa preocupação. Ele responde às perguntas de modo tão deliberado e enigmático — muitas vezes com metáforas e histórias — que parece uma "bola oito mágica" humana.

Sentado no jardim da casa geminada em que mora com a mulher, Foer tenta explicar sua obsessão com obliterações. "Lembro, quando criança, que eu costumava ler a lista telefônica e pensar que, em cem anos, todas aquelas pessoas estariam mortas."

Pergunto se ele achava aquilo mórbido. "Não sei. Escrevo sobre coisas de que tenho medo agora porque algumas vezes elas acabam sendo as mesmas coisas de que todos têm medo."

Tirando esse medo, Foer cresceu como um monte de meninos judeus de classe média de um determinado período: esperava-se que tivesse sucesso. O Holocausto tinha acontecido havia uma geração. Os três filhos da família frequentaram universidades da Ivy League, de altíssimo nível. Não eram ricos, mas de classe média abonada. Os irmãos são todos escritores.

Mesmo assim, apesar desse apoio e do privilégio, algo se perdeu. É por isso que, durante a faculdade, Foer fez uma viagem à

Ucrânia e idealizou uma jornada ao *shtetl*, ou aldeia, de seu avô, e então imaginou ele mesmo imaginando sua trajetória para aquele passado. A interação entre essas duas atividades se transformou em *Tudo se ilumina.*

Embora o mundo agora conheça esse livro como um enorme sucesso, essa não é a impressão de Foer, que até quatro anos antes era um recepcionista que ganhava 12 mil dólares por ano. "Fui recusado por seis agentes; finalmente uma disse sim. Ela submeteu o romance a todas as editoras de Nova York. Todas o recusaram. Eu ficaria feliz só com o fato de ser publicado." Ao contrário, depois de algumas revisões e de uma nova agente, o romance se tornou um best-seller e uma das estreias mais comentadas de 2002.

Entretanto, se *Tudo se ilumina* recebeu algumas das críticas mais elogiosas entre os romances de estreia da última década, *Extremamente alto & incrivelmente perto* recebeu um tratamento definitivamente mais duro em Nova York, antes que o resto do país reagisse de modo bem mais positivo.

Depois, perguntei a Foer como ele entendia aquelas farpas iniciais. "Acho que estamos num ponto realmente destrutivo da cultura norte-americana, em que não temos apenas que criticar alguma coisa; temos de matá-la."

De qualquer modo, a reação ao livro de Foer mostra que ele tocou em um nervo. Longas filas o saúdam em suas leituras, e ele costuma receber cartas de pessoas cujos entes amados morreram.

Pegue o trem de volta a Manhattan, da casa de Foer e — num minuto ironicamente breve — você sentirá medo quando passar perto da cratera desobstruída das fundações, diante das janelas do esqueleto da estação, esmagada com a queda das torres. Tudo é poeira, é marrom, é vazio.

Julho de 2005

Haruki Murakami

HARUKI MURAKAMI *é um romancista japonês, autor de contos, tradutor, jornalista e ex-dono de um clube de jazz. Ele se inspirou para escrever seu primeiro romance,* Hear the Wind Sing *(1979), enquanto assistia a um jogo de beisebol. Parou de fumar, abriu mão de seu clube de jazz e começou a explorar os cantos escuros e estranhos da imaginação humana. Então passou a correr, atividade que foi o tema de seu livro de 2008,* Do que eu falo quando eu falo de corrida, *e que foi o ponto de entrada para esta entrevista. Suas obras vão de fantasias surrealistas, como* Caçando carneiros *(1982) e* Hard Boiled Wonderland and the End of the World *(1985), a tratamentos divertidos e sensuais das anomias da juventude, como* Norwegian Wood (1987) *e* Minha querida Sputnik *(1999). Os livros são cheios de gatos, jazz, massas, intervenções alienígenas e portais para outros universos. Sua melhor obra —* The Wind-Up Bird Chronicle *(1997) — é uma magistral combinação de todas as suas formas de narrativa: brincalhão e, mesmo assim, repleto de horror pela violência que gerou o Japão moderno. A publicação de seu último romance,* 1Q84, *um projeto maciço em três volumes, escrito em parte como resposta ao livro de George Orwell, foi um fenômeno mundial.*

Algumas pessoas têm revelações na igreja, outras no alto das montanhas. A de Haruki Murakami veio em 1º de abril de 1978, na colina coberta de grama atrás do estádio de beisebol Jingu, no Japão. E se ele tentasse escrever um romance?

Trinta anos e quase três dezenas de livros depois, ficou claro que Murakami atendeu ao chamado certo. Seus romances estranhos e maravilhosos, de *Caçando carneiros* a *Após o anoitecer*, são sucessos *cult* pelo mundo inteiro e foram traduzidos para 48 línguas.

Mas, como ele descreve em suas novas memórias, *Do que eu falo quando eu falo de corrida*, essa explosão de produtividade teria sido impossível se não fosse pela chegada simultânea — há tantos anos — de outra revelação, manifestação divina improvável para um fumante de três maços por dia: e se eu começasse a correr?

Sentado no saguão pouco iluminado de um hotel, no meio de Manhattan, depois de acordar, dar uma corrida e ter concedido outra entrevista, o enérgico romancista de 59 anos explica como aquilo que começou como uma intuição se tornou o princípio que organizaria sua vida.

"Tenho uma teoria", diz ele, numa profunda voz de barítono. "Se sua vida for muito repetitiva, sua imaginação funciona muito bem. Fica muito ativa. Então eu me levanto cedo todos os dias, sento-me à minha mesa e estou pronto para escrever."

Quando fala a respeito de sua obra, Murakami parece uma mistura estranha de existencialista, atleta profissional e orador motivacional. "É como ir para o quarto escuro", diz ele, com a voz mais lenta. "Entro naquele quarto, abro a porta, e está escuro, completamente escuro. Mas dá para eu enxergar alguma coisa, consigo tocar em algo e voltar para este mundo, para este lado, e escrever a respeito disso."

Faz uma longa pausa, tipo silêncio de quacre, e acrescenta uma advertência: "Você tem de ser forte. Você tem de ser duro. Você tem de estar confiante em relação ao que está fazendo, se quiser entrar naquele quarto escuro."

Mesmo quando não está no Japão, a vida de Murakami parece não mudar. Ele se levanta cedo, escreve durante várias horas, corre e passa a tarde traduzindo literatura. Traduziu *O grande Gatsby*, *O apanhador no campo de centeio* e, mais recentemente, *Adeus, minha adorada*, de Raymond Chandler.

A natureza padronizada de seus dias não podia ser mais diferente da de seus personagens. Murakami escreve sobre pessoas que foram jogadas de escanteio na vida, por acaso ou por circunstâncias esquisitas. *Kafka à beira-mar* tem gatos falantes. *After the Quake* inclui uma história sobre um homem que acredita que um sapo gigante domina Tóquio.

Sob alguns aspectos, no entanto, embora ele tenha uma rotina, Murakami sabe como o destino pode mudar uma vida. Dois eventos fizeram uma enorme diferença em sua própria vida. O primeiro ocorreu no fim dos anos 1980. Cansado do que ele chamava "bebedeira e bajulação" da sociedade literária de Tóquio, da qual não fazia parte, Murakami saiu do país e escreveu um romance, *Norwegian Wood*.

"Vendeu muito bem, muito bem mesmo — demais", diz ele, rindo. "Dois milhões de exemplares em dois anos. Assim, algumas pessoas me odiaram ainda mais. Intelectuais não gostam de um *best-seller*." Murakami ficou mais tempo fora, mudou-se para os Estados Unidos, e aí veio 1995.

Durante aquele ano, o Japão sofreu um desastre financeiro e um ataque terrorista no metrô. Murakami voltou para casa e passou um ano escutando as vozes dos sobreviventes. Acabou canalizando-as para a história oral *Underground*. A experiência o transformou e mudou o modo como ele descrevia seus personagens. "Sabe, muita gente não escuta a história dos outros", diz ele. "A maior parte acha que essas histórias são chatas. Mas, se você fizer um esforço para escutá-las, as histórias são fascinantes." Desde então, Murakami não apenas tem descrito personagens de uma maneira diferente — ele abre o guichê, de vez em quando, como gosta de dizer. Durante dois meses do ano responde aos e-mails dos leitores. "Eu simplesmente queria conversar com os meus leitores", confessa, "escutar suas vozes."

E aí o fecha. A determinação de escrever ainda emana dele em ondas. Quer que cada livro seja diferente, melhor que o anterior.

Murakami acaba de terminar um romance enorme a respeito do horror, *1Q84*, "duas vezes mais longo que *Kafka à beira-mar*", afirma, e que será publicado no Japão em maio do ano que vem.

Enquanto isso, duvida que apareça outra revelação. "Consigo me lembrar de como foi", diz ele a respeito de escrever seu primeiro livro. "É uma sensação muito especial. Porém, acho que uma vez basta. Acho que todo mundo recebe essa revelação uma vez na vida. E temo que muitos a percam."

Dezembro de 2008

Richard Ford

RICHARD FORD *nasceu no Mississippi, estudou em Michigan e morou pelos Estados Unidos, de Montana a Nova Jersey, e mais recentemente em Nova Orleans e no Maine. Sua obra está cheia de andarilhos (*A Piece of My Heart, *1976), pensadores independentes (sua trilogia de romances a respeito de Frank Bascombe, ex-comentarista de esporte que mora nos subúrbios de Nova Jersey) e homens perturbados pelo casamento (diversos de seus contos).*

Ford começou a escrever contos encorajado por seu amigo, o escritor Raymond Carver. Rock Springs *(1987), a coleção que daí resultou, talvez seja o melhor livro de Ford. Tem uma clareza solitária que permite que Ford espie a vida dos homens desesperados e violentos com uma graça misteriosa.* O sal da terra *(2006), o último dos livros sobre Bascombe, foi o motivo desta entrevista. Muitos anos mais tarde, em 2012, Ford voltou ao mundo das planícies agrestes e do norte com* Canada, *que conta a história de um menino que desaparece e é levado para Saskatchewan quando os pais são presos por roubarem um banco.*

Richard Ford parou de escrever. Totalmente. Na verdade, desde que terminou *O sal da terra*, seu terceiro romance sobre Frank Bascombe, o romancista americano ganhador do Prêmio Pulitzer tem feito praticamente qualquer coisa, menos escrever.

Ford e sua mulher, Kristina, passaram o último inverno reconstruindo casas em sua antiga cidade, Nova Orleans, ainda na luta pela recuperação depois do furacão Katrina. Nos últimos tempos, Ford tem assistido às finais de basquete universitário. Ele joga *squash* na cidade de Nova York. Quanto a escrever, está esgotado.

"Ele me esgotou totalmente", diz Ford, aos 63 anos, a respeito de *O sal da terra*, sentado na sala de estar de sua casa em Riverdale, rodeado por objetos antigos e pela mobília que costumava ornamentar sua casa no Garden District, em Nova Orleans. As janelas dão para o rio Hudson, que passa deslizando vagarosamente.

"Quando acabei o livro, eu estava fisicamente doente e continuei assim durante vários meses."

Alto e magro, vestido com uma camisa roxa e calças Levis, Ford não parece exatamente devastado. Mas não é bem sobre isso que ele fala.

"Eu realmente esgoto todos os recursos que tenho ao escrever um livro, de modo que não apenas preciso sair e encontrar outras coisas sobre as quais escrever, mas tenho de restabelecer toda a minha vocação."

Ultimamente Ford tem curtido o que ele uma vez descreveu em um artigo para o *New York Times* como "um período pródigo longe da escrita".

"As pessoas meio que me perguntam se eu escreveria isso ou se escreveria aquilo. Em princípio, eu adoraria escrever, mas não tenho a menor vontade de fazê-lo. O máximo que consigo é mais ou menos me preparar para as minhas aulas em Columbia."

Dentro do panorama um tanto *workaholic* dos Estados Unidos literário, onde cada vez mais livros são vendidos em grandes atacadistas, como Costco e Walmart, onde as editoras gostam de ter edições prontas, em capa dura, quando a brochura de um livro anterior do autor chega às lojas, a abordagem de Ford é incomum. Alguns podem até argumentar que é ruim para os negócios.

Mas Ford jamais gostou da trilha do escritor como carreirista, nem jamais a seguiu. Seu primeiro romance foi meio que um tipo gótico neofaulkneriano; o segundo pode ser caracterizado como livro de suspense. Ele começou a escrever contos tardiamente, em parte porque Raymond Carver o encorajou. "Lembro-me de mostrar a ele meu primeiro conto", diz Ford a respeito de "Rock Springs". "No início, ele não gostou. Eu lhe disse que ele estava enganado. Ainda consigo vê-lo resmungar, fumando um cigarro. 'Pode ser, pode ser.'"

Quando o trabalho inicial de Ford o categorizou como um escritor sulista, ele fechou a butique, se mudou para outro lugar e escreveu romances como *Wildlife* e coletâneas de contos como *Rock Springs*. Quando foi classificado como escritor do oeste, lá veio o primeiro romance de Bascombe, *The Sportswriter*, ambientado em Nova Jersey, um romance a respeito dos subúrbios.

"Nova Jersey, o único lugar que eu gostaria que tivesse me reivindicado, nunca o fez", diz Ford rindo, olhando pela janela para o estado, do outro lado do Hudson, com o rosto retorcido numa expressão irônica de negligência dolorosa. "Sento-me aqui e olho para lá ansiosamente, esperando a chamada."

Ford pode brincar com isso, porque Nova Jersey não é exatamente o lugar de onde ele está falando — como diria Carver. Além de Nova Jersey, Ford tem reivindicações da Califórnia, de Chicago e do delta do Mississippi, onde comprou uma casa colonial e morou durante algum tempo. "Eu realmente gostei de lá", diz ele. "Mas fiquei preocupado com a sua conveniência, e achei que não seria bom para um jovem escritor." Além disso, ele morou em Paris, Massachusetts, Michigan e Montana, e ainda mantém uma casa no Maine, onde mora agora durante a maior parte do tempo.

Parte dessa perambulação é apenas uma busca de novos estímulos; outras vezes, envolveu a carreira da mulher com quem é casado há quase quarenta anos, Kristina. Ford a menciona com frequência, e, durante a entrevista, ela fica sentada na cozinha, lendo o romance *Grana*, de Martin Amis. Todos os livros de Ford são dedicados a ela.

"Kristina tem tido uma vida profissional maravilhosa", diz ele. "Ela foi chefe de planejamento municipal de Missoula; foi professora na New York University; foi chefe de planejamento municipal de Nova Orleans. Então nós perambulamos por aí depois desses empregos."

O resultado de todas essas mudanças — fora um depósito em Montana que Ford duvida que jamais abrirão — é que ele desenvolveu em sua prosa um timbre, uma textura e um sabor de cultura americana que, inesperadamente, são uma exclusividade sua, e é profundamente americano.

Depois de Rabbit Angstrom, de John Updike, poucas personagens comuns na ficção norte-americana pós-guerra captaram a imaginação do público leitor como Frank Bascombe. Carregando o fantasma da morte prematura do filho, em meio a uma mudança de carreira, um divórcio e depois uma doença, Bascombe claudica para *O sal da terra* e devora os Estados Unidos numa grande mirada.

Ford diz que gostou de ficar durante tanto tempo na companhia de Bascombe, mas discorda da ideia de que esses três livros mostraram qualquer tipo de desenvolvimento do seu herói. "Não passa de um tipo de alegoria algumas pessoas acharem que nossa vida é contínua. Provavelmente não passa de algo que a gente inventa para se consolar."

Em *O sal da terra*, Frank entra no que Ford chama de "o período permanente". Período em que cessa qualquer ilusão pessoal de se assentar, em que todas as ramificações no caminho — ou a maior parte — foram examinadas, e o que permanece é apenas, como sugere o título, a disposição do terreno.

O que Ford mede não é apenas a vida interior de Bascombe, mas a paisagem dos Estados Unidos. Em *The Sportswriter*, que se passa nos anos 1980, há um sopro de promessa e de dinheiro próprio dos Estados Unidos da era Reagan. Em *Independence Day*, que se passa durante os anos 1990, há uma profunda nostalgia e floração pastoral. *O sal da terra*, escrito durante a ansiedade dos anos finais de 2000, perde-se em shoppings e SUVs, os fungos das lanchonetes de fast-food e lojas a varejo de marcas. Ford afirma que, propositalmente, põe esses detalhes no romance. "Essa é uma das grandes liberdades de escrever esse livro. Tenho uma memória que retém bastante e um ouvido muito preciso para a estranheza da linguagem. Eu simplesmente poderia colocar tudo ali. Tudo isso que carrego comigo por aí."

"Toda essa nomenclatura é um tipo de rapsódia. Mas não acho que seja uma rapsódia passiva. Poderíamos, como muitos de nós fazemos, viajar pelos Estados Unidos e dizer: 'Puxa, que bagunça. Olhe o que fizeram com o meio ambiente, olha como isso está uma ruína.' Se você resolve que vai ser mais um agente afirmativo, uma das coisas que pode fazer é se responsabilizar por aquilo. Aceita-o como algo que, de um modo ou de outro, você desejou."

Num país como os Estados Unidos, onde a história, como escreveu o filósofo francês Bernard Henri-Levy, é sentida como uma espécie de vertigem, isso é pensar contra a natureza. Essa ideia de que o país poderia atingir um período permanente, para melhor ou para pior.

"Você conhece aquela grande frase que foi citada no obituário de Kurt Vonnegut", diz Ford. "'Você tem de concluir que eles não gostaram daqui.' Minha ideia é: não, não vou chegar a essa conclusão porque é com isso que eu tenho de trabalhar. Mesmo que haja partes dos Estados Unidos que eu gostaria que fossem diferentes, essa é a vida que tenho. Não vou depreciá-la continua, descuidada e reflexivamente."

Nem vai, reflexiva e descuidadamente, continuar com Bascombe. Ford alega já tê-lo concluído, por agora e para sempre. "Não sei se há algo de interessante no período de vida que ele tem diante de si."

Então, por enquanto, Ford vai terminar as *masterclasses* que ministra em Columbia, vai comparecer a algumas festas, recarregar sua musa. Ele tem um romance na cabeça, mas não há pressa para começá-lo. "Nunca tive 63 anos antes", diz ele. "Eu até que gosto de ter 63. Acho que vou fazer apenas isso durante algum tempo."

Maio de 2009

Ngũgĩ Wa Thiong'o

NGŨGĨ WA THIONG'O *é romancista, ensaísta e dramaturgo queniano. Nascido em 1938 e batizado James Ngũgĩ, formou-se no Makerere University College, em Kampala, em 1962. Seu primeiro romance,* Weep Not My Child, *foi publicado em 1964, quando ele estudava na Inglaterra. Foi o primeiro romance de um autor do leste da África publicado em solo inglês.* The River Between, *que tem como cenário a rebelião Mau Mau, foi publicado no ano seguinte. Depois do lançamento de seu terceiro romance, Ngũgĩ voltou para a África, renunciou ao passado colonialista, adotou o nome de Ngũgĩ Wa Thiong'o e começou a escrever em suaíli e gikuyu. Em 1977, uma peça que ele produzia atraiu a atenção do governo do Quênia, e Ngũgĩ acabou preso por mais de um ano. Durante essa época, produziu o primeiro romance moderno em gikuyu, escrito nas tiras do papel higiênico fornecido na prisão. Em* Decolonising the Mind: the Politics of Language in African Literature *(1986), Ngũgĩ argumenta que os escritores africanos precisavam voltar às suas línguas nativas, sob risco de elas se extinguirem. As obras posteriores incluem* Petals of Blood *(1977) e* Wizard of the Crow *(2006), livro que coincidiu com sua volta ao Quênia e com esta entrevista. Em 2010, o escritor começou uma trilogia de memórias.*

Forças militares no Quênia tentaram duas vezes silenciar a voz de Ngũgĩ Wa Thiong'o. Em 1977, o futuro presidente Daniel arap Moi — na época vice-presidente do país — jogou-o, sem julgamento, numa prisão de segurança máxima por ser coautor de uma peça que fazia críticas ao governo; Ngũgĩ foi solto um ano mais tarde, para descobrir que seu emprego como professor tinha acabado. Ele saiu do país em 1982, temendo por sua segurança.

Durante um tempo, parecia que jamais iria voltar. "Moi costumava dizer: 'Consigo perdoar qualquer pessoa, menos Ngũgĩ'", diz o romancista de 68 anos, em sua casa em Irvine, onde é professor de inglês na Universidade da Califórnia. Com pouco mais de um metro e meio de altura e um riso fácil, ele dificilmente se enquadra na imagem de um ríspido revolucionário. Quando Moi concordou em obedecer aos limites do mandato, e seu sucessor, escolhido a dedo, perdeu as eleições presidenciais, Ngũgĩ se deu conta de que tinha uma chance de voltar ao país. A época era boa. Ele acabara de terminar um romance de seis volumes chamado *Murogi wa Kagogo*, ou *Wizard of the Crow*, uma sátira tribal sobre um ditador africano fictício. Era também o romance mais longo escrito em gikuyu, sua língua nativa.

Ele resolveu transformar seu retorno para casa numa turnê do livro e em um circuito de leitura. Ele e a segunda mulher, Njeeri, não haviam se casado no estilo tradicional e, ainda mais importante, jamais tinham estado no Quênia juntos, como família. "No aeroporto, havia multidões", lembra ele, "algumas pessoas choravam, outras seguravam livros. Todos os jornais puseram minha fala nas manchetes".

"Alguns livros estavam cobertos de terra", diz Njeeri, "porque tiveram de enterrá-los — para escondê-los — quando foram proibidos".

Então as coisas começaram a dar muito errado. Em 11 de agosto de 2004, intrusos invadiram seu apartamento. "Achamos que não era um assalto comum", conta Ngũgĩ, "porque, no início, eles não levaram nada; simplesmente ficaram por ali, esperando que algo acontecesse. Com muita franqueza, acho que seríamos eliminados".

Conseguiram escapar daquele destino, mas não sem sofrimento. A mulher de Ngũgĩ foi esfaqueada e estuprada na sua frente. "Eu ficava gritando socorro", lembra ela, "e eles me forçavam a ficar calada". Quando Ngũgĩ tentou intervir, foi queimado com cigarro na testa e nos braços. "Ele é tão sombrio", diz Njeeri, com os olhos marejados, "meu marido foi literalmente marcado com fogo".

O casal saiu do hospital no dia seguinte, e Ngũgĩ deu uma declaração profundamente triste, mas generosa. "Temos de continuar a nos erguer", disse ele. "Os quenianos que me atacaram não representam o espírito do novo Quênia."

Vieram mensageiros ao hospital para aconselhar sua mulher a não falar. "Não falamos disso", lembra-se de que disseram a ela.

Nem Ngũgĩ nem Njeeri obedeceram. Enquanto o processo pelo assalto e estupro se arrastava, Njeeri falou sobre sua experiência. Enquanto isso, Ngũgĩ trabalhou para traduzir sua obra magna do gikuyu para o inglês — fato nada desprezível, já que o livro tem 766 páginas. "Na primeira vez, você mapeia o terreno", diz ele, "na segunda, ao traduzi-lo, você apenas o segue".

Sentado no pátio nos fundos da casa, diante de um jardim com mangueiras e abacateiros plantados por sua mulher, com água escorrendo de uma fonte, Ngũgĩ explica por que ele se sentiu impelido a escrever o romance em gikuyu. "Se eu tivesse publicado este livro primeiro", diz ele, segurando a edição em inglês, "este livro" — ele dá pancadinhas na edição queniana — "não existiria".

Passado na fictícia república africana de Aburĩria, o romance zomba de um governante que se rodeou de ministros comicamente bajuladores. Um deles aumentou cirurgicamente as orelhas para provar que ouvia tudo o que as pessoas diziam; outro fez plástica nos olhos para mostrar que ficava de olho no público. Para o aniversário do governante, esse grupo sugeriu que se construísse uma torre até o céu, a fim de que o governante pudesse conversar diretamente com Deus.

Para obter financiamento, o governante presunçoso de Aburĩria se voltou para o Banco Global em busca de dinheiro, mas teve de lutar com a zombaria do público. Uma resistência clandestina chamada Movimento pela Voz do Povo protesta contra as cerimônias que ele realiza, enquanto uma longa fila de trabalhadores desempregados denuncia seu fracasso em prover as necessidades do povo.

"Quando as pessoas falam da África", diz Ngũgĩ, "elas muitas vezes só falam dela através de uma lente — de modo que põem a culpa da falta de progresso no povo ou na paisagem. Neste livro, eu quis mostrar tudo — a influência do auxílio, o neocolonialismo do capital e como isso afeta as coisas para o povo".

No centro da resistência estão um jovem mendigo chamado Kamĩtĩ e uma revolucionária por quem ele se apaixona, Nyawĩra. Kamĩtĩ descobre que tem capacidades de vidente quando se estabelece como sábio fictício, dando conselhos a pessoas que querem esmagar seus inimigos. Nyawĩra ocasionalmente o substitui, quando ele não pode manter seus compromissos.

"O personagem charlatão é muito importante neste livro", diz Ngũgĩ. "Todos os personagens se representam; eles estão se inventando o tempo todo." Isso é especialmente verdadeiro em relação ao governante, cujo sentimento de autoimportância é tão forte que ele literalmente se torna o organismo político. Quando o Estado se anima com a possibilidade de melhoras, ele incha como um balão de ar quente, provocando especulações de que uma maldição teria sido lançada sobre ele.

"As brincadeiras com a linguagem no romance têm muito a ver com a linguagem em que ele foi escrito", explica o autor. Em gikuyu, "gravidez" é tanto uma expressão quanto um termo. Então, quando coisas estranhas acontecem, diz-se "Ela está grávida" — como se fosse com possibilidades. "Desse modo, é um tipo de aviso."

Embora os ternos ocidentalizados do líder lembrem a aparência impostora de Arap Moi, Ngũgĩ insiste em que isso não é apenas um romance sobre o Quênia e os fracassos das ajudas. "Eu me inspirei em muitas das ditaduras do Terceiro Mundo: pensava em Moi, mas também em Mobutu, Idi Amin e Pinochet. Eles estavam todos na minha cabeça. Em 1982, quando eu estava no exílio, fiquei em Londres e trabalhei no comitê para a liberação dos prisioneiros no Quênia. Trabalhei muito de perto com pessoas do Chile, das Filipinas."

Um fato que Ngũgĩ partilhava com eles era a experiência colonial. Ele nasceu numa aldeia rural ao norte de Nairóbi, com o nome de James Thiong'o Ngũgĩ, e fora criado como cristão. Frequentava a escola missionária, onde lia Robert Louis Stevenson. Do mesmo modo que Wole Soyinka e Chinua Achebe, Ngũgĩ saiu da África e foi para a Inglaterra a fim de continuar seus estudos, formando-se em Leeds.

De volta ao Quênia, fez uma petição bem-sucedida à Universidade de Nairóbi, para transformar o Departamento de Inglês em Departamento de Línguas e Literatura Africanas, logo depois de renunciar a seu nome de batismo e adotar a nomenclatura na forma gikuyu. Como explicou uma vez, "a língua carrega a cultura de um povo; a cultura carrega os valores de um povo; os valores são a base de sua autodefinição".

Ngũgĩ conviveu com *Wizard of the Crow* durante dez anos. O livro era a única constante de sua vida nos Estados Unidos, enquanto ele passava de um posto de ensino a outro. Agora que acabou, brinca sua mulher, eles podem ir ao cinema — ela espera —, e ele pode jogar uma partida de xadrez.

Ngũgĩ diz que morar na ensolarada Los Angeles às vezes faz com que os eventos do passado pareçam um tanto surreais. "Sim, o horror!", diz ele ironicamente, acenando com a mão para seus luxuriantes jardins.

Njeeri cai na risada com isso. "É surreal", diz ela. Mas agora ali é a casa deles.

E há trabalho sério a ser feito lá, mesmo que o sol constante e as saltitantes líderes de torcida do campus de Irvine não transmitam essa ideia. Desde 2003, Ngũgĩ foi nomeado professor de ciências humanas e diretor do Centro Internacional para Escrita e Tradução, de Irvine. "O que é tão devastador numa ditadura é a exclusão de uma voz", diz ele. E a predominância do inglês no mundo, argumenta, só fez afiar essa lâmina na laringe dos povos nativos. "Não é uma equação equilibrada, quando todas as linguagens têm de passar para o inglês para adquirir algum significado."

Agosto de 2006

Günter Grass

GÜNTER GRASS *é o mais famoso escritor alemão vivo. Dramaturgo, poeta e artista plástico, nasceu em 1927, na cidade de Danzig — que na época ficava na Polônia —, onde seus pais tinham uma mercearia. Quando adolescente, foi voluntário para servir em submarinos e em 1944, pouco depois de seu aniversário de 17 anos, entrou como voluntário na Waffen-SS, experiência sobre a qual acabou escrevendo em suas memórias de 2006,* Nas peles da cebola, *ano em que eu o entrevistei. A revelação de que Grass estava envolvido na Waffen-SS foi explosiva na Alemanha, onde ele era renomado romancista desde que publicou seu maciço e encantador primeiro romance,* O tambor *(1959), a história de um homem numa instituição para doentes mentais que se lembra de sua decisão de jamais crescer. O romance é a primeira parte da trilogia de Danzig, de Grass, a respeito da guerra e do período entreguerras em sua cidade natal. Seus livros são cheios de ataques satíricos ao abuso do poder e à devoção ao pensamento virtuoso, como* Local Anaesthetic [Anestesia local] *(1969).* O linguado *(1977), romance alegórico que sugere o conto de fadas* The Fisherman and His Wife [O pescador e sua mulher], *é uma das primeiras histórias de Grass a não tematizar a Segunda Guerra Mundial. Entre os demais romances estão* A ratazana *(1986),* Um campo vasto *(2000), enorme épico sobre a unificação, e* Meu século *(1999), publicado no ano em que ele ganhou o Prêmio Nobel. Em 2010 publicou, na Alemanha, o terceiro volume de memórias.*

Durante meio século escrevendo ficção, Günter Grass mostrou uma predileção por personagens incomumente irresistíveis. Sua obra-prima de estreia, *O tambor*, é narrado por um gênio de 3 anos; *A ratazana* é povoado por mais roedores que o metrô de Nova York em julho. Mas, de todos os seus heróis, humanos ou não, o protagonista que deu mais trabalho a Grass é o homem no centro de *Nas peles da cebola* — ele próprio.

"Na minha idade, olhar para trás, para um menino de 14, 15 anos, é um longo caminho — é como olhar para uma pessoa estranha", diz o alemão ganhador do Prêmio Nobel, de quase 80 anos, tragando um cachimbo numa suíte de hotel em Nova York.

De fato, é estranho. O Grass que encontramos em *Nas peles da cebola* parece um parente distante da "consciência de uma nação" cuja trilogia de romances de Danzig inspirou escritores de W. G. Sebald a John Irving. Esse Grass — como menino e, mais tarde, adolescente — acreditava ardentemente no nazismo. Entrou para a Juventude Alemã aos 10 e aos 17 foi convocado para a Waffen-SS, uma tropa de elite reconhecidamente brutal.

Grass serviu várias semanas no front, nunca disparou um tiro, foi capturado e detido em campos norte-americanos de prisioneiros de guerra. Quando começou a falar dessa experiência nas entrevistas, no verão passado, a imprensa alemã entrou numa efervescência revoltada. "Estou profundamente decepcionado", disse na época o biógrafo de Grass, Michael Jürgs. "Se ele tivesse contado toda a verdade mais cedo e dito que entrara para a SS aos 17 anos, ninguém teria se importado, mas agora, do ponto de vista moral, isso põe em dúvida tudo o que nos disse."

Grass disse que de fato mencionara ter pertencido à Waffen-SS nos anos 1960, mas "ninguém prestou atenção", e que "aos poucos, à medida que soube dos crimes cometidos, falei cada vez menos disso, por vergonha".

Agora Grass chama a fúria do verão de 2006 de "uma campanha", lamentando como isso ocultou debates mais complexos a respeito do passado da Alemanha, postos em marcha por *Nas peles da cebola*.

"Sempre há a reação da crítica", diz Grass, revelando certa irritação, "mas os leitores são diferentes — esse livro recebeu tantas cartas da minha geração, pessoas idosas, e também jovens — pessoas que me disseram: 'Eu finalmente admiti que posso conversar com meus filhos sobre minha época durante a guerra'".

Grass acha que isso aconteceu porque *Nas peles da cebola* gira menos em torno do seu serviço na Waffen-SS que dos silêncios privados, na vida doméstica, que o atormentaram desde 1945, e que — mesmo antes de escrever o livro — ele não conseguia entender.

Em *Nas peles da cebola*, Grass diz que nunca perguntou o que aconteceu a um tio que foi derrubado, como piloto, e sumariamente executado pelos nazistas. Não perguntou por um professor que desapareceu. Não inquiriu sobre o destino de um companheiro, um soldado que se recusava a carregar o fuzil.

"Eu até recebi a carta de uma mulher, com uma fotografia", ele conta agora, "e ela dizia: 'Eu conheci aquele homem num campo de concentração.' Era mesmo ele, e sobreviveu até os 80 anos".

Grass diz que escreveu *Nas peles da cebola* para tentar entender esses silêncios da juventude, para perguntar ao seu eu mais jovem por que não teve a coragem de fazer essas perguntas. No fim, diz ele, descobriu que a memória o trairia.

"Desde a época da minha juventude eu era um mentiroso", conta ele. "Minha mãe gostava desse tipo de narrativa fantasiosa, os lugares aonde eu dizia que a iria levar e o que eu faria — essa foi a base da minha narrativa, para contar histórias. Então você tem de desconfiar da sua memória. Porque a memória gosta de fazer com que as coisas pareçam bonitas, gosta de simplificar o que é complicado — e eu queria escrever sobre essa falta de confiança. Esse é um dos motivos pelos quais eu conto histórias que começam desse jeito e depois faço uma correção, uma variação."

De todos os livros de Grass, *Nas peles da cebola* é aquele escrito de forma mais solta. Insinua uma história, investiga-a, e em alguns casos imagina o que teria acontecido — reconhecendo que a verdade talvez não seja recuperável no fim das contas.

Os críticos incomodados pelo serviço militar de Grass provavelmente encontrarão nesse esquecimento uma autoproteção condenatória. Na 92nd Street Y, em Manhattan, o escritor vienense Amos Elon passou a maior parte de uma entrevista interrogando Grass com severidade, no palco. "Por que você esperou 60 anos?", perguntou, em meio a ruidosos aplausos. A resposta de Grass a essa pergunta também recebeu aplausos.

Aos 80 anos, sentado numa suíte de hotel, Grass carrega de modo filosófico o peso desse escrutínio de modo filosófico. Durante a entrevista, ele traga seu cachimbo e aperta os olhos para olhar a fumaça, como se as respostas às suas questões sobre seu eu mais jovem, sua "estupidez" mais jovem, como ele a chama, fossem apenas etéreas.

"Escrevi o livro para me aproximar desse menino", diz Grass, cansado, "para chegar a uma discussão com ele — mas ele estava se defendendo, algumas vezes com mentiras, como eu fazia quando era jovem. Esse livro é como se houvesse dois estranhos se aproximando cada vez mais, e algumas vezes se encontram".

Agosto de 2007

Nadine Gordimer

NADINE GORDIMER *nasceu em 1923, nas redondezas de Johannesburgo, de mãe britânica e pai judeu lituano. Começou a publicar contos em 1951 e, depois de 1960, participou do movimento antiapartheid na África do Sul. Nelson Mandela leu o romance que ela escreveu em 1979,* A filha de Burger, *enquanto estava preso em Robben Island; ela foi uma das primeiras pessoas convidadas a visitá-lo quando foi libertado. Escreveu 15 romances — entre eles* The Conservationist *(1974), vencedor do Booker Prize —, além de peças, ensaios e contos. Em 1991 recebeu o Prêmio Nobel de Literatura. Mora em Johannesburgo, trabalha como embaixadora da Boa Vontade, das Nações Unidas, e foi jurada do primeiro Man Booker International Prize, na véspera do qual conversei com ela.*

Nadine Gordimer anda fazendo algumas releituras ultimamente. Desde novembro passado, quando a Prêmio Nobel, aos 83 anos, reuniu-se pela primeira vez com Colm Tóibín e Elaine Showalter, seus companheiros jurados da comissão do segundo Man Booker International Prize, ela leu uma pequena biblioteca de obras escritas pelos 15 finalistas, de Don DeLillo e Doris Lessing a Carlos Fuentes e Alice Munro. "Fiz um plano de ler, digamos, os primeiros dois livros de cada autor, outro de um período um pouco adiante, e depois o livro que eu achava ser *a* obra", fala Gordimer, sobre sua estratégia de avaliação. "Aí eu me punha em dia com a atualidade. Desse modo eu podia ver uma progressão." Foi um trabalho de amor, diz ela, mas a levou a uma pequena descoberta.

"Em dois casos, o livro que eu achava que seria *o* livro era ainda mais extraordinário do que eu me lembrava, porque eu tinha mudado", diz Gordimer, num quarto de hotel em Nova York, para onde ela viajara da África do Sul para o PEN World Voices Festival. "Eu tinha vivido mais", continua ela, "tinha mais experiência. E havia coisas naqueles livros que eu agora compreendia, o que não acontecera antes. Se você lê um livro na idade atual, leia-o outra vez daqui a vinte anos, e você notará outras coisas".

Na idade de Gordimer, muitos autores já pararam de escrever, ou pelo menos pararam de reavaliar livros mais antigos. Porém, teimosamente, Gordimer recusou-se a parar de evoluir. Nascida em 1923 em Springs, no Transvaal, ela chegou à consciência política pela leitura. Pouco mais tarde, traçou seu caminho para o ativismo antirracista pela escrita, ganhando o Booker Prize por seu romance de 1974, *The Conservationist.* Quando o apartheid caiu, especulou-se que a obra dela perderia certa vitalidade. No entanto, desde 1994, ano em que a África do Sul teve suas primeiras eleições livres, ela publicou dez livros, adaptando outra vez seu foco, à medida que os problemas do país se desviaram para a epidemia de Aids, a pobreza e o crime.

Sentada num sofá em sua suíte de hotel, vestida em elegantes tons de bege e cinza, o cabelo habilmente penteado, ela dificilmente representa a imagem de uma artista tão flexível assim. Tem uma postura perfeita e um ouvido aguçado. Escutá-la falar é experimentar uma poderosa dissonância de gerações: a dicção célere e a estrutura perfeita da frase se tornaram coisas do passado, mas suas preocupações — armas, o massacre no Virginia Tech, a guerra no Iraque, o progresso difícil da África do Sul — não poderiam ser mais contemporâneas.

"Graham Greene disse: 'Não importa onde você more, não importa a forma de violência que haja ali, simplesmente ela passa a fazer parte de sua vida e do modo como você vive'", fala Gordimer. E assim tem sido com ela e com as armas. Ficou assustada ao descobrir ressonâncias entre o tiroteio na Virgina Tech e seu romance de 1998, *A arma da casa*, no qual um rapaz é levado a cometer um crime passional. O que ela omite é que em outra obra de ficção — *Get a Life*, de 2005 — ela predissera outra coisa. No outono de 2006, ela foi atacada em casa por três intrusos desarmados que roubaram seu dinheiro. "Esses homens podiam ter coisa melhor a fazer do que roubar duas velhinhas", disse na época.

Gordimer parece aceitar esse evento sem dificuldades, recusando-se a permitir que ele estrague a ideia que ela tem sobre seu país. "Acho que ficamos um pouco surpresas por tanta coisa que ainda teria de acontecer depois da mudança", diz ela sobre a vida após o apartheid. "Vivemos a queda dos muros do apartheid e fizemos festas, e depois tivemos de nos encarar uns aos outros — e devo dizer que foi com muita coragem e determinação. Muitas coisas estavam erradas, porém muitas coisas foram feitas para sobrepujar o passado na África do Sul. Mas agora temos a dor de cabeça da ressaca."

Houve adaptações muito menos dolorosas, no entanto, como a emergência de vozes que tinham sido quase silenciadas pelo apartheid. No festival PEN, ela defendeu reiteradamente a obra de seu amigo Mongane Wally Serote, poeta e romancista nascido em Johannesburgo. Durante a juventude, além de escrever poesia e ficção, ele era ativo no ramo militante do Congresso Nacional Africano. De acordo com Gordimer, ele quase foi assassinado em diversas ocasiões. Serote passou algum tempo nos Estados Unidos e depois voltou à África para fazer parte do primeiro governo eleito livremente. "Você sabe, da savana para o Parlamento", diz Gordimer. "Nada poderia ser mais diferente."

Há pouco tempo Serote instituiu outra mudança. Renunciou ao posto e foi para Zululand, para se tornar *sangoma*, um curandeiro tradicional — ou xamã. Não há muito Gordimer encontrou-se com ele e passou por uma breve reeducação. "Eu falei: 'Quer dizer que você está fazendo poções de amor e poções de ódio?' E ele respondeu: 'Não, não, não.' Eu disse: 'Se alguém estiver realmente doente, se tiverem sintomas de HIV, você dá água benta a eles?' Ele falou: 'Não, não, não. Nadine! Você é tão ignorante!' Então eu disse: 'Tudo bem, Wally, eu quero saber.' Então ele me informou das coisas."

Um assunto sobre o qual Gordimer se recusa a ser reeducada é Günter Grass. As controvérsias por causa das revelações do ano passado, na autobiografia dele, de que foi um soldado adolescente da SS, não a levaram a reavaliar seu amigo ou a obra dele. De fato, ela acha que os golpes da mídia são sintomáticos de uma cultura viciada em escândalos, mas com falta de contexto. "Se Günter Grass, em 1944, quando Hitler sabia que estava perdendo a guerra, tivesse dito 'Não vou', ele simplesmente teria sido morto", afirma ela com olhos ardentes. "E por que ele ficou calado a esse respeito? Bem, ele não ficou calado ... Se você ler os livros dele, o conhecimento maravilhoso sobre o que aconteceu às pessoas — ele nunca teria esse conhecimento se não tivesse passado por aquela experiência ... Não consigo ver como se possa pôr qualquer culpa nele pelo que as circunstâncias inevitavelmente lhe impuseram. Ele não podia recusar."

Ao contrário de seus companheiros ganhadores do Prêmio Nobel, como Günter Grass, Wole Soyinka ou Dario Fo, que publicaram, todos, memórias nas quais revisitam sua educação política, Gordimer não faz isso. "Não gosto de falar de coisas que meu marido e eu fizemos quando éramos ativistas", diz ela, enquanto seu rosto se franze numa expressão de desagrado. "Como autora, três de meus livros foram proibidos. Mas me faltou a coragem final de ir para a linha de frente. Então, para mim, escrever um livro como aquele não tem nada a ver com ninguém. Para mim, tudo o que pode interessar às outras pessoas sobre a minha existência neste mundo são meus livros."

À parte essa diferença, fica claro que, em Grass, Gordimer vê algum tipo de parentesco, o homem que avisou que a reunificação na Alemanha seria mais difícil do que se admitia. Gordimer reconhece que seu país está lidando com um problema parecido. Soldados desempregados depois da queda do apartheid encontraram novos empregos com contratos militares, de modo que grande número dos mercenários que estão no Iraque vem da África do Sul. O país, além disso, está inundado de armas que sobraram das guerras a seu redor. É fácil obter um AK-47 em Johannesburgo. "Eu digo que agora uma arma é feito um gato doméstico", diz Gordimer. "Está ali numa prateleira, em algum lugar. E não pode ser trancada, já que, se alguém entrar na sua casa, você tem de pegá-la depressa. Então, torna-se um objeto corriqueiro. E você tem casos, tivemos um, recentemente — um aluno, zangado com o professor, pegou a arma em casa e deu um tiro no professor."

As questões de raça também permanecem e farão parte de sua coletânea de histórias, *Beethoven era 1/16 negro e outros contos*. O título vem de uma coisa que ela ouviu no rádio. "Algumas vezes os corvos nos alimentam", diz ela, com um sorriso. "Eu estava escutando uma estação de música clássica, e há essas pessoas que fazem o papel de velhos *disc-jockeys*, dão explicações. Ao apresentar uma das obras, o locutor disse: 'Aliás, Beethoven era 1/16 negro.' Esse fato, esse fato de DNA, realmente me deixou intrigada."

Então, ao se aproximar dos 84 anos, Gordimer ainda irá publicar uma nova obra de ficção, exatamente setenta anos depois de ter feito sua estreia com um conto, nas páginas de domingo de um jornal da África do Sul. Dificilmente ela irá comemorar. Neste exato momento, está totalmente concentrada em dar um impulso em outro autor para o Man Booker International. "Ainda temos mais uma reunião. Será em Dublin, onde, na verdade, vamos tratar dos detalhes. Estaremos lá, os três jurados, e cada qual terá um favorito. Uma das boas coisas disso é que foi uma monumental tarefa de leitura. Tivemos de fazer nosso dever de casa."

Maio de 2007

David Foster Wallace

DAVID FOSTER WALLACE *foi um romancista americano, autor de contos e professor. Seu suicídio, em 2008, depois de uma longuíssima batalha contra a depressão, continua a ser um dos maiores golpes para a escrita moderna. Embora admirado por seu romance* Infinite Jest, *de 1996, é o estilo geral de Wallace — sua bem-afinada matriz de referências, o humor e a neurose autodepreciativos, tudo em camadas sobrepostas a sentenças linguisticamente perfeitas — que logo o torna o Jack Kerouac de sua época, com probabilidade de seus livros serem apropriados e exibidos como símbolos da atualidade. Wallace nasceu em Ithaca, Nova York, em 1962. Filho de professores, cresceu em Illinois. Durante a adolescência, Wallace era um jogador de tênis que figurava no ranking nacional. Frequentou o Amherst College para estudar filosofia e inglês, com ênfase em matemática, quando teve o primeiro de inúmeros colapsos. Seu romance de estreia,* The Broom of the System *(1987), uma exploração filosófica sobre a natureza da realidade, reflete a influência de Jonathan Swift e Thomas Pynchon. Logo em seguida veio* Girl with Curious Hair *(1989) e depois* Infinite Jest *(1996), prolixa obra-prima a respeito da toxicidade dos Estados Unidos contemporâneos, um mundo no qual não a doença, mas o vício, se tornou a metáfora para definir a vida diária. No começo dos anos 1990, enquanto Wallace trabalhava nesse livro, os editores o abordaram para que se dedicasse ao jornalismo, uma tremenda ideia, já que Wallace levava para atividades aparentemente inócuas — um jogo de tênis, uma feira pública — o mesmo ceticismo rigoroso com o qual encarava qualquer narrativa. Esta entrevista ocorreu no começo de 2006, pouco depois da publicação de sua segunda coletânea de não ficção,* Consider the Lobster *(2005). Ele não publicou nenhum outro livro.*

David Foster Wallace tem uma profunda preocupação com o modo como os americanos usam a linguagem hoje, mas não consegue dar a mínima para os utensílios. Em um sushi-bar de Manhattan, o romancista de fala rápida, 44 anos, inicia uma refeição com os pauzinhos, mas logo os troca por um garfo. Durante algum tempo isso funciona bem, mas algo dá errado. Há simplesmente alguma coisa muito *gárfica* nisso. Então Wallace começa a pinçar as peças com os dedos, jogando-as na boca como se fossem batatas fritas.

Muitos leitores se sentiriam inclinados a perdoar esse lapso culinário por causa da genialidade de Wallace. Na verdade, em uma cidade pouco intimidada por renomes literários, o ar estremece quando ele chega de forma inesperada.

Essas rajadas começaram com o ambicioso *Infinte Jest,* uma reelaboração de 1.100 páginas de *Os irmãos Karamazov* passada no campus de uma academia de tênis americana. O romance chegou às livrarias há uma década, com muitos elogios. "Com *Infinte Jest*", escreveu na *Time* um entusiasmado Walter Kirn, "a concorrência foi eliminada. É como se Paul Bunyan tivesse entrado para a Liga Nacional de Futebol americano, ou Wittgenstein tivesse aparecido no programa de televisão *Jeopardy!*. O romance é perturbador de uma maneira colossal. É espetacularmente bom".

Embora Wallace tenha publicado duas pequenas obras de ficção desde então, sem mencionar um livro curto sobre o conceito matemático de infinito, até agora não houve qualquer romance em sequência. Mas houve um desenvolvimento muito bem-vindo: sua emergência como um popular — e essencial — jornalista não jornalista.

"Eu de fato fico repetindo para o pessoal da *Harper's*: 'Entendam, não sou um jornalista'", diz Wallace. "E eles dizem: 'Ah, tudo bem, não queremos que seja.'"

Ele se refere à sua última tarefa, quando a célebre publicação mensal americana o mandou cobrir a Feira Estadual de Illinois. Wallace voltou com uma gigantesca alusão espirituosa sobre o kitsch na vida de cidade pequena e a tirania do algodão-doce. Um cruzeiro para passageiros idosos deu-lhe uma chance de pensar na negação da morte, que robustece uma parte tão significativa da vida americana.

Ao longo dos anos, as atribuições se ampliaram, incluindo trabalhos mais sérios. Em um relance, pode-se voltar para o último livro de Wallace, *Consider the Lobster*, que, entre outras coisas, descreve longamente a mecânica do rádio, com a participação dos ouvintes, num retrato arrepiante do sistema político americano e num desmonte brutal de John Updike.

"Para mim, a parte mais difícil é fazer as anotações", diz Wallace. "Há tanta coisa. E tão pouco do que me parece ser interessante. É muito angustiante. [Com] ficção, você está dentro da sua cabeça, de modo que você constrói a realidade em cima do que você está falando. O que não significa que não seja difícil. Mas não é o mesmo que ficar olhando enquanto uma tsunami desaba em cima de você, que é como eu me sinto com a não ficção."

Em tese, conseguir falar com Wallace é muito difícil. Ao longo dos anos, usou-se a palavra recluso para defini-lo. Pessoalmente, no entanto, ele é engraçado e encantador, e um pouco perplexo — aturdido é uma palavra melhor —, com a fama que conquistou com sua fantasmagoria pynchonesca. Agora que ele mesmo escreveu alguns perfis, Wallace acha uma bobagem os relatos sobre sua timidez.

"No início dos anos 1990, um ou dois camaradas que trabalhavam em revistas vieram à minha casa e conheceram meu cachorro. Houve um cara muito interessante — fazia parte de todo esse surto de publicidade depois de *Infinite Jest*. Ele fazia uma pergunta e eu dava uma resposta bem curta, como: 'De fato, acho que minha vida não é assim tão interessante.' E ele parava o gravador e dizia: 'Você captou isso tão bem. Que resposta tática brilhante — claro, isso é para sacar a história da sua vida, mas também para apresentar você como um cara humilde.'"

Wallace sustenta a suposição de que todas as aparições públicas seguem um roteiro que desgastou nosso senso do que é real e do que não é. Como se tivesse combinado, Emma Thompson — ou alguém que se parece com a atriz — passa por perto e Wallace rompe em uma de suas típicas ironias. "Será que a gente não se interessa por celebridades em parte porque é sempre uma coisa fascinante? Quero dizer, não parece que a gente não é nem da mesma espécie?"

A mulher de Wallace, Karen, começa a abafar o riso, o que lança Wallace num paroxismo de timidez carinhoso.

"Realmente", diz ele, "você traça um perfil. A ideia toda é dar ao leitor algum sentido ligeiramente exato do que é essa pessoa, certo? Ou você escreve a respeito de como essa pessoa lhe parece, e depois convence o leitor de sentir o mesmo. Como você faria isso com Emma Thompson?"

Esse tipo de ginástica mental leva a uma renovação da escrita. Por exemplo, o texto que dá título ao novo livro de Wallace, encomendado por uma revista de culinária gourmet, descreve um festival de lagosta no Maine em termos de como as criaturas são mortas. Numa excursão ao Adult Video News Awards, Wallace passa a maior parte do tempo relatando as lutas internas entre pornógrafos rivais, e menos a pornografia propriamente dita.

A abordagem se torna subversiva quando Wallace se refere à política. *Up Simba!*, a joia da coletânea, descreve uma semana das primárias presidenciais do Partido Republicano de 2000. Ao contrário dos repórteres com quem viajou, que cobrem política, Wallace obteve suas informações com a equipe de apoio tecnológico, que passaram anos observando os momentos de ação no palco e tinham uma intuição muito bem-fundamentada de como todo o drama iria se desenrolar.

"Um dos motivos por que eu acabei conversando com os técnicos foi porque eles não são do tipo 'Quem é você?'", explica Wallace, mergulhando no jargão coloquial californiano, que torna impossível abordá-lo com questões acadêmicas, mesmo que ele tenha uma bem-provida cátedra no Pomona College na Califórnia. "A primeira coisa que [os repórteres do setor] faziam era descobrir para que órgão você escreve; depois, você acabava em algum sistema hierárquico, no qual estaria muito embaixo. Eles eram execráveis."

Em ação, a abordagem jornalística adotada por Wallace parece uma ramificação do tipo "inundação de área", do antigo editor do *New York Times* Howell Raines: mandar um número avassalador de repórteres para uma cena. Wallace é um observador tão astuto e inteligente que age como um corpus de imprensa num só homem.

A respeito de sua primeira tarefa, Wallace conta: "Devia parecer realmente muito estranho para as pessoas." Ele foi sem bloco de anotações, mas com os olhos muito abertos, captando tudo sobre o que pudesse escrever. "Eu não estava vivendo a feira; eu meio que a trancava na memória."

A sensibilidade dele para a textura e o estilo, e também para a história, dificulta para Wallace o trabalho de editar seu próprio trabalho.

"Em geral, sai no máximo quarenta por cento do que eu mando", diz ele, mas vale observar que Wallace sabe que toma algumas liberdades em suas tarefas.

Uma matéria em *Consider the Lobster* começa como o perfil de um apresentador conservador de um programa com participação da audiência, na Califórnia, e evoluiu para uma exegese multiestratificada sobre a indústria inteira desse tipo de programa. Wallace — famoso pelo uso de notas de rodapé em sua ficção — usou boxes para refletir como qualquer tentativa de escrever a respeito desse material carregado de política de uma maneira justa e equilibrada fracionava o modo habitual de contar uma história.

"Se você tenta fazer isso sob a forma de notas de rodapé, você começa a ficar com tipo em corpo 6", diz ele, estremecendo diante dessa concessão, como se tivesse acontecido há uma hora, "o que é simplesmente impossível. As notas de rodapé são uma coisa de pergunta e resposta — você tem basicamente duas vozes".

Seu grande amor pela complexidade torna difícil para ele voltar à narrativa direta. Tudo tem complicações e contextos, e, em pouco tempo, Wallace tem um manuscrito que parece pertencer a uma tela de PowerPoint.

Wallace gosta de fazer bicos como repórter disfarçado, mas acha que a ficção é muito mais poderosa para nos ajudar a desenvolver um sentimento de empatia uns pelos outros.

"Se a ficção tem algum valor, é que nos deixa entrar. Você e eu podemos ser agradáveis um com o outro, mas eu jamais saberei o que você realmente pensa, e você jamais vai saber o que eu estou pensando. Não tenho a menor ideia de como você é. Pelo que posso perceber, seja de vanguarda ou realista, o instrumento básico da arte da narrativa é o jeito como ela faz buraquinhos nessa membrana."

Março de 2006

Doris Lessing

Durante 25 anos, DORIS LESSING *morou numa pequena casa de vila, num bairro do norte de Londres, ao lado do cemitério de Hampstead, onde Sigmund Freud está enterrado. Todas as manhãs, a autora do best-seller* O carnê dourado, *de 84 anos, levanta-se às cinco da manhã e alimenta as diversas centenas de aves no terreno baldio. Depois volta para casa, prepara o café da manhã e em geral está à mesa de trabalho às nove, onde ela escreve, porque, como diz em suas palavras claras e simples, "É o que faço".*

A jornada de Doris Lessing até o cume não poderia ser mais tortuosa. Nascida em 1919, na Pérsia, onde seus pais se conheceram depois que o pai teve a perna amputada num hospital onde a mãe trabalhava, ela cresceu na Rodésia do Sul (agora Zimbábue). O pai mudou a família para lá, para cultivar milho. Doris Lessing frequentou uma escola para meninas num convento católico, saiu de casa aos 15 anos, e aos 20 estava casada e com dois filhos. Deixou esses filhos — e um segundo marido — ao fugir para Londres em 1949, para ir atrás do comunismo e escrever.

Em uma tarde extremamente fria de janeiro de 2006, um ano antes de ganhar o Prêmio Nobel, Doris Lessing concordou em sentar-se e falar a respeito de seu último romance, The Story of General Dann and Mara's Daughter, Griot and the Snow Dog. *O livro se passa numa futura era glacial e leva seu herói para além de* Mara and Dann *(1999), no qual Dann e sua irmã se juntam a uma grande migração para o norte em busca de um clima mais habitável.*

É tentador ler esse romance — como toda ficção especulativa — como uma parábola de nossos tempos. Mas você resistiu a esse instinto no passado. Você ainda se sente assim?

Sinto. Veja, escrevi um livro chamado *Mara and Dann* e fiquei realmente preocupada com o pobre Dann. Algumas pessoas o odiaram. Ele instigou tanta violência. Mas eu estava interessada em Dann, de modo que quis escrever uma sequência. Percebi que teria de ser naquele mundo semiafogado. Não acho que seja difícil imaginar paisagens. Veja, *Mara and Dann* inteiro se passa durante uma seca, que eu acabava de presenciar na África. Meu filho John estava lá. Você já viu uma seca?

Não.

Bom, é duro. As pessoas estão morrendo, a água está secando e as árvores estão mortas, é absolutamente horrível. Eu não tive de imaginar isso.

As descrições dos refugiados que Dann encontra me lembraram seu livro sobre uma visita ao Afeganistão nos anos 1980, vendo os refugiados deixarem Peshawar.

Sabe, só depois me passou pela cabeça que todo mundo nesses livros é refugiado. Mas todo mundo está fugindo da seca, da inundação ou da guerra civil. Penso muito neles. Você sabe, perto daqui há uma estrada onde os refugiados de todos os tipos se alinham, e as pessoas vão lá escolher um bombeiro, um carpinteiro, ou algo assim. Isso não é uma coisa oficial, você sabe, mas eles estão lá. Uma amiga minha vai lá quando precisa de alguma coisa. São pessoas muito hábeis.

Era assim, na primeira vez que você veio para Londres, em 1949?

Não, o que estava acontecendo naquela época era que todo mundo que conheci tinha sido soldado, ou estado na marinha, ou qualquer coisa do tipo, de modo que as pessoas falavam sobre a guerra o tempo todo. E elas falavam sobre a guerra até lá pelos meados dos anos 1950. Depois, o que aconteceu foi que havia uma nova geração aparecendo. Era outra geração, e não estavam interessados. De repente, ninguém mais falava da guerra. Achei isso doloroso, de certa maneira. Agora acho que você não pode passar a vida inteira possuído por um passado terrível, pode?

É estranho; parece que naquela época as pessoas reagiam a essa devastação acreditando numa ideia: o comunismo. Mas agora ninguém tem qualquer ideologia, fora a religião.

Ninguém acredita mais em nada. Você sabe, vemos diversos filmes na televisão a respeito da efervescência sobre a Guerra do Vietnã. Olhamos para isso e pensamos, isso são os Estados Unidos. O que aconteceu agora?

Você alguma vez quis escrever uma história romântica?

Bom, você sabe que não dá para escrevê-las de uma maneira cínica. Conheço um homem que fez isso. Ele aliás era um socialista muito comprometido. Ele disse: "Você tem de se lembrar, Doris, que não pode escrever essas coisas rindo. Graças a Deus tenho uma veia de sentimentalismo." Ele se deu muito bem com essas histórias.

Quando você começou a publicar, nos anos 1950, passar da ficção naturalista para a chamada ficção de gênero não era muito comum, era?

Não, e agora todos os limites estão borrados. Quando eu estava começando, a ficção científica era um gênero menor, apenas algumas poucas pessoas a liam. Mas agora — onde é que você vai botar, por exemplo, Salman Rushdie? Ou qualquer dos autores sul-americanos? Muitas pessoas se safam chamando-os de realismo mágico.

Você já escreveu muitos romances. Há algum que você gostaria mais que as pessoas lessem?

Meus livros de ficção científica. *Canopus em Argos* teve um grande público leitor e chegou até a começar uma religião. *Shikasta* (o primeiro da série) foi tomado ao pé da letra e deram início a uma comuna nos Estados Unidos. Escreveram para mim dizendo: "Quando os deuses vêm nos visitar?" Eu respondi: "Olhe, isso não é uma cosmologia; isso é uma invenção." Eles me escreveram de volta e disseram: "Ah, você está apenas nos testando."

Não consigo imaginar isso acontecendo hoje.

Bem, era diferente naquela época. Eu ia muito a São Francisco. Uma vez, eu estava lá, diante de uma grande plateia, e um homem se levanta e diz: "Doris, espero que você não vá escrever nenhum de seus sombrios romances realistas"; e depois outra pessoa se levantou e disse: "Doris, espero que você não vá perder mais tempo com esses romances bobos de ficção científica." E o povo todo começou a discutir. Não consigo imaginar isso acontecendo hoje.

Você acredita que a revolução cultural dos anos 1960 foi longe demais?

Bem, as drogas pesadas não chegaram até aqui, na época. Era só maconha. Além disso, a chamada revolução sexual, tenho muita dificuldade em entender — porque parece que não havia revolução sexual antes disso. Em época de guerra as pessoas transam! Então o que eu acho que está errado com os anos 1960 é que são uma consequência da [Segunda Guerra Mundial]. Acho que havia tantos garotos confusos. Por quê? Eles nunca estiveram melhor. Nunca. Lembro de um dos líderes meio que se manifestando e dizendo, com bastante coragem: "Vocês acham que iniciaram algo especial. Mas não iniciaram nada. Vocês são o primeiro mercado de jovens no mundo. É por isso que têm tantos privilégios." Ele foi muito xingado por dizer isso, mas acho que tinha razão.

Por que você acha que O carnê dourado *ficou tão popular?*

Acho que foi, em parte, por ter sido o primeiro livro que tinha ideias feministas, mas, além disso, eu estava escrevendo com uma energia enorme na época. Era o final dos anos 1950, e minha vida pessoal inteira estava tumultuada, o comunismo estava se dilacerando diante dos nossos olhos, e tudo isso entrou no meu livro. Tenho certeza de que foi a energia que botei naquele livro que o fez ir adiante.

The Story of General Dann *tem um bocado de energia nele, e você tem 86 anos.*

Mas não estou desafiando ideia alguma nele. Ninguém vai acreditar, mas quando eu escrevi *O carnê dourado* não tinha ideia de que estava escrevendo um livro feminista. Como eu estava botando nele o tipo de coisa que as mulheres diziam em suas cozinhas. Mas uma coisa dita não tem o mesmo efeito que uma coisa escrita. As pessoas se comportaram como se eu tivesse feito alguma coisa assombrosa, no entanto apenas escrevi o que as mulheres estavam dizendo.

Por falar nisso, em uma de suas entrevistas anteriores, você descreveu o fato de que a ameaça de outra era glacial faria a ameaça nuclear parecer um cachorrinho pequeno. Esse seu romance é uma advertência?

Bom, eu penso a esse respeito, porque tivemos muitas eras glaciais, e certamente vamos ter outra. O que me entristece é que tudo o que a raça humana criou aconteceu nos últimos dez mil anos, você sabe, e a maior parte nos anos mais recentes. Uma era do gelo agora iria simplesmente apagar isso tudo. Com certeza. Então teríamos de começar de novo, não é? Que é o que sempre fazemos.

Janeiro de 2006

Hisham Matar

HISHAM MATAR *é poeta, ex-estudante de arquitetura e autor de dois romances poderosos que cresceram das sombras do regime brutal de Kaddafi na Líbia:* No país dos homens *(2006) e* Anatomia de um desaparecimento *(2011). Matar nasceu na cidade de Nova York, em 1970, mas sua família voltou para Trípoli quando ele tinha 3 anos. As atividades políticas do pai obrigaram a família a se exilar no Cairo em 1979. Em 1990, enquanto Matar morava em Londres, agentes de segurança do Egito sequestraram seu pai. Este conseguiu fazer passar uma carta, em 1992, e, exceto as notícias de que estava vivo, em 2002, pouco se ouviu falar dele desde então. Os romances de Matar são estudos poéticos e elípticos da distorção da memória, e a dor de uma vida definida por censuras — sejam elas sequestro ou os silêncios que se acumulam em torno de humilhações. Conversei brevemente com ele logo depois que seu primeiro romance foi publicado nos Estados Unidos, anos antes da revolução que derrubou Kaddafi do poder.*

Proust tinha suas *madeleines*; Studs Terkel, seu scotch vespertino; a julgar pela névoa que ele produz durante uma simples xícara de café, cigarros parecem cutucar a memória de Hisham Matar. Sentado num café no arborizado bairro de Holland Park, em Londres, o romancista, de 37 anos, rapidamente queima meio maço, enquanto seus pensamentos se elevam em plumas aconchegantes de fumaça. "Lembro-me de Nova York", diz Matar, que nasceu em Manhattan, quando seu pai era funcionário das Nações Unidas. "Lembro-me de ir de carro para o centro e olhar para cima, para os edifícios altos. Eu devia ser muito pequeno."

Como com tudo mais que Matar diz, a memória se materializa do passado, com uma luz diáfana e pungente. Um sentimento parecido paira sobre seu premiado romance de estreia, *No país dos homens*, a história de um menino chamado Suleiman que atinge a maioridade na Líbia nos anos 1970, numa época em que os homens desapareciam por dizer o que pensavam.

Ao longo do romance, as fidelidades de Suleiman são distendidas ao ponto de ruptura. Sua mãe bebe em segredo e seu pai está envolvido em alguma coisa perigosa, algo até mesmo temerário do ponto de vista político. O livro foi publicado no Reino Unido em 2006 e foi finalista do Man Booker Prize e do First Book Award, do *Guardian*. Fizeram infinitos perfis de Matar, e quase todas as entrevistas partiam de uma suposição-chave: o livro era autobiográfico.

"No começo isso me irritava, parecia um jeito muito grosseiro de ler o livro, mas aos poucos comecei a me sentir mais distanciado", diz Matar, calmamente. Uma parte dele entende por que se faz essa suposição. Ele voltou à Líbia aos 3 anos e lá morou até quase os 9. A família abandonou o país quando o nome do pai apareceu numa lista de dissidentes. Eles quase não conseguiram sair em segurança.

Acabaram imigrando para o Quênia, e dali, como a família de Suleiman, para o Cairo, onde tudo estava bem, até um dia, em 1990, quando Matar estudava na Inglaterra, e bateram à porta da casa de sua família no Cairo. O pai de Matar saiu com agentes de segurança egípcios e desde então não foi mais visto.

O clichê aqui seria que essa experiência fez de Matar um escritor — mas, como ele explica, ele já era escritor desde tenra idade. "Eu sempre diverti as pessoas com pequenos poemas e histórias", conta ele. Um tio era poeta. O pai de Matar, até certo ponto, era um intelectual.

Embora ele não tivesse morado no Oriente Médio durante duas décadas, Matar parece ser um exemplo itinerante de sua cultura de cafés. Muitas vezes responde a uma pergunta lançando-se de lado para a memória, ou para trás, nos labirintos literários do escritor argentino Jorge Luis Borges.

Matar começou *No país dos homens* há quase dez anos, como um poema, e, à medida que ele fala, fica claro que ainda pensa na poesia como a forma mais elevada. "No Oriente Médio os poetas são reverenciados", diz. "Há poetas líbios que venderam milhões de exemplares, mas nem sequer se ouve falar deles em outros lugares." Ele manteve sua afinidade com os poetas. Durante a fase final da elaboração do livro, ele e a mulher, uma artista e escritora americana, mudaram-se para Paris, onde ele fez amizade com os ganhadores do Prêmio Pulitzer C. K. Williams e Mark Strand. "Fui a uma sessão de leitura, os dois estavam lá, e gostei tanto da poesia de Strand que resolvi pedir uma entrevista a ele. Strand disse à pessoa que estava ao seu lado: 'Ele quer me entrevistar para um jornal árabe!'"

Embora Matar tenha crescido falando árabe, ele agora escreve em inglês — não exatamente um exílio da linguagem, mas ainda não inteiramente à vontade. "É meio como um terno que você veste e que serve em você — não é bem o seu corpo, mas parece confortável." Matar se sente de modo parecido na Inglaterra. Nascido em Nova York, criado em Trípoli e no Egito e casado com uma americana, muitas vezes ele foi exilado.

Quando vai visitar a família no Cairo, ele observa como sua cultura adotada se infiltra naquela que deixou para trás. "É engraçado; dá para ver como determinadas palavras com frequência são usadas em inglês. Palavras como qualidade, eficiência ou responsabilidade." Ele dá uma risada. "Tudo coisa de que você sente falta no Oriente Médio."

Esse humor cansado do mundo é característico da abordagem de Matar em relação à política. Ele prefere falar da obra de Javier Marías a invectivar contra Kaddafi, que, apesar dos sulcos profundos que deixou na vida de famílias como a de Matar, foi ressuscitado no Ocidente como aliado na guerra contra o terror.

"Algumas vezes penso se alguém como eu pode ser um artista", diz Matar. "É uma questão séria. Será possível para mim escrever fora do âmbito político?" Matar acredita que há mistério suficiente em escrever, significando que ele jamais saberá a resposta para essa questão. Ele se sente confortável com isso, assim como em relação a muitas outras questões sem resposta.

"Meu pai adorava Nova York e Roma. Ele costumava dizer: 'Roma é para as pessoas que sabem o que querem e estão confortáveis com isso. Nova York é para os que não têm ideia do que querem.' Sempre quis ser romano", diz ele com um sorriso que mostra que sabe que as chances de isso acontecer são bem pequenas, especialmente quando o território da memória permanece tão rico, tão grande, tão escuro, e ainda assim tão inexplorado.

Março de 2007

Siri Hustvedt e Paul Auster

SIRI HUSTVEDT *é romancista americana, ensaísta e crítica de arte. Nascida em Minnesota, em 1955, de pais de origem norueguesa, ela se mudou para Nova York no final dos anos 1970 para fazer pós-graduação. Fez sua estreia literária com um poema na* The Paris Review. *Uma coletânea de poemas foi publicada em 1983, seguida de cinco romances e quatro obras de não ficção. Conheceu* PAUL AUSTER *em 1981, quando ele era um escritor e tradutor iniciante, e a poucos anos de publicar, entre 1985 e 1987, a* Trilogia de Nova York, *uma série de hábeis e desolados romances passados em Nova York, inspirados no brilho de ficção detetivesca. Durante os vinte anos desde que Auster se tornou um dos mais prolíficos e intrigantes romancistas dos Estados Unidos, passando das memórias* Caderno vermelho: histórias reais *(1993) a poesia e mais tradução. Siri Hustvedt e Auster moram no Brooklyn há quase três décadas.*

A voz que sai dos alto-falantes começa num sussurro baixo, como o primeiro som que se ouve quando se acorda.

Depois fica mais alta e começa a cantar a respeito de mágoa e solidão. Em alguns minutos já mudou outra vez, agora para um berro que vem da garganta, uma estridência de blues, cheia de sabedoria feminina e insolência. Ao escutá-la, em uma tarde, há pouco tempo, no Brooklyn, os romancistas Paul Auster e Siri Hustvedt balançam a cabeça e batem os pés. Auster ostenta um sorriso tão grande que quase dá a volta na cabeça, enquanto os olhos se apertam com orgulho. E ele tem motivos para estar contente: é a filha deles quem está cantando.

"Ela não tem uma voz maravilhosa?", pergunta Auster. Ao mesmo tempo que completa sua formação no Sarah Lawrence, no estado de Nova York, Sophie Auster, 20 anos, está organizando um novo álbum e ocasionalmente aparece com o pai no palco, em eventos. Assim que a música para, Auster percorre outros CDs demo.

"Oh, não toque o álbum inteiro", diz Siri Hustvedt, com o corpo de 1,80m encolhido numa poltrona. Eu pergunto por que uma garota com uma voz como aquela está se incomodando em fazer universidade, e Siri Hustvedt me lança um olhar severo. "Deixe uma mãe ter seus sonhos", ela ri.

Estávamos na casa geminada deles, no Brooklyn, conversando já havia uma hora a respeito dos próximos livros de Auster e Hustvedt, e tem-se a sensação de que eles estão felizes, agora que o negócio deles — criação — se tornou um negócio de família. Daniel, filho do primeiro casamento de Auster com a escritora Lydia Davis, é fotógrafo e DJ. Ele fez uma breve aparição em *Smoke*, o filme de 1995 que Auster escreveu e codirigiu com Wayne Wang. Sophie está indo muito bem em sua carreira de cantora.

Mesmo assim, Auster e Hustvedt não diminuíram o ritmo; pelo contrário, aceleraram.

Durante a última década, os dois publicaram ou organizaram mais de 17 volumes de poesias, ensaios, *graphic novels* e roteiros cinematográficos. No ano passado, Auster, aos 61, publicou *The Inner Life of Martin Frost*, filme que escreveu e dirigiu com Michael Imperioli, de *A família Soprano*, com Sophie fazendo uma ponta. E tem um romance a caminho.

Hustvedt, 53 anos, que acabou de publicar uma série de livros que devem muito (ou a respeito do) ao mundo da arte, também tem um romance a caminho: *Desilusões de um americano*.

"Realmente vivemos uma vida e tanto", diz Hustvedt, agora sentada à mesa de jantar laqueada de vermelho, diante de uma gravura de Alexander Calder que foi usada como frontispício da primeira coleção de poemas do marido. Auster veste jeans e puxou uma cigarrilha, que ele fuma com grande deleite. O silêncio do quarteirão — que por acaso também é onde moram a ganhadora do Booker, Kiran Desai, e o romancista Jonathan Safran Foer — é delicioso às cinco da tarde. Hustvedt e Auster moram ali há mais de 25 anos, depois de se casarem em 1982, tempo bastante para ver o bairro ficar mais limpo, enobrecido pelos melhoramentos, e depois expulsar, com os preços mais altos, os escritores que antes abundavam por ali.

Como muita gente em Nova York, os dois são uma espécie de refugiados espirituais. Auster nasceu em Newark, Nova Jersey; Hustvedt, em Minnesota. Auster disse adeus ao mundo de sua infância em sua magnífica e dolorosa memória de 1982, *A invenção da solidão*. Agora é a vez de Hustevedt fazer o mesmo em *Desilusões de um americano*, que pega trechos de um diário de seu pai, que era professor, escrito para os amigos dele, e os incorpora *verbatim* ao romance.

"Pensei muito a respeito de *A invenção da solidão* quando estava escrevendo esse livro", diz Hustvedt, voltando-se para Auster. "Era assim como se você estivesse arrumando seu passado na cabeça, quase o arquivando, como se fosse a mente pensando nela mesma." Do mesmo modo, em *Desilusões de um americano*, os personagens de Hustvedt — um irmão (Eridk) e uma irmã (Inga), descendentes de escandinavos morando em Nova York — lutam depois que o pai morre e deixa para trás uma série misteriosa de cartas sugerindo que ele pode ter tido alguma coisa a ver com um assassinato.

"Perguntei ao meu pai, antes de ele morrer, e ele me deu permissão", diz Hustvedt, "e para mim significa muito pôr tudo ali".

"São cartas incríveis", acrescenta Auster, "e, quando você as incorpora ao livro, elas se tornam uma coisa inteiramente nova".

Não é a primeira vez que Hustvedt incorpora os contornos da vida real à sua ficção. Seu romance anterior, *O que eu amava*, envolvia um poeta gélido, um artista famoso, sua ex-mulher e um filho perturbado. Em *Desilusões de um americano*, enquanto o psiquiatra Erik tenta livrar-se de sua profunda dependência em relação aos pacientes, Inga começa a receber cartas insinuadoras e visitas de um jornalista a respeito de seu recém-falecido marido, um escritor famoso, sobre o qual o jornalista alega conhecer um segredo constrangedor.

Não é preciso procurar demais para perceber uma velada estocada nos jornalistas bisbilhoteiros que, no passado, puseram a vida particular de Auster e Hustvedt na imprensa sensacionalista. De modo brincalhão, Hustvedt entra no clima. "Veja, eu matei Paul", diz ela rindo, se referindo ao marido de Inga. "Mas, falando sério, ele não tem nada a ver com Paul: ele é mais velho, leva uma vida inteiramente diferente." Por mais que ria da fama deles, Hustvedt admite se animar para essa publicação, como em todas as outras.

"Você está nervosa", salienta Auster. Hustvedt diz que não lê resenhas ou perfis.

"Não é pelas coisas maldosas", diz ela, "é por aquelas que por acaso acabam saindo errado".

Uma das coisas que *Desilusões de um americano* tira da vida real é o detalhe psiquiátrico que Hustvedt entrelaçou no livro. Há muitos anos, ela começou a trabalhar como voluntária numa instituição psiquiátrica local, dando aulas de escrita a pacientes, como forma de conhecer o meio e o estado de espírito de Erik. Ela pode ter estudado demais. Para se provar merecedora, passou no exame de licenciamento para psicólogos do estado de Nova York. Parte disso acabou em outro livro, na forma de uma história da psicopatia, em dez páginas, que Auster a encorajou a limar. "Eu estava tão relutante em abrir mão daquilo, e, claro, ele tinha razão."

Como sempre, Auster leu *Desilusões de um americano* durante a elaboração. "Eu mostrei a ele um pedaço de oitenta páginas", diz

Hustvedt, "esperando que ele dissesse: 'Você está no caminho certo, continue.' O que foi principalmente o que ele disse".

Enquanto isso, Auster lia para ela, uma vez por mês, parte de *Homem no escuro*, romance curto no qual um insone de 70 anos imagina um mundo em que a guerra no Iraque não aconteceu, as Torres Gêmeas não caíram.

A guerra no Iraque, que está sempre nos pensamentos de Auster e a respeito da qual ele fez críticas públicas, está muito presente no livro. "O livro todo acontece numa noite", diz Auster. "É um homem deitado na cama, não consegue dormir, e está inventando histórias e se lembrando de sua vida. Mas está inventando histórias para não pensar em determinadas coisas que são deprimentes demais."

Ao compartilhar o trabalho deles, Hustvedt fica mais apta a dar feedback a Auster a respeito de pequenas mudanças de palavras, ao mesmo tempo que ocasionalmente ele identifica coisas que podem ser cortadas. "Fico dizendo a Paul, quando desço no fim da noite: 'Acabei mais um compasso.'"

"É verdade", lembra Auster.

"Cada compasso foi uma espécie de fôlego que eu tive de puxar para fora", continua Hustvedt. "Eu estava sempre esperando o compasso seguinte."

"Onde começar", interpõe Auster.

"Comecei a pensar no livro como uma fuga", Hustvedt diz outra vez para ele tanto quanto para mim.

Desse modo, Auster e Hustvedt jogam um com o outro, terminando as sentenças um do outro, numa trajetória em círculos em torno de questões de linguagem e memória do novo romance dela, de Kant e ciência cognitiva.

"Posso me intrometer?", pergunta Auster num determinado ponto. "Nunca vi ninguém olhar para um quadro mais minuciosamente que Siri."

"Eu apenas fico olhando durante algumas horas", explica Hustvedt. Auster então a lembra de como ela encontrou uma imagem fantasma num quadro de Goya no Prado, em Madri, vários anos antes, provocando agitação no mundo da arte.

"Você diria, com relação à pintura figurativa", pergunta Auster, "que olhar os quadros é como estudar um texto? Você tem narrativa em pinturas dramáticas, e tem de conhecer a narrativa para entender o quadro".

Hustvedt pensa nisso durante um tempo. "Tenho um modo muito intrassubjetivo de olhar para a arte", diz ela. "Não que eu seja um ser super-humano que desça do alto e o explique. Para mim, é um diálogo entre os traços de uma consciência e minha própria consciência."

Quando se observa Auster e Hustvedt interagir intelectualmente, dá para entender por que artistas e escritores sempre aparecem na obra dela. Você pode também ver por que eles não trabalham na mesma casa. (Cinco anos atrás, ao entrevistar Hustvedt, eu parei quando achei que escutara alguém tocando uma bateria na casa. "Isso é Paul datilografando", explicou Hustvedt com um sorriso zombeteiro. "Não trabalho aqui há cerca de quatro anos", diz Auster. "Fizemos umas reformas na casa, e a toda hora eu era interrompido, de modo que pensei: 'Danem-se, vou voltar ao meu antigo sistema de trabalhar fora de casa.'"

Com sua voz rude, olhos que fuzilam a dez metros de distância, e prateleiras de romances a respeito da elusiva qualidade da memória, do acaso e da identidade, Auster não parece o tipo de escritor que trabalharia num estúdio inundado de sol. Mas é exatamente isso o que ele tem feito durante os últimos anos, escrevendo no apartamento do último andar de uma casa nas imediações. "Ninguém liga, a não ser umas poucas pessoas que têm o número. Então, se o telefone toca, eu sei que é importante", diz ele.

Embora eles escrevam e pensem numa estreita intimidade, Auster e Hustvedt acham mais difícil encontrar tempo para ficar juntos uma vez terminados os livros. O romance de Hustvedt vai ser lançado no mês que vem, e eles vão ter enormes períodos de tempo separados, um dos motivos pelos quais estão curtindo fazer juntos a primeira viagem à Austrália, para a Adelaide Writers' Week. "Acho que a puseram numa mesa sobre a vida e a mim numa sobre a morte", ri Auster. Não é um assunto inteiramente cômico. Por mais parecidos que sejam, o trabalho deles é enormemente diferente. "Alguém disse que os livros de Paul são construídos como pedras, e os meus, como rios", diz Hustvedt.

Desse modo, o moinho literário americano mais produtivo continua produzindo, uma palavra por vez.

Março de 2008

Kazuo Ishiguro

KAZUO ISHIGURO *nasceu em Nagasaki, no Japão, em 1954, e mudou-se para a Inglaterra aos 6 anos. Estudou em Kent e mais tarde fez o curso de escrita criativa na Universidade de East Anglia, com Malcom Bradbury e Angela Carter. Com base em sua estreia, em 1982,* A Pale View of the Hills, *a revista* Granta *o incluiu na primeira lista dos* Melhores jovens escritores britânicos, *junto com seus contemporâneos Martin Amis, Pat Barker, Julian Barnes, Ian McEwan, Graham Swift e Salman Rushdie, sendo que todos ganharam o Booker Prize. Ishiguro ganhou seu próprio Booker com* Os resíduos do dia *(1989), a melancólica história de um mordomo que doou sua vida de trabalho a serviço de um lorde inglês nos dias finais do Império Britânico. Os romances de Ishiguro são primorosas criações contínuas, livros de uma execução tão sem costuras que seu alcance ainda não foi inteiramente avaliado. Alguns são permeados das memórias de um Japão perdido; sua influência anterior, como* An Artist of the Floating World *(1986) e* Quando éramos órfãos *(2000), foram finalistas do Booker, enquanto outros, como* The Unconsoled *(1995) e* Não me abandone jamais *(2005), cuja publicação provocou a oportunidade para esta entrevista, refletem a mente de um Kafka mais sedoso.*

Kazuo olha com assombro para meu prato de broas. "Você está fazendo a maior bagunça com isso, não está?" É hora do chá da tarde no Café Richoux, em Piccadilly, Londres. De algum modo consegui espalhar migalhas para o lado da mesa onde está Ishiguro. Com fingida irritação, ele estuda meu prato e faz outra tentativa de instrução. "Primeiro espalhe o creme, depois ponha a geleia por cima, assim", diz ele. "Pense em como botar sangue sobre neve fresca."

É difícil dizer quanto dessa demonstração de meticulosidade é uma representação, uma estratégia para nossa entrevista — a primeira, ele revela mais tarde, de centenas que ele iria dar a respeito de seu romance *Não me abandone jamais*.

Se era esse o caso, seria difícil censurá-lo. Ishiguro fez 50 anos em novembro último, e a maior parte de sua vida adulta foi passada escrevendo romances (até então, cinco), depois falando deles em público. De *A Pale View of Hills* até o ganhador do Booker, *Os resíduos do dia*, a respeito de um mordomo reprimido, Ishiguro levou o narrador "confiantemente pouco confiável" ao seu auge artístico, e ficou no topo. Mas embora sua maestria lhe rendesse os prêmios Booker e Whitbread, entre outros, Ishiguro admite que há um perigo em ser bom demais nessa arte delicada.

"Há um modo determinado de se contar uma história", diz ele. Seus olhos são gentis, mas seu tom é cortante. "Existe uma determinada textura em suas cenas nas quais você fica viciado: a textura da memória. Eu preciso ter o cuidado de não continuar usando os mesmos dispositivos que empreguei no passado."

Não me abandone jamais é a saída estilística mais radical de Ishiguro até agora. Passado na Inglaterra no fim dos anos 1990, o romance é, essencialmente, uma história de amor revestida nos trajes de história alternativa. Mas enquanto Philip Roth, em *Complô contra a América*, usa como base uma ligeira alteração na história política americana, *Não me abandone jamais* volta-se para a ciência: imagina um mundo no qual a engenharia genética — não a tecnologia nuclear — é o desenvolvimento que define a Segunda Guerra Mundial.

Não me abandone jamais está livre de parafernálias e tecnologia. A história se passa num mundo paralelo, cujos contornos temos de inferir. Ishiguro, muito bem-vestido num suéter preto e calças bem--passadas, se arrepia quando surge a expressão ficção científica. "Quando estou escrevendo ficção, não penso em termos de gênero, nunca. Escrevo de um modo completamente diferente. Começa com as ideias."

Embora *Não me abandone jamais* leve Ishiguro além de seus limites normais, ele circunda o mesmo território temático da memória. À medida que o livro se desenrola, a protagonista de Ishiguro, Kathy H, olha para trás, para sua infância, num colégio interno rural da Inglaterra chamado Hailsham. Em vez de ouvir a respeito de alunos que se tornaram políticos famosos ou figuras importantes na sociedade, o panteão de ex-alunos de Kathy envolve "cuidadores" e "doadores".

Demora um pouco para entender exatamente o que isso significa, mas uma coisa está clara: aos 31 anos, Kathy não tem muito tempo de vida, e contar a sua história é um modo de integrar todas as miniaturas de crises e espetáculos de sua vida curta.

"Acho que foi um tipo de metáfora útil para como nós todos vivemos", diz Ishiguro. "Eu apenas alonguei o período de tempo com esse dispositivo. Essas pessoas basicamente encaram as mesmas questões que todos encaramos."

A brecha entre doadores e cuidadores e a relativa imaturidade de suas preocupações cotidianas dá a *Não me abandone jamais* uma pungência fantasmagórica. O elenco adolescente de Ishiguro é hormonalmente desequilibrado, impetuosamente calmo, mas conhece tão pouco do mundo do lado de fora da escola quanto os leitores. Apenas Kathy, seu amigo Tommy e a namorada dele, Ruth, têm curiosidade intelectual para calcular o que o destino lhes reserva.

"Qual é realmente a importância de você saber o que vai acontecer com você?", pergunta Ishiguro sobre a morte que os aguarda. "A que coisas você se agarra, que coisas você quer endireitar? O que você lamenta? Quais são os lenitivos? De que servem toda a educação e cultura para você, se você vai morrer?"

O título do romance vem de um *standard* de jazz de Lay Livingston, recorrente por todo o livro, quando Kathy lembra sua amizade e seu amor por Tommy. Inicialmente, Ishiguro começou a escrever um rascunho de romance nos Estados Unidos dos anos 1950, sobre cantores em espeluncas que querem chegar à Broadway. "O livro seria a respeito desse mundo e iria se parecer com suas canções", diz Ishiguro, "mas então um amigo veio jantar e me perguntou o que eu estava escrevendo. E eu não queria dizer a ele, porque não gosto de fazer isso. Então falei de um de meus outros projetos, em apenas duas frases. Eu disse: talvez eu escreva esse livro sobre clonagem".

Um ano mais tarde, Ishiguro tinha aberto mão de seu *Não me abandone jamais* original e estava polindo o livro que acaba de publicar.

O fato de Ishiguro ter falado a esse respeito faz com que pareça pouco provável ele voltar ao tema do jazz. De certa maneira, ele já o viveu: as letras de música foram seu primeiro esforço literário. Quando pressionado para descrever seus dias de estudante, cortejando as meninas com baladas na guitarra, ele desvia a conversa de volta para a escrita. "Você escreve a respeito de coisas que experimentou. Eu basicamente fiz isso ao escrever as letras."

Muitos críticos tentaram ler a obra inicial do Ishiguro nascido em Nagasaki como uma autobiografia velada, e ele admite que há alguma verdade nesse ponto de vista, mas também uma desvantagem. "As pessoas ficam me perguntando se eu tentava ser uma ponte entre o Oriente e o Ocidente. Esse era um peso verdadeiro, e, além disso, eu me sentia um completo charlatão. Não me encontrava na posição de um conhecedor."

Desde que *Os resíduos do dia* foi transformado em filme, ele tem se envolvido cada vez mais com cinema. Em 2003, seu roteiro *The Saddest Music in the World* foi filmado, com Isabella Rossellini. Em 2005, foi lançado *The White Countess*, com Ralph Fiennes e Vanessa Redgrave.

Há mais roteiros na fila, junto com romances. Enquanto isso, ele vai continuar contando a história de sua vida inúmeras vezes, refinando sua apresentação até um brilho tão perfeito quanto sua prosa. E você pode ter certeza de que ele estará no controle em todos os minutos do processo.

Fevereiro de 2005

Charles Frazier

CHARLES FRAZIER *nasceu, estudou e mora na Carolina do Norte, estado sobre o qual escreveu em três elegantes obras de ficção histórica.* Montanha gelada, *sua publicação de estreia, no ano de 1997, quando ele tinha 46 anos, é sobre um soldado confederado ferido que deserta e volta para casa atravessando as montanhas da Carolina do Norte. O livro, muito elogiado por livreiros do sul dos Estados Unidos, tornou-se um best-seller colossal e deu a seu autor, homem reservado e de fala mansa, uma projeção que, na melhor das hipóteses, Frazier qualifica como questionável. Não foi surpresa que o escritor levasse quase uma década para terminar o segundo romance,* Thirteen Moons *(2007). Foi na véspera da publicação desse livro que conversei com ele. Em 2011, Frazier publicou o terceiro romance,* Floresta noturna, *uma história de suspense.*

Charles Frazier gostaria de preservar muita coisa no estado em que mora, a Carolina do Norte, mas, neste momento, duas delas lhe parecem as mais importantes: as livrarias independentes e a língua *cherokee*. Há chances de que *Thirteen Moons*, seu novo romance, dê sua contribuição nas duas questões. Sentado na Quail Ridge Books, em Raleigh, Carolina do Norte, Frazier começou a colocar seus planos em andamento. Em vez de pegar a estrada e irromper pelas grandes cidades do país em programas de entrevistas matinais na televisão, preferiu divulgar *Thirteen Moons* — talvez o romance mais esperado nos Estados Unidos na última década — nessa minúscula livraria independente.

O clima na sala dos fundos é de júbilo, enquanto Frazier autografa metodicamente uma pilha de livros com a largura e a densidade de um Land Rover. Vendedores estão por perto e entregam os livros, compondo uma cadeia humana de transporte. Um agente publicitário lhe oferece um uísque, mas ele diz "Não, obrigado", já que são apenas nove e pouco da manhã.

"Eles apostaram em mim quando eu era apenas um romancista de primeira viagem", diz o autor de *Montanha gelada*, enquanto o dono da loja parece radiante como uma mãe orgulhosa. Frazier tem a expressão encabulada de um filho facilmente acanhado. Ele usa jeans desbotados e uma camisa de seda preta. Sua barba é branca e bem-aparada.

A gratidão de Frazer poderia parecer forçada, não fosse tão verdadeira. Afinal, ele é um homem que largou o emprego como professor universitário, já com mais de 40 anos, para escrever seu primeiro romance sobre um soldado que atravessa a Guerra Civil Americana. "Lembro-me de quando este lugar ficava do outro lado da cidade", prossegue ele mais tarde, num pequeno escritório, rodeado de pedidos de compras. "Eu sei, porque os ajudei a carregar as caixas quando eles se mudaram."

Você pode não acreditar, a julgar pela série de livros críticos à Guerra do Iraque empilhados na mesa da frente, mas esta é terra de Bush. O estado deu ao presidente uma margem de vitória de meio milhão em 2004, e os adesivos Bush-Cheney adornam alguns para-

-choques. Mesmo assim, a leitura de Frazier sem dúvida será leve no ambiente patriótico.

Thirteen Moons conta a história da destruição da nação *cherokee* — que já foi um país dentro dos Estados Unidos — vista pelos olhos de Will Cooper, um homem de 90 anos, adotado aos 12 por um chefe *cherokee*. Com a mesma idade, ele conhece uma menina por quem se apaixona e a quem persegue pelo resto da vida. Quando não está ansiando pelo seu único amor verdadeiro, Cooper luta contra os tratados injustos e contra a expansão para Oeste, promovida pelo presidente Andrew Jackson, por meio da Lei de Remoção Indígena, de 1830, e levada adiante pelo Exército, em 1838. Cooper acaba ajudando a garantir um pedaço de terra ancestral para um grupo de *cherokee*s. Ela existe até hoje: a Banda Oriental da nação *cherokee*.

Frazier trabalhou muito para tentar recriar a textura e o sentimento nas terras *cherokee*s daquela época. Aprendeu receitas de sopa de urso e ensopado de vespas amarelas. Em uma cena, Will participa de um jogo de bola *cherokee*, que Frazier passou vários dias pesquisando, sem conseguir obter uma ideia clara de como ele era de fato. Um dia, à tardinha, finalmente tropeçou em alguns *cherokee*s locais que estavam jogando bola. "A bola é tão pequena — do tamanho de uma bola de pingue-pongue", conta Frazier. Depois de observar o jogo, ele não teve problema para descrevê-lo no romance.

Apesar de sua cultura original, os *cherokee*s tinham começado a assimilar outras culturas, por ocasião da aprovação da Lei de Remoção Indígena. "Eles tinham uma assembleia, um prédio da Suprema Corte; começavam a fazer um museu", diz Frazier. "Não dava para distinguir a maneira de viver dos *cherokee*s daquela que as pessoas viviam nas plantações brancas da Georgia."

Filho de um diretor de escola secundária e bibliotecário escolar, Frazier cresceu aos pés dessa região, numa época em que não era incomum ver agricultores arando a terra com mulas, e ele frequentou a escola na companhia de alguns de seus residentes. "Ainda me lembro de gente cultivando do modo antigo", diz ele. Nessa parte do estado, onde máquinas automáticas vendem torresmo de porco e os condutores de trem chamam as pessoas de *ma'am*, essas coisas contam. “Ele não passa de um roceiro”, disse um líder local sobre Frazier. Logo que ele recebeu as provas do novo livro, não as enviou para os amigos escritores, mas trouxe-as para a Banda Oriental, a fim de ouvir a opinião do conselho tribal.

“Entreguei a prova a alguns dos anciãos, ao chefe Hicks e a outras pessoas da comunidade, para que lessem. Depois, fizemos um almoço só para falar disso”, conta Frazer. “Uma das coisas que eu disse naquele dia foi: ‘O que estou tentando fazer nesse livro não é contar a história de vocês. Estou tentando contar a nossa história — desta terra que nós ocupamos juntos.’”

O significado desse gesto não se perdeu na Banda Oriental. Parentes de Frazier estavam entre os colonos brancos que deslocaram tantos *cherokee*s. “Meus ancestrais vieram [para a Carolina do Norte], logo em seguida a um daqueles tratados, depois da Guerra Revolucionária que abriu a terra a oeste de Asheville, para a ocupação branca. Aconteceu algo já esperado: algumas pessoas com dinheiro vieram e compraram grandes lotes de terra, e as arrendaram para as pessoas com menos recursos.”

Sob diversos aspectos, *Thirteen Moons* nasceu desse legado. Em um romance vendido pela agora infame soma de oito milhões de dólares, baseado em algumas páginas e em um esboço, Frazier inicialmente planejou seguir a vida de William Holland Thomas, confederado branco adotado pelos *cherokee*s que acabou os representando no Congresso. Thomas mais tarde morreu num hospital psiquiátrico.

Quando começou a estudar Thomas, Frazier descobriu documentos que lhe mostraram que ele não era uma anomalia, que a vida dos colonos e dos índios era mais entrelaçada. “Quando o Exército chegou para expulsar os *cherokee*s”, diz Frazier, “eles guardaram os livros de registros de propriedades, porque os *cherokee*s seriam indenizados ao se mudar para o Oeste. Então, você pode ir de fazenda em fazenda e ver o que eles realmente possuíam. As listas repetiam exatamente o que meus ancestrais tinham: uma pequena cabana, alguns campos, alguns animais, um arado”.

De certo modo, Frazier tenta fazer algum tipo de reparação nesse livro. Ele não apenas conta a história dos *cherokees*; deu início a um fundo para canalizar parte dos lucros obtidos com o livro para preservar a linguagem *cherokee*. "Do jeito que a coisa vai, será uma língua morta dentro de vinte ou trinta anos", lamenta Frazier.

O primeiro projeto na experiência de tradução estará na seção "Retirada" do romance, que conta a remoção dos *cherokees* de suas terras — alguns eram apenas 1/8 índios. Frazier encara isso como um começo, para "aprender quais são os problemas de publicar em *cherokee*". Em última instância, ele espera passar para livros dirigidos a leitores mais jovens, de modo que as crianças que saem de um programa de creche *cherokee* tenham algo para ler em sua própria língua.

Esse tipo de generosidade não coincide com a percepção de Frazier criada pelo enorme pagamento recebido por ele. Mas aqueles que o conhecem dizem que ele ficou constrangido pela atenção gerada por isso. Frazier ainda mora em Raleigh, mas mantém uma casa na Flórida e um haras nas imediações. Ele diz que sua vida mudou muito pouco. "Alguém me perguntou outro dia como eu me divirto", conta Frazier, dando outra grande risada acanhada. "Faço o mesmo que fazia quando tinha 12 anos: ando de bicicleta, leio livros, caminho nos bosques. E escuto música."

Essas eram as únicas atividades que Frazier se permitia durante os últimos dez anos, enquanto tentava terminar *Thirteen Moons*. A primeira porção do tempo foi despendida na pesquisa, porém, quando começou a escrever, tudo foi muito devagar. "Eu diria, um ou dois parágrafos por dia", diz. Durante muitos anos, mal falava com seu agente ou com os editores. "Simplesmente tentei dizer para mim mesmo: 'Quero acabar este livro sem ter reescrito *Montanha gelada*.'"

A recepção na comunidade literária dos Estados Unidos foi unânime em relação a isso. "Enquanto a narrativa em *Montanha gelada* é rica e densa como um bolo de frutas", escreveu a crítica do *New York Times* Michiko Kakutani, "*Thirteen Moons* — apesar do tema muitas vezes sombrio — é uma produção consideravelmente mais graciosa, muito mais próxima de Larry McMurtry que de Cormac McCarthy". O livro recebeu sua parcela de crítica, mas isso não diminuiu o ritmo de Frazier. *Thirteen Moons* estreiou como o número dois na lista de mais vendidos de ficção do *New York Times*, exatamente quando Frazier pegou a estrada para fazer sua turnê de carro pelas cidades sulinas. Ele parece saber o que as pessoas querem de um contador de histórias e como dar isso a elas. Ele sabe, sobretudo, que os bosques estarão esperando quando ele voltar para casa.

Novembro de 2006

Edmund White

EDMUND WHITE *começou a escrever aos 15 anos e não parou desde então. A história de sua vida, da infância em Cincinnati e dos primeiros anos na cidade de Nova York, antes da crise da Aids, até a década que viveu no exterior, em Paris, é lindamente urdida em suas memórias e seus romances, inclusive o quarteto autobiográfico que começou com* A Boy's Own Story *(1982) — considerado seu primeiro romance publicado — e terminou em* O homem casado *(2000), história elegíaca sobre a morte do amante de um homem, pela Aids. White ajudou a fundar o Gay Men's Health Crisis na cidade de Nova York, em 1982, para combater o silêncio sobre a disseminação da epidemia de Aids. Ele é tão virtuosístico quanto prolífico. Biógrafo de Proust, Genet e Rimbaud, ensaísta e antologista de literatura gay, White tornou a escrita gay visível pelo mundo todo e também criou a possibilidade de haver um período de ficção pós-gay.*

Por algum acidente de carma imobiliário, uma única rua em Manhattan abriga três dos mais ilustres personagens nas artes e letras gays dos Estados Unidos. Na extremidade, fica o apartamento do poeta John Ashbery; mais adiante encontra-se Matin Duberman, o ensaísta e historiador que livrou dezenas de gays do jugo da terapia de autorrancor em suas memórias *Cures*. Finalmente, próximo à 8ª, a avenida onde, aos sábados, fortões musculosos podem ser vistos desfilando como pavões, à distância de um pulo dos cafés e das lojas de couro, do canto mais gay e da cidade mais gay dos Estados Unidos, mora Edmund White. Bem ao lado de uma igreja.

Para avaliar a ironia dessa justaposição, alguns números podem ser úteis: cem, por exemplo, é mais ou menos a quantidade de homens que White diz ter seduzido ao chegar aos 16 anos. Outro número importante, vinte, é a quantidade de anos em que ele é soropositivo e saudável.

Até agora, White é um dos poucos afortunados nos quais o vírus não evolui, deixando-o parado no chamado mundo pós-Aids, com uma legião de lembranças e um senso de *carpe diem*. "Apesar do que os médicos dizem, eu nunca consegui recusar uma segunda fatia de bolo", diz o corpulento sexagenário (65 anos). "Mesmo quando sei que é ruim para mim."

O triunfo de White sobre a autocensura tem sido um farol para muitos, embora torne a entrevista difícil.

Conversamos na véspera da publicação de suas memórias, *My Lives*, mas o que se pergunta a um homem que admitiu ter ajustado o espartilho da mãe e espremido seus cravos? Como você faz com que alguém se abra, quando ele já dedicou página após página de descrição lírica ao fato de ter sido amarrado em uma masmorra?

"Sou muito exibicionista na minha escrita", diz White, quase que se desculpando por um dos silêncios constrangedores que acontecem nesses momentos. "Mas, na verdade, sou bastante tímido em relação à minha vida, pessoalmente."

É verdade. Sentado na sua sala de estar, White é um tanto acanhado, e, rodeado pelo bafo pungente de um *dip* de queijo, o autor de *A Boy's Own Story* (1982) e de outros romances demonstra-se uma excelente fonte de fofocas, conversa literária e bom humor. A fala dele é rápida e fluente, e persegue um debate até o fim. No entanto, ele não é aquele maravilhoso especialista em ser Edmund White.

Esse conhecimento foi desviado para seus livros, e *My Lives* parece aquele que White construiu durante os últimos trinta anos. "Alan Hollinghurst disse achar que este é o meu melhor livro até agora", deixa escapar num momento da conversa. Seu júbilo de cachorrinho torna a jactância perdoável. Você quase fica com vontade de lhe comprar um sorvete, de felicitação.

E Hollinghurst, ganhador do Booker Prize, tem razão. Esse é o melhor livro de White, aquele no qual ele concentra sua melhor escrita e ainda dá um jeito de o bufê fechar antes de começar a cheirar mal.

Parte do sucesso vem da estrutura. *My Lives* caminha em longos capítulos definidos, "Minha mãe", "Minha Europa" e "Meu Genet". O resultado é um vislumbre lírico mais pessoal de sua vida e de sua época.

Se seus romances autobiográficos fossem um diagrama de sua memória, esse livro seria um modelo em escala. "Eu poderia ter escrito um livro como esse sobre assuntos inteiramente diferentes", diz White. Mas ele não quis cair presa das confissões. "Achei que, se prosseguisse cronologicamente, ficaria atolado na infância, e faz parte da nossa cultura, nos Estados Unidos, nos queixarmos. Essa choradeira infinita a respeito da nossa infância."

White teria inúmeras razões para reclamar. Como está revelado em *My Lives*, ele cresceu no centro dos Estados Unidos, antes que a intolerância fortuita contra os homossexuais se tornasse um instrumento de reeleição dos republicanos.

White pode alegar ser mais texano que o presidente George W. Bush. Os dois lados de sua família são originários do estado da Estrela Solitária, um de seus avôs era membro da Ku Klux Khan; o outro, um desajustado de uma perna só.

Alguns dos detalhes aparecem em *A Boy's Own Story*, mas não todos. *My Lives* torna evidente o quanto ele abrandou as coisas. Em

A Boy's Own Story, diz White, "tentei tornar o menino mais normal do que eu era — na vida real, eu era precoce, tanto intelectual quanto sexualmente. Tentei torná-lo um pouco mais normal".

Ao longo do tempo, a ficção de White acompanhou o ritmo frenético de sua vida. Depois de dois anos de formação em Nova York, ele se mudou para Paris, e seus romances o seguiram: *A Boy's Own Story* levou a *The Beautiful Room Is Empty* e *The Farewell Symphony*, em 1997, que White julgou ser o último. Em 2000, ele transformou essa série numa tetralogia, com um romance triste sobre a morte de seu amante, Hubert Sorin, de Aids: *O homem casado*.

White fala algo sobre o poder da primeira pessoa, o fato de que, embora tenha publicado três coletâneas de ensaios, uma premiada biografia de Genet, uma publicação curta sobre a vida de Proust, lembranças da vida em Paris e um romance histórico, continua conhecido pela tetralogia semiautobiográfica.

Um dos motivos do sucesso desses livros é a habilidade de White em isolar a memória da história. Ele tem o cuidado de não romantizar o fechamento gradual dessa brecha entre o modo como ele viveu e o que ele podia escrever.

Grande parte do autorrancor e da insegurança tinha de ser demolida, e esses elementos de sua persona estão evidentes em *My Lives*. "Acho que a maioria das pessoas tem uma tendência a reescrever o passado sob a luz daquilo que aconteceu mais tarde", diz ele. "Então, por exemplo, se, digamos, você era stalinista nos anos 1950, agora você diz que é socialista. Eu conheci esse tipo — as pessoas simplesmente não assumem aquilo em que acreditavam com ardor."

Embora ele tenha apenas insinuado a homossexualidade nos dois primeiros romances, em sua linguagem elaborada e codificada, *Forgetting Elena* e *Nocturnes for the King of Naples*, White tem sido corajoso em sua defesa, publicamente — e pessoalmente —, desde então. O segundo livro foi *The Joy of Gay Sex*, que escreveu com seu terapeuta. Depois disso veio *States of Desire: Travels in Gay America*. Em 1982, junto com Larry Kramer e alguns outros, fundou o Gay Men's Health Crisis, como reação à falta de preocupação da Casa Branca com a Aids.

My Lives não levanta tanta poeira quanto poderia, mas há alguma. Susan Sontag faz uma breve aparição em um jantar, assim como o filósofo francês Michel Foucault, que White resgatou de uma sauna onde o professor tinha uma *bad trip* de LSD.

White sabe (e teme) que seu incontinente senso de humor provavelmente "vai lhe render muita implicância". O crítico inglês Mark Simpson já atacou White por sua ideologia "gay". Além disso, ele acusa White de exportar "gayismo — uma invenção norte-americana e produto de exportação", que ele descreve como "não a antítese da busca americana de autorrevelação e perfeição, mas a corporificação dela fabricada em academias de ginástica".

O parceiro há mais de 12 anos de White filtra esses ataques, então não é frequente que ele os escute diretamente. Mas isso não significa que ele tenha se isolado ou se fossilizado. "Acho que o romance de Alan Hollinghurst [*A linha da beleza*] é um exemplo perfeito de romance pós-gay", diz ele, que defende a ideia de que, no futuro, talvez não haja isso de ficção gay. "Acho que ele teria escrito o mesmo livro se fosse hétero."

Para White, uma mudança dessas é pouco provável — de fato, depois de *My Lives*, isso parece estar além do reino do possível.

Março de 2005

Geraldine Brooks

GERALDINE BROOKS *nasceu na Austrália em 1955 e cresceu em Ashfield, subúrbio de Sydney. Começou sua carreira como repórter novata no* Sydney Morning Herald. *Mais tarde, cobriu guerras na África, no Oriente Médio e nos Bálcãs para o* Wall Street Journal, *onde trabalhou com seu marido, o escritor Tony Horwitz.*

Seu primeiro livro, Nine Parts of Desire *(1995), explora a vida reclusa das mulheres nos países islâmicos.* Foreign Correspondence *(1997) comemorava e lembrava seus relacionamentos por cartas com pessoas do mundo todo, travados durante a infância. Como romancista, os interesses de Geraldine Brooks também têm sido globais e são apenas um indício da quantidade prodigiosa de pesquisa neles investida.* Ano de milagres *(2001) se dá em uma pequena aldeia, em Derbyshire, atacada pela peste bubônica;* O senhor March *(2005), ganhador do Prêmio Pulitzer, reinventa a Guerra Civil Americana por meio da vida de personagens do clássico de Louisa May Alcott, um período ao qual Brooks voltou em* A travessia de Caleb *(2011).* As memórias do livro *(2008) — o romance que me levou a viajar até Martha's Vineyard para conversar com ela — começa com a Hagadá de Sarajevo, um dos textos sefardis mais antigos do mundo.*

Geraldine Brooks pode ter aposentado seu passado na imprensa, mas a correspondente estrangeira transformada em romancista conserva um talento especial para se adaptar.

Prova número 1: sua decisão sobre onde almoçar em Martha's Vineyard no fim de dezembro. À beira do oceano Atlântico, o vento é cortante, o céu, claro e brilhante, mas a autora de faces cor de maçã, australiana, a bordo de um Volvo, acha que é o lugar perfeito para encontrar um bom pão de lagosta.

Geraldine Brooks, aos 52 anos, instala-se em um banco e começa a comer seu sanduíche no silêncio meditativo que cai sobre os moradores da Nova Inglaterra sempre que contemplam a frieza assombrosa da natureza.

"Esses são dias que os turistas perdem", grita um residente, caminhando na direção da água. Brooks concorda que a piada é sobre os de fora.

De volta ao carro, com seus três cachorros, rumo à grande casa com colunas no estilo "Greek Revival" que ela compartilha com o marido, o jornalista e ganhador do Prêmio Pulitzer Tony Horwitz, Brooks admite não enganar os legítimos residentes. "Alguns diriam que fui trazida à costa recentemente."

A probabilidade é que isso não a faça parar. Não a impediu, como imigrante vinda para os Estados Unidos, de ousar copiar um dos livros mais amados desse país, *Mulherzinhas*, de Louisa May Alcott, para recriar a época da Guerra Civil Americana. Está em seu romance *O senhor March*, que ganhou o Pulitzer de ficção em 2006.

E correu esse mesmo risco em *As memórias do livro*, no qual conta a história da Hagadá de Sarajevo — um livro religioso judaico, raro e iluminado, do século XIV —, que desapareceu da biblioteca da cidade durante a Guerra dos Bálcãs. Geraldine Brooks, nem crente nem especialista em religião, segue a Hagadá através do tempo, seus riscos com nazistas e outros ocupantes, até seu criador.

Do mesmo modo, em uma ameaça mais recente, o romance conta a história de Hanna, uma cuidadora de livros australiana, enérgica, descolada, que é chamada a Sarajevo e encarregada de trazer o códex danificado de volta à vida. Esses dois elementos formam um tipo de *Código Da Vinci* literário, um livro que é menos sobre os mistérios ocultos da fé que sobre o poder que os livros têm de unir as pessoas.

"Vamos direto ao ponto", escreveu um crítico no *San Francisco Chronicle*. "*As memórias do livro* (...) é um tour de force, que traz uma lição poderosa colhida da história."

Quando se pergunta qual seria essa lição, Geraldine Brooks responde: "Que as nossas sociedades ficam melhores e mais fortes quando valorizam a diferença."

Ela não aprendeu essa lição com a história, mas na própria pele. Como repórter do *Wall Street Journal*, foi enviada a zonas de guerra e de fome, da Somália ao Iraque, muitas vezes com Horwitz fazendo reportagens ao seu lado, e observou as sociedades sofrerem por não seguirem esse ensinamento.

Foi durante o fim desse período que seu caminho se cruzou com a Hagadá de Sarajevo. "Eu estava cobrindo a missão de paz da ONU ali", diz ela, sentada na cozinha, a um mundo de distância de qualquer zona de guerra.

A biblioteca da cidade tinha pegado fogo, e a Hagadá sumira. "Havia todo tipo de boatos: que fora vendida, e o dinheiro, usado para comprar armas, ou que os israelenses tinham mandado uma equipe militar para resgatá-la", conta ela. "E então revelou-se que fora recuperada por um bibliotecário muçulmano que tinha ido, durante os primeiros dias da guerra, salvar alguns objetos da coleção. Ele achava que seriam destruídos se os sérvios conseguissem tomar o prédio. O bibliotecário levara para um banco e a depusera numa caixa-forte."

Era ali que estava o livro quando permitiram que Geraldine Brooks acompanhasse a conservação. "Deu-me uma grande percepção de como um conservador trabalha, suas ferramentas e seu treinamento."

Geraldine Brooks ouviu que o livro fora resgatado dos nazistas, na Segunda Guerra Mundial, de um modo mais ou menos parecido.

Ela voltou a Sarajevo e soube, por acaso, que a viúva do bibliotecário que salvara o livro dos nazistas, uns cinquenta anos antes, ainda estava viva. Ela tinha uma história.

No começo deste ano, Brooks estava na estrada explicando por que a Hagadá de Sarajevo é tão importante. Ela dá uma pequena prova desse clímax quando me leva ao andar de cima e me mostra duas réplicas.

O livro é menor do que se poderia esperar, e é extraordinariamente lindo. Um silêncio paira sobre Brooks, e depois ela dá uma risadinha, como se estivéssemos olhando para um tesouro.

Fevereiro de 2008

Imre Kertész

IMRE KERTÉSZ *nasceu em 1929, em Budapeste, e ganhou o Prêmio Nobel de Literatura em 2002. Quando adolescente, foi deportado com muitos outros judeus húngaros, primeiro para o campo de concentração de Auschwitz, depois para Buchenwald. Sua experiência para sobreviver formou a base de seu primeiro romance,* Fatelessness *(1975). A carreira de Kertész como dramaturgo e romancista seguiu de perto a derrocada da Hungria do pós-guerra, a dissolução dessa memória e o colapso do comunismo. Falei com Kertész por intermédio de um intérprete, por ocasião da publicação de seu romance de 2003,* Liquidação, *que imagina o ponto final das memórias do Holocausto em uma sociedade muito parecida com a dele.*

Para um homem que passou a maior parte de cinquenta anos pensando em suicídio, Imre Kertész tem um sorriso extremamente largo. "Albert Camus disse uma vez que o suicídio não passava de um problema filosófico", diz o belo húngaro de 75 anos, vencedor do Prêmio Nobel, falando por intermédio de um intérprete, no escritório de seu editor americano. "Tendo a concordar."

Uma parte de Kertész, aqui, faz um jogo reticente. Afinal, seu último romance, *Liquidação*, trata de um sobrevivente do Holocausto chamado B, que escreve uma peça na qual ele é um personagem. No fim da peça, que também é chamada *Liquidação*, o personagem B se suicida. Quando o romance de Kertész começa, o B real se suicida, deixando em suspenso as razões de sua motivação.

Esse atordoante paradoxo metafísico — a ideia de que a sobrevivência no sentido convencional é uma sujeição, e que a verdadeira sobrevivência às vezes significa tomar a questão em suas próprias mãos — está na raiz de toda a obra de Kertész. *Kadish por uma criança não nascida* examina esse dilema da perspectiva de um sobrevivente do Holocausto que não consegue trazer um filho a um mundo em que ocorrem assassinatos em massa.

Fatelessness, o romance que foi apontado pelo comitê do Nobel como sua obra-prima, espelha a experiência do próprio Kertész, que, preso em Buchenwald e Auschwitz, quando adolescente, sobreviveu e depois percebeu que a vida no mundo e a vida nos campos compartilham do mesmo problema filosófico: viver é sujeitar-se — então, por que viver?

Kertész pondera sobre essa questão desde que foi libertado de Auschwitz, mas demorou quase trinta anos para encontrar a forma de expressar isso num livro. Depois de ter sido solto, trabalhou como tradutor literário e, de 1949 até 1951, como jornalista, mas foi considerado inadequado para a tarefa.

"Sempre que se tinha de escrever algum artigo sobre Matyas Rakosi, que era basicamente o Stálin da Hungria, deviam-se usar três adjetivos", diz ele. "Lembro-me, de fato, de ditar meu último artigo para a datilógrafa, e havia esses dois adjetivos que me vinham à cabeça, mas não conseguia me lembrar do terceiro. Então, lá estava ela, com os dedos suspensos no limbo; íamos imprimir e não havia nada que me viesse como o terceiro adjetivo. E eu simplesmente tive de admitir que eu era inadequado para aquilo."

Durante as três décadas seguintes, Kertész escreveu comédias musicais para financiar sua obra literária. "Essas foram escritas absolutamente com o propósito de ganhar a vida", diz Kertész, quando lhe pergunto se, por acaso, veremos essas peças em algum futuro próximo. "Eu estava muito consciente de que devia me certificar para que não tivessem absolutamente qualquer valor literário."

Na época, Kertész não contou a ninguém a respeito de sua escrita real. "Na Hungria, naquela época, a pessoa tinha de se distanciar de toda a aura de sucesso, porque, naquele sistema, sucesso era uma trilha completamente em falso. Quem quer que tenha experimentado a vida sob o comunismo escreveria romances como *Kadish* e *Fatelessness*."

Por fim, depois de ter limado mais de mil páginas de seu manuscrito, Kertész terminou *Fatelessness* aos 44 anos. O livro foi publicado em 1975, e a reação na Hungria foi modesta. O livro, na verdade, teve um impacto muito maior na Alemanha.

"Eu realmente recebi pilhas de cartas de leitores alemães — de jovens também", diz Kertész sem amargura. Demorou muito para ele receber cartas de leitores de língua inglesa. *Fatelessness* só foi publicado na versão inglesa em 1992, e, mesmo assim, o livro mofou em uma pequena editora universitária. Em 2004, a Vintage Books, nos Estados Unidos, publicou o romance, junto com *Kadish por uma criança não nascida*. A editora lançou as novas traduções de Tim Wilkinson, que também traduzira alguns dos ensaios de Kertész.

De certo modo, Kertész parece pôr a culpa do fracasso do livro na sua primeira tradução para a língua inglesa. "Devo realmente dizer que eram circunstâncias desfavoráveis. O romance foi publicado aqui numa versão um tanto mal traduzida. As versões novas são as que eu realmente adotaria", diz ele.

Kertész terá outra oportunidade com os leitores ingleses quando a versão cinematográfica de *Fatelessness* for lançada. Depois de problemas de financiamento, o filme afinal está a caminho. Kertész escreveu o roteiro.

"Um profissional é incapaz de seguir no filme essa sequência de eventos de forma muito lenta e linear", conta Kertész, em um de seus comentários caracteristicamente diretos, "porque eles têm medo de que o filme fique chato se nada acontece. A prosa analítica não é realmente algo que você possa transpor para a tela. Então, eu lutava era para escrever, se você quiser, uma versão do romance que realmente funcionasse bem na tela".

Enquanto isso, o relacionamento de Kertész com os leitores húngaros tem sido positivo, mas alguns contratempos aparecem de vez em quando. Por exemplo, numa leitura, no dia de nossa entrevista, enquanto ele recebia uma ovação de pé da maior parte da plateia, alguns húngaros conservadores da linha-dura assobiaram e vaiaram. O intérprete me explicou que uma pequena minoria acredita que o Prêmio Nobel de Kertész era resultado de "*lobby* judeu".

É um terrível lembrete de que a Hungria tem sentimentos conflitantes em relação ao Holocausto. O governo pró-nazista do país, durante a Segunda Guerra Mundial, ajudou na deportação e na morte de 600 mil judeus húngaros, e os comentários acerca do papel da Hungria durante aquele tempo ainda atingem um ponto sensível. Embora não tenha amargura quanto a isso, Kertész acredita que há uma ligação entre esse período de colaboracionismo e a ascensão do comunismo. Ele escreveu a esse respeito num romance chamado *Fiasco*.

Muitas vezes rotulado como escritor do Holocausto, Kertész diz que a influência do comunismo foi igualmente forte, e que foi por meio dessa espécie de segunda sobrevivência que ele se transformou no escritor que é hoje. "Você pensa constantemente, constantemente, a respeito da ideia de suicídio — em especial se você vive sob uma ditadura", diz ele. "Acredito que teria escrito romances muito diferentes se vivesse em uma democracia."

Quando fala desse período, Kertész adquire um olhar melancólico, quase longínquo, como se a falta de atrito em seu mundo agora o tivesse tornado — ou ao seu trabalho — obsoleto. É uma preocupação contra a qual B também luta em *Liquidação*.

"Quando olho para trás, para essa época realmente negra, entre os anos 1960 e os anos 1990, quando se trata de suicídios e do 'jogo do suicídio' — quando uso esse termo, uso-o no sentido sério, de Goethe —, nutro uma certa saudade dele", diz Kertész. "Naquela época, aquilo me deu um terreno muito fértil para desenvolver meus pensamentos."

Embora ainda não seja evidente para os leitores que o leem em inglês, Kertész explica que seus romances formam uma tetralogia sobre o Holocausto; *Fatelessness* descreve os campos; *Fiasco* descreve as consequências disso na Hungria; *Kadish por uma criança não nascida* aprofunda-se no pesar metafísico de um sobrevivente; e *Liquidação* aborda a dissolução das memórias do Holocausto, com a morte dos sobreviventes atuais.

Kertész diz que escreveu *Liquidação*, como todos os seus outros romances, a partir de um sentimento de felicidade. Quando lhe digo que, mais uma vez, ele parece ter criado um paradoxo um tanto espinhoso — ele ri: "Bom, o personagem eu matei. Eu sobrevivi."

Dezembro de 2004

Aleksandar Hemon

ALEKSANDAR HEMON *nasceu em Sarajevo e mora em Chicago desde 1992, ano em que a guerra chegou à sua cidade natal. Traços desse conflito estão presentes em praticamente cada momento que se passa com Hemon. Seu humor, negro e alimentado com histórias contadas por amigos e pessoas da família, é um frequente sinal de pontuação, mesmo na narrativa mais sombria. Ao falar, Hemon resmunga: "Venho de uma cidade de grandes resmungões", ele repete várias vezes, mas seu tom fica mais alto quando ele desata numa grande gargalhada. Sua ficção, que ele começou a escrever em inglês, em meados dos anos 1990, enquanto relia uma série de obras de Nabokov nesse idioma, é rica em imagens, tecida com metáforas e analogias, e tem o ritmo de um coração com dois ventrículos: um deles, Chicago, o outro, Sarajevo.* E o Bruno?, *sua coletânea de estreia, foi lançada em 2000, seguida de* As fantasias de Pronek *(2002), em que narra a história de um jovem bósnio que é separado de seu passado e luta com um sentido coerente de si mesmo. Como resultado dessas duas obras, Hemon ganhou um MacArthur Genius Grant, que lhe permitiu trabalhar no seu surpreendente romance de estreia,* O projeto Lazarus *(2008), uma dupla narrativa sobre um judeu que imigrou para Chicago e foi assassinado a sangue-frio pela polícia, e de um escritor bósnio dos dias atuais, que tenta compreender como tal crime pôde ser cometido. O livro foi um dos finalistas do National Book Award. Hemon escreve frequentemente sobre futebol e política e, em 2013, publicou suas memórias,* O livro das minhas vidas, *ocasião em que fui encontrá-lo.*

Paira sobre Chicago uma tempestade de gelo e Aleksandar Hemon sai para uma caminhada. Usando um boné e um casaco preto, com o andar dificultado pelo joelho, resquício de antigas contusões no futebol, ele dá a impressão de ser um homem muito mais velho do que é na realidade. As casas do North Side se aconchegam à luz do crepúsculo enquanto caminhamos na direção do lago. Nos dias em que enverga um paletó para dar uma palestra, o escritor nascido em Sarajevo pode se parecer com um segurança com um traço janota. Óculos, reforços nos cotovelos. Hemon é alto e tem a cabeça raspada. Todos que o conhecem, ainda que superficialmente, chamam-no de Sasa. Hoje, vestido para enfrentar o inverno de Chicago, ele é o caminhante vigoroso.

"Assim que me mudei para cá, eu caminhava muito", diz Hemon, ao entrarmos numa série de salas térreas num prédio comercial indistinto. No ano anterior, durante o dia, ele se recolhera naquele escritório para escrever. Ele faz um café e nos leva a uma sala de conferências silenciosa; hoje faz exatamente vinte e dois anos que Hemon desembarcou nos Estados Unidos. 26 de janeiro de 1992. O terrível cerco sérvio a Sarajevo ainda não começara, e Hemon não passava de um jovem jornalista bósnio prestes a iniciar uma turnê pelos Estados Unidos. O seu plano era voltar para casa com o espólio cultural da nova experiência.

Ele se lembra vividamente da sua chegada. "Aterrissei em Washington, D.C., e um acompanhante da Agência de Informações dos Estados Unidos e eu saímos para encontrar os amigos dele", lembra Hemon. "Estacionamos em Georgetown, e eu me lembro da rua — foi aquela coisa. Uma bela casa em Georgetown: eu podia ver os ambientes iluminados, as pessoas se movimentando lá dentro e uma parte da mobília, e pensei com uma claridade impressionante: *Eu jamais entrarei nessa casa.*

"E não havia motivo para isso. Eu não tinha a intenção de ficar, eu não conhecia os Estados Unidos... Eu podia estar aqui há menos de 24 horas, mas sabia que jamais entraria lá. E 'lá' não era necessariamente os Estados Unidos, mas aquele modo de vida harmonioso que algumas pessoas têm a sorte de desfrutar nesse país."

Não foi uma sensação inicial auspiciosa, e ele teria de conviver com ela por algum tempo. Durante oito anos, Hemon não conseguiu voltar a Sarajevo. Pouco depois de ele chegar aos Estados Unidos, a guerra se abateu sobre a Bósnia, isolando-o de seus amigos e de sua família. No raro telefonema que conseguiu completar, ele escutou as notícias: amigos tinham sido recrutados pelo exército, separados de seus pais e de seus irmãos. Mortos. Franco-atiradores crivaram a sua vizinhança com buracos de bala. Cachorros eram mortos, depois que se descobriu que os animais são capazes de pressentir um bombardeio.

Muitos habitantes que escaparam perderam a família inteira. Hemon teve mais sorte. Seus pais, um engenheiro e uma professora, haviam fugido no dia anterior ao início do cerco. O mesmo acontecera com sua irmã. Com o tempo, eles se instalaram no Canadá, onde tiveram empregos penosos, e onde seu pai pôde ressuscitar seu amor pela apicultura. Preso em Chicago, não mais em uma turnê que lhe desse qualquer tipo de prazer, Hemon acompanhou a destruição de sua cidade.

Para ele, a perda de Sarajevo foi uma perda metafísica, já que o separara do seu passado. Ele passou as últimas duas décadas tentando restituir essa unidade por meio da narrativa. Sua obra — desde a coletânea de estreia em 2000, *E o Bruno?*, com oito contos radicalmente diferentes, até seu mais recente trabalho de ficção, *Amor e obstáculos* — baseia-se consideravelmente nos contornos da sua vida, para contar histórias não apenas sobre amor e lealdade, mas também sobre a dificuldade de viver com um eu internamente dividido.

Agora ele escreveu suas memórias, *O livro das minhas vidas*, compactando todas as rupturas que sua ficção descreve em um livro, que se estende dos seus primeiros anos em Sarajevo até a sua experiência recente em Chicago. É menos uma autobiografia que uma série de mapas, interiores e exteriores, que constituem o mundo que existe dentro de sua cabeça. Começa no conjunto de apartamentos onde ele cresceu com seu pai, sua mãe e sua irmã mais nova e termina com suas últimas experiências em Chicago.

Para compreender o senso de deslocamento de Hemon, é importante entender duas coisas a seu respeito — sua infância e o modo proustiano com que ele sempre ligou a memória e a experiência sensorial de um lugar —, duas coisas que deixa claras em *O livro das minhas vidas*.

Hemon teve uma infância feliz. Jogava futebol, competia em torneios de matemática, tornou-se leitor e aprendeu a jogar xadrez com seu pai carismático e dominador. Sua irmã se tornou modelo e usou parte do seu dinheiro para comprar um cachorro, Mek, um *irish setter* que, mais tarde, também foi para o Canadá.

Como muitos adolescentes, Hemon se apaixonou por Salinger e Rimbaud, foi obcecado por sexo, escutou os Sex Pistols, tocou numa péssima banda e dirigiu perigosamente ao obter a carteira de motorista. Sua família preservava um passado nobre imaginado. Muito disso se perdeu, ao deixarem para trás tudo o que tinham em Sarajevo. "Para as pessoas que são deslocadas, você pode reconstruir a história da sua vida a partir dos objetos aos quais você tem acesso, mas, se você não os tem, sua vida se enche de buracos. É por isso que, na Bósnia, se alguém corria de volta para uma casa em chamas, era para salvar fotografias."

Logo que chegou a Chicago, a Hemon não faltavam apenas fotografias. Ele mal tinha uma muda de camisa. Assim, perambulava pela cidade, procurando lanchonetes e cafeterias onde jogassem xadrez e fumassem, e vestiu-se com histórias. Em *O livro das minhas vidas* ele descreveu seu encontro com Peter, um iraquiano armênio que morara na Europa e perdera a família, e que viera para Chicago sozinho. Em outro trecho, mais engraçado, Hemon descreve um jogo de futebol com um confuso bando de imigrantes de Itália, Camarões, Nigéria, Tibete e outros lugares.

Fica-se tentado a ver na história de Hemon a respeito de Peter, cujo drama era maior que o dele, um rapaz à procura de pessoas que fossem como ele. Pessoas que tivessem um antes e um depois. Hemon insiste que não era o caso. Ele, pelo contrário, procurava complicação e, para Hemon, a complicação não está apenas na raiz do ser humano, mas também nas histórias que contamos a nosso respeito. "O privilégio de uma classe média estável, da vida burguesa, é que você pode fingir que não é complicado e projetar a imagem de uma pessoa sólida, sem complicações, com objetivos de vida e realizações refinadas."

Hemon viu essas coisas de fora, porque ele estava, literalmente, despencando para a classe baixa. Pela primeira vez na vida, era pobre. Quando a bolsa de estudos terminou e as mentiras do seu currículo altamente qualificado — claro, ele tinha sido vendedor; sim, ele tinha sido garçom! — o alcançaram, ele estava praticamente sem teto, não no sentido metafísico, mas literal. Ainda fumante, na época, ele se lembra de ter virado uma poltrona de cabeça para baixo, "como se fosse uma espécie de Hércules", na tentativa de encontrar algum trocado que lhe permitisse comprar cigarros. Alimentava-se com uma comida horrível e engordara. "O meu irmão era muito bonito, quando adolescente", disse-me sua irmã. "As meninas costumavam procurá-lo constantemente: 'Sasa está aí?'" Pela primeira vez na vida, ele não estava chamando atenção.

E não escrevia mais. Durante três anos, de 1992 até 1995, Hemon simplesmente não conseguia escrever. "Eu não conseguia escrever em bósnio porque estava isolado, era traumático", lembra ele. Amigos pediam que mandasse artigos para suas revistas, baseados no princípio de que, se a guerra levava todos a só falar sobre ela, então a guerra vencera. Hemon não conseguia fazer isso. Ele caminhava e escutava, fumava e trabalhava em empregos que tornavam difícil fazer outra coisa além de pensar no que tinha perdido.

Por fim, começou a se recuperar, primeiro resolvendo como iria escrever. Hemon começou a reler os livros que tinham importância para ele, desta vez inteiramente em inglês: Salinger, que se sustentou, assim como Danilo Kiš e Michael Ondaatje, e outros que não. "Eu tive de reavaliar a minha estética", diz, "por causa da guerra e do cerco, e pelo fato de que o meu professor estaria trabalhando, se não tivesse se suicidado".

O homem que ensinou Hemon a ler e escrever de modo crítico, descreve ele em *O livro das minhas vidas*, transformara-se num homem de direita durante a guerra, favorecendo o genocídio. Tudo o que esse homem plantara em Hemon lhe parecia contaminado. Ele começou tudo de novo.

Hemon releu seu próprio trabalho de maneira implacável. "Retomei coisas que eu tinha escrito, muitas coisas que eu escrevera nos anos 1990, e só havia um parágrafo de que eu realmente gostava." O parágrafo era discreto, intenso, e construído a partir de uma série de associações que surgiram dos sentidos. Ali, ele percebeu, estava o que ele queria fazer. Era daquela maneira que gostaria de escrever.

Desde o início, quando começou a publicar matérias na revista *Story*, na *Ploughshares* e, mais tarde, na *Granta* e na *New Yorker*, a prosa de Hemon foi cinzelada, tornou-se direta e repleta de analogias. Um menino se lembra de uma viagem para um refúgio da família, onde ele conhece um parente cujos lábios são "macios como lesmas". Em um longo conto a respeito de Jozef Pronek, um bósnio que fica retido nos Estados Unidos durante uma viagem não muito diferente da de Hemon, o herói observa os jornalistas esportivos com perplexidade. "Pronek os via rindo para os microfones, como se fossem pirulitos deliciosos."

Hemon tem sido amplamente elogiado pelas imagens inesperadas criadas por seu estilo, mas isso não era, diz ele, a marca de um escritor que tenta ligar uma coisa com outra. Era deliberado, trabalhado e, em alguns casos, planejado. "Eu queria escrever com detalhes sensoriais intensos para provocar um estado exaltado." Ele é um autor de frases que conta batidas do mesmo modo que um poeta conta sílabas.

Em determinado ponto, Hemon resolveu que, se tivesse de sobreviver em Chicago, a cidade teria de se tornar tão intensamente real para ele quanto Sarajevo. Ele teria de ser capaz de escutá-la e senti-la. Ao mesmo tempo, teria de relembrar e recapturar a Sarajevo que deixara para trás, antes que a memória e seu eu em transformação a destruíssem. "A memória cria sua própria narrativa", diz Hemon, como uma advertência.

Então ele voltou a Sarajevo e ficou com a tia, e passeou pelas ruas num estado de confusão delirante e de *déjà vu*. Em um dos capítulos de *O livro das minhas vidas*, ele descreve como um cheiro podia disparar um olhar para o passado, revelando não o cinema que estivera ali, mas alguma outra coisa. As pessoas que tinham ficado para trás haviam sido esvaziadas, como os prédios que as abrigavam. Ele começou a voltar com mais frequência.

Hemon continuou também a escrever sobre pessoas que, como ele, tinham sido apanhadas entre dois mundos e que olhavam com estranheza para o novo, enquanto o velho permanecia carregado e internamente presente. Em *As fantasias de Pronek*, o segundo livro de Hemon, ele entrelaçou uma série extensa de fragmentos a respeito de Pronek, personagem que aparecera em *E o Bruno?*. "Um dos problemas de Pronek é que ele busca uma espécie de continuidade moral", diz Hemon. "Se eu mudar repentinamente e resolver não ser o que sou neste momento, o que acontecerá com todas as outras pessoas a quem estou ligado, e como sustentarei algum tipo de continuidade moral?"

O romance de estreia de Hemon, *O projeto Lazarus*, atacou essa questão com uma narrativa dupla que mostra como a continuidade moral pode resultar de uma improvável conexão com o passado. O livro retrata um confuso escritor bósnio-americano chamado Vladimir Brik, que mora em Chicago e está à deriva na vida e no trabalho. Ele fica obcecado com a história de outro imigrante, Lazarus Averbuch, um judeu que escapou dos pogroms na atual Moldávia e veio para Chicago. Pouco depois da sua chegada, Averbuch foi assassinado por um policial.

Deslocando-se elipticamente de Chicago num passado remoto para uma viagem que Brick faz com um amigo fotógrafo, o romance enreda a ideia da memória e do seu componente moral. O que acontece, ele pergunta, quando determinadas lembranças desaparecem da vida americana, e como um país pode ter qualquer continuidade moral se sua cultura é amnésica? Hemon escreveu o livro no auge dos anos Bush, quando sua atenção começou a se voltar de Sarajevo para o que sua nova nação estava fazendo em nome da guerra ao terror. O livro contém fotografias tiradas por Velibor Božović, o que empresta um lirismo documental a essa reflexão.

O romance foi um sucesso de crítica. Foi finalista do National Book Award, um prêmio literário aberto apenas a cidadãos norte-americanos. Na disputa pelo prêmio, Hemon foi entrevistado, ganhou perfis na imprensa. Sua história se tornou profundamente americana: a do imigrante refugiado de guerra, que chegou a essas praias e fez do idioma e de uma grande cidade multirracial o seu lar, elevando-os aos mais altos padrões.

Havia muita verdade em sua narrativa, também. Mas essa história, o relato de Hemon como um imigrante heroico, aplaina os contornos da jornada que ele faz na direção do seu destino. E, ainda agora, essa é uma noção sobre a qual Hemon se revela ambivalente.

Como escreve em *O livro das minhas vidas*, Hemon sempre foi fascinado por espiões. Quanto mais tempo ele ficava em Chicago e escrevia em sua língua adotada, mais a obsessão lhe voltava de uma maneira vigorosa, emocional.

"Havia essa lacuna, não tanto uma lacuna de linguagem ou cultural, mas uma espécie de lacuna metafísica, como se eu estivesse projetando uma pessoa que não era inteiramente eu", explica Hemon, "e que eu jamais conseguiria explicar inteiramente minhas próprias complexidades. E, portanto, havia uma diferença entre quem eu era no exterior e quem eu era por dentro. Com espiões, a lacuna é voluntária. Eles a constroem".

Espiões, portanto, são recorrentes na ficção de Hemon, desde sua primeira coletânea, que apresenta um conto de quarenta páginas a respeito de Richard Sorge, o grande espião soviético que se infiltrou na inteligência japonesa, a uma história em *Amor e obstáculos*, que se passa na Tanzânia, nos anos 1980, quando Hemon esteve lá com sua família e o cenário africano era parte do grande jogo.

Um dos outros desdobramentos da fixação de Hemon com essa lacuna é uma sinceridade exuberante. No palco ou entre conhecidos, ela pode parecer franqueza. Entre amigos, Hemon fecha essa lacuna com uma constante comédia física. Quando está cansado, adormece, mesmo que as pessoas estejam falando com ele, e, quando está com fome, come o que houver na casa, mesmo que isso signifique espalhar Nutella numa fatia de mil-folhas, o que eu o vi fazendo. Ele adora abraçar, dar palmadas e, se não gostar de você, fuzila-o com os olhos.

Não é de admirar que tenha demorado para alguns ambientes de Chicago se adaptarem ao estilo de Hemon. No início, ele se esforçava para encantar o sexo oposto. No entanto, havia outra questão presente, além da sua franqueza. Ele nunca precisara flertar com uma moça. A vida em Sarajevo, como Hemon descreve em *O livro das minhas vidas*, era diferente, sob diversos aspectos, da realidade que ele encontrou em Chicago. Se não fosse comunal, era um espaço compartilhado com um número fixo de participantes.

"Havia uma rede de pessoas que você conhecia fazia vinte anos e que não se falavam umas com as outras", diz ele. "E aí, um dia, vocês podiam acabar numa festa, e depois começarem a namorar, ou apenas se tornarem melhores amigos. Mas não havia pressa nem necessidade de impressionar ninguém com seja lá o que fosse."

Hemon achou mais fácil colecionar os relacionamentos casuais, mas próximos, que resultam ao se conhecer bem um local. Um açougueiro, um barbeiro, um padeiro e uma cafeteria. Fez conhecidos. Arrumou um time de futebol.

Vinte anos depois da sua chegada, Hemon é — e não é exagero dizer isso — adorado em Chicago. Não pelo que ele representa, mas por causa da intensidade física do seu afeto, que faz parte da sua estrutura, do mesmo modo que um lutador carrega sua fúria. Ele pega no seu braço, não totalmente diferente do que um árabe faria, quando você está caminhando ao lado dele. Ainda assim, é um homem difícil de entrevistar, porque, como criador de frases, suas histórias levam vários minutos para serem contadas. Elas formam um todo nada fácil de recortar e unir num tamanho compacto. Para gostar de Hemon é necessário se satisfazer com um ritmo mais lento, ter disposição para se recostar e deixá-lo falar, o que ele admite agora fazer interminavelmente.

Com o tempo, apesar de suas terríveis lembranças e da raiva que carregava, Hemon encontrou uma mulher e casou-se com ela, Lisa Stoddler, escritora e neurologista. Isso proporcionou alguma estabilidade à sua vida quando a publicação de seus dois primeiros livros trouxe não apenas uma conscientização duplicada do seu projeto, mas também aprofundou, até certo ponto, a sua sensação de duplicidade. Em um capítulo final no *O livro das minhas vidas* Hemon descreve o lento, e depois súbito, colapso do relacionamento dos dois. Ele volta ao poço, literal e financeiramente, e, ali, quase se sente mais em casa.

O livro das minhas vidas está cheio dessas reviravoltas do destino. Ele experimenta, continuamente, a impossibilidade de recuperar Sarajevo, enquanto o que acontece com ele em Chicago parece ameaçar qualquer ideia de que este também seja um lugar estável, seguro. Depois de sua separação de Lisa Stodder, Hemon rapidamente conheceu Teri Boyd, editora de fotografia, da Flórida. Eles fogem e se casam. Têm uma filha, Ella; dois anos mais tarde, outra, Isabel.

E aqui *O livro das minhas vidas* entra em seu último e triste capítulo. Aos nove meses de idade, uma consulta com o médico revela que a cabeça de Isabel é ligeiramente maior que o normal. Uma tomografia computadorizada mostra que a anormalidade não é inofensiva, mas resultado de um pequeno tumor no cérebro do tamanho de um amendoim. A cirurgia é imediatamente marcada, seguida por duas outras. Descobre-se que Isabel tem uma forma rara de câncer, com taxas de sobrevida muito baixas. Mesmo assim, para Hemon e Teri, não há outra escolha a não ser lutar contra ela.

Muitas cirurgias e vários meses de quimioterapia mais tarde, Isabel morre.

No capítulo, chamado "The Aquarium", Hemon descreve a singular descorporificação ao estar no meio da pior coisa imaginável. O mundo externo aos poucos retrocede, e as leis e prioridades em torno das quais ele gira deixam de existir.

A linguagem, destinada a nos ajudar a nos conectar, se quebra. Enquanto isso, contar histórias passa a ser essencial. Hemon escreve sobre como, quando se tornou pai, era comum ele começar a imaginar que algo terrível estava acontecendo, mas se controlava. Ele sabia — de tanto imaginar sua própria vida em Chicago, e por ter se submetido a uma experiência que não era sua para dominar a linguagem — que isso era brincar com fogo.

Enquanto isso, sua primeira filha, Ella, começou a contar histórias sobre um amigo imaginário, chamado Mingus. Depois que Isabel adoecera, algumas vezes Mingus tomava conta de uma irmã, também chamada Isabel. Em outros momentos, o próprio Mingus estava doente, mas sempre ficava bom. Hemon observou como sua filha usou o meio a que ele recorrera para sobreviver em Chicago, para sobreviver a algo que ela só podia compreender por meio da narrativa.

Não falamos sobre Isabel em nossa entrevista. É uma dor que não precisa ser explicada, assim como não se precisa dizer que o inverno em Chicago é frio. Hemon leva a tristeza em seu corpanzil, e, em dias mais opressivos, ela lhe pesa e permanece em seus olhos, como acontece com um homem que carrega um fardo. Ele não tem vergonha da sua dor e não esquecerá a filha. Suas fotografias estão expostas no apartamento do casal e *O livro das minhas vidas* é dedicado a ela: "A Isabel, para sempre respirando em meu peito."

É difícil ler essa frase sem pensar em outra do mesmo livro. Ela aparece no ensaio sobre aprender xadrez com seu pai, no qual Hemon escreve que o velho tabuleiro que lhe foi presenteado é a "prova de que houvera uma vez um menino que costumava ser eu". Pergunto a ele o que isso quer dizer, porque é uma frase notável, e acabamos mais uma vez falando sobre espiões. Para Hemon, sempre haverá um antes e um depois, mas existirá sempre, também, o período entre os dois. A hora em que ele teve de resolver quem era e para onde apontar a sua bússola.

"Eu fui desligado do mundo", diz ele, enfaticamente. "A linguagem foi desligada, todos os meus amigos se espalharam, eu não tinha acesso a eles. Isso aconteceu, entre outras coisas, antes da internet, antes de vir o dinheiro. Eu não podia sequer telefonar. E, portanto, eu tinha a sensação de que podia inventar a minha vida inteira, e que ninguém iria saber. Quem poderia dizer: 'Não, não, não, ele não era isso, ele era aquilo'?" De livro em livro, ele está tornando isso impossível. Está tudo impresso nas páginas, especialmente com *O livro das minhas vidas*, e isso é formidável.

Janeiro de 2013

Oliver Sacks

OLIVER SACKS *atuou no campo da neurologia em Nova York durante quase meio século. Começou dando consulta no setor de tratamentos crônicos do Hospital Beth Abraham, no Bronx, em 1966. Entre seus pacientes, nos primeiros anos, havia um grupo que sofria de encefalite letárgica. Esses pacientes e seu tratamento tornaram-se a base de seu segundo livro,* Tempo de despertar *(1973), e Sacks se dividia entre o cuidado com os pacientes e o desafio de escrever sobre isso para um público mais amplo, leigo. Ele foi escritor pioneiro na área de medicina, antes de haver um interesse dos leitores leigos por temas relativos a tratamento e ao corpo. Sua obra cobre uma série grande de casos, de pessoas que sofrem de agnosia visual (*O homem que confundiu sua mulher com um chapéu, *1985) e síndrome de Tourette (*Um antropólogo em Marte, *1995), até pessoas com alucinações auditivas e outras perturbações de som e do cérebro (*Alucinações musicais, *2007). Foi durante a publicação deste último livro que conversei com Sacks.*

Oliver Sacks, estranhamente, não se incomoda com o barulho de britadeira. Sentado em seu escritório em West Village, Manhattan, usando tênis, calças e um moletom, o neurologista de 74 anos conversa durante dez minutos antes de se dar conta de que o barulho que estremece tudo e vem da rua torna impossível ouvir qualquer coisa. "Meu Deus", diz Sacks, que corre para fechar as vidraças. "Nova York é a cidade mais barulhenta em que eu já morei", lamenta ele, desencadeando um refrão sobre o senso de tom e volume dos americanos. "Detesto quando você é obrigado a ouvir música", diz ele. "E tenho medo de que isso pareça antiamericano, mas eles falam mais alto que a maior parte das pessoas." E prossegue: "Há um tipo de voz feito grasnido que se ouve por toda parte."

Ao falar com Sacks, temos de estar preparados para bumerangues coloquiais como esse. "Adoro digressões", ele admite, e assim levamos um tempo para reduzir a escala completa de irritações antes de voltarmos à questão principal de seu livro *Alucinações musicais: relatos sobre a música e o cérebro*. O barulho da rua e a modulação da voz são ninharias se comparados aos tinidos, sinfonias, ecos e alucinações musicais que os pacientes de Sacks descrevem no livro. Elas parecem reverberar em suas cabeças. Algumas vezes vêm de cima, como acontece com Tony Cicoria, um robusto cirurgião ortopédico de 42 anos que foi atingido por um raio e, depois disso, ficou obcecado em compor música. "Ela nunca termina", Cicoria disse a Sacks sobre essa nova música em sua cabeça. "No mínimo, tenho de desligá-la."

Sacks conta a história de uma mulher perseguida por ataques de cantos de Natal ou por canções antigas; outras ficam atormentadas pelas melodias judaicas das grandes festas. "Em geral, duram apenas dez ou vinte segundos, mas são repetidas infinitas vezes", explica Sacks. Parece cômico, até acontecer com você. "É realmente alarmante, é como se ocupasse todo o aposento e de repente estivesse em você, aqui", diz ele, movendo rapidamente a cabeça. "Se você tivesse uma experiência dessas, saberia imediatamente que não é só uma música que não sai da sua cabeça."

Como nos livros anteriores de Sacks, desde *Tempo de despertar* até *O homem que confundiu sua mulher com um chapéu*, *Alucinações musicais* elucida o modo como o cérebro funciona quando se examinam esses distúrbios. A opinião dele é que a música, como a linguagem, nasce no cérebro. Ele denomina a capacidade para escutar e apreciar música — estimulada de forma mais eficaz nos primeiros anos da criança — de musicofilia. "Sabemos que escutar ou compor música envolve cerca de vinte áreas diferentes no cérebro", diz ele. Novas tecnologias de varredura proporcionam estudos mais específicos do funcionamento do cérebro enquanto se ouve e toca música.

"Minha esperança é que haja mais estudos no futuro", diz Sacks, "porque o potencial de tudo o que podemos aprender com isso é enorme". Essa tecnologia, no entanto, não torna a capacidade musical menos misteriosa. "A música não tem um vocabulário e não significa algo", assinala ele, "e, no entanto, consegue inspirar as emoções mais profundas".

Sacks está nesse tipo de trabalho — escutar histórias fantásticas e ouvir resultados paradoxais — desde o início de sua carreira como médico. Depois de estudar em Oxford e fazer residência no Middlesex Hospital, em Londres, ele se tornou neurologista da equipe do Hospital Beth Abraham, onde deparou com um grupo de pacientes que sofria de um tipo pouco comum de distúrbio do sono. Acabou descobrindo que alguns deles podiam ser "acordados" se lhes administrassem a droga usada para o mal de Parkinson, L-DOPA. Sua descrição sobre isso se tornou a base de *Tempo de despertar*, mais tarde transformado em filme, com Robin Williams. Uma paciente dessa época, que acordou querendo gravar baladas picantes que escutara em cafés-concerto dos anos 1920, volta em *Aluciações musicais.*

Tempo de despertar era meio que uma história com final feliz. Mas, em muitos casos, não há cura para aquilo que os pacientes de Sacks sofrem. Ele descreve um psicanalista de fama mundial, Leo Rangell, que começou a ter alucinações musicais aos 82 anos, depois de uma viagem de avião. Aquilo nunca parou, e Rangell, que passou a chamar o ruído de "meu radinho", está escrevendo um livro sobre essa experiência. Darshak Sanghavi, pediatra e colunista de medicina da Slate.com, diz que isso é a quintessência da história de Sacks. "A neurologia pode ser frustrante porque os médicos têm poucos tratamentos a oferecer. É por isso que Sacks é um pensador e um escritor tão interessante", porque ele "se concentra na adaptação das pessoas às suas doenças, e encontra poesia nisso".

Em alguns casos, as pessoas com quem Sacks conversou preferiam não receber um tratamento abrangente. Determinados danos ou distúrbios cerebrais podem ser sentidos como inspiração. Sacks se lembra de um homem que tinha um tumor inoperável que, à medida que pressionava uma parte do cérebro, provocava convulsões acompanhadas de música. As pessoas que sofrem da síndrome de Williams — cujos sintomas incluem deformação facial e QI muito baixo — também têm um fantástico sentido para música, sem o qual suas vidas perderiam o significado.

Para conseguir essas histórias, Sacks se mantém em um ritmo impressionante. No dia em que conversamos, ele acordou às quatro e meia da manhã para nadar, conversou com alguns pacientes no norte da cidade, depois voltou para o centro, para seu consultório, onde, entre dez e onze horas, respondeu a cerca de cinquenta e-mails, que ele recebe diariamente. "Em geral eu respondo na hora, e, se nos correspondemos mais que isso, peço que me liguem." Sacks encara com seriedade sua correspondência, já que é ela que lhe fornece as histórias que compõem seus livros, seu lastro humano palpável. "Minha página preferida no livro é essa", diz ele, abrindo na página de agradecimentos, onde aparecem os nomes de mais de 150 pessoas que contaram para ele suas histórias.

Ao fazer esse relato, fica evidente que sua cadeira giratória é a parte mais usada do escritório, o que demonstra seu estado de espírito e seu nível de interesse. Ao responder a uma pergunta sobre si mesmo, ele se volta ligeiramente para o lado, mas, ao receber uma história, uma anedota ou algo tangível, gira e se inclina para a frente, com a cabeça grande, a barba comprida e os olhos enrugados animados, à escuta.

"Acho que o que Sacks faz, de um modo autêntico, é que fica amigo dessas pessoas", diz Jerome Groopman, professor de medicina na Universidade de Harvard e correspondente médico da revista *New York*. "É quase como se ele preenchesse o papel do médico antigo, que é misturado ao de um padre. Ele está presente de um jeito que lhes permite contar sua história quase como uma confissão."

Sacks conta que fala muito pouco durante as entrevistas, hábito que é difícil de romper. Ele mantém seus casos pessoais reservados, como se tivesse exaurido suas revelações em *Tio tungstênio*, suas memórias de 2001 sobre como foi crescer na Inglaterra durante a guerra, escapando de ataques de bombas, e, depois, como foi ser mandado para um colégio interno, onde ele e o irmão levavam surras horríveis. A música era "a única coisa boa daquela época que passamos lá", conta hoje. Esta manhã ele acordou com a Sexta Sinfonia de Schubert no rádio despertador, "e me fez pensar na minha mãe", diz ele, com um sorriso contido.

Com essa discrição sobre si mesmo, Sacks fornece um modelo importante, já que, nos Estados Unidos, seu público maior compõe-se de aspirantes a médicos que leem seus livros e aprendem por osmose a ter compaixão. "Oliver Sacks tem elucidado com consistência o lado humano do trabalho do médico e da vida dos pacientes", diz Robert Klitzman, colega e médico na Universidade Columbia. "Ele inspirou toda uma geração de estudantes de medicina, professores, jovens — assim como médicos experientes, pacientes e suas famílias."

Sacks é extremamente consciente da carga que essa reverência deposita sobre ele. "Deve-se sempre ter o cuidado de não explorar", diz ele, antes de explicar como faz para incluir em seus livros as pessoas com quem conversa. Grande parte de sua correspondência atual diz respeito à reação a *Alucinações musicais*, e ele já compila uma versão ampliada, para uma edição em brochura. "Você não pode espremer tudo ali dentro", preocupa-se ele.

Mas pode encaixar muita coisa. Apesar da artrite, que o faz escrever com canetas enormes, a sala da frente do escritório de Sacks está entupida de pastas para futuros projetos. Ele tem uma curiosidade tremenda pela criatividade humana e por que algumas pessoas parecem tê-la mais que outras, além de interessar-se por fenômenos visuais. Nos últimos anos, Sacks perdeu parte de sua percepção de profundidade, o que significa que "Eu vejo... em apenas duas dimensões no momento". Sacode a cabeça, como se estivesse perplexo. Então, depois que uma sombra passa por sua fisionomia, ele corre para buscar um pedaço de metal em formato de cilindro. "Segure isso", diz ele, deixando cair o pedaço de tungstênio na minha mão. É surpreendentemente pesado e milagrosamente inerte, quase como o peso do mundo. "Assombroso, não é?", ele pergunta, sorrindo outra vez.

Novembro de 2007

Kiran Desai

KIRAN DESAI *nasceu em Déli e se mudou para os Estados Unidos, via Inglaterra, quando era adolescente. Estudou nas universidades de Bennington, Hollins e Columbia, mas provavelmente também aprendeu como escrever em casa: sua mãe é Anita Desai, três vezes finalista do Booker Prize. O primeiro romance de Kiran Desai,* Rebuliço no pomar de goiabeiras, *foi publicado em 1998. Conta a história de um rapaz numa pequena aldeia indiana que convence as pessoas de que ele se tornou vidente. O segundo romance, o épico, vasto e ambicioso* O legado da perda, *ganhou o Booker Prize e o National Book Critics Circle Award quando ela mal tinha completado 35 anos. Conversei com ela quando o livro era lançado em brochura.*

Kiran Desai não parece uma mulher raivosa. Sua voz é aguda e baixa, como a de uma menina, e a primeira impressão que a romancista passa é a de timidez — ou humildade.

E talvez essas sejam qualidades suas. Mas escute-a com atenção, e tem-se uma impressão muito diferente. Kiran Desai não está apenas perturbada com o estado do mundo. Ela está enraivecida.

"Seria, realmente, um mundo novo tão admirável?", indagou durante uma entrevista em Manhattan. "Não sei se alguém diria isso agora, mas, quando olho para a globalização, hoje, parece uma história muito antiga. E parece bem podre."

Seus sentimentos são compartilhados pelo elenco de seu segundo romance, *O legado da perda*, que ganhou o Man Booker Prize.

Ambientado nos anos 1980, em uma remota aldeia no Himalaia, o livro trata de uma sociedade na qual as despedidas têm sido um modo de vida, e as chegadas quase sempre significam o despedaçar de um sonho.

Veja Jemughai, um velho juiz rabugento. Criado em uma pequena aldeia bengali, ele foi mandado para Cambridge e levou consigo todas as esperanças e os sonhos da família. Em flashbacks, Desai mostra como ele foi ridicularizado por seu sotaque e ficou tão tímido que mal conseguia ir até a mercearia comprar chá e leite. Voltou para a Índia amargurado e confuso em relação a seu lugar na sociedade.

No começo do livro, Jemughai recebe sua sobrinha rebelde, Sai, ao mesmo tempo que seu último servidor consegue mandar o filho, Biju, para os Estados Unidos. Kiran Desai habilmente tece as histórias da vida de Biju na narrativa. Na cidade de Nova York, Biju pula de um emprego em restaurante para outro e aterrissa num café indiano, onde, à noite, ele dorme sobre as mesas, enrolado em uma toalha.

"Há esse incrível desejo de dizer que o passado da Índia é uma história de grande esperança", observa Desai, "que agora temos essa enorme classe média. Mas à custa de quem? A comunidade imigrante aqui sempre diz que eles são os imigrantes de maior sucesso econômico, mas somos também os imigrantes mais pobres, fato que, claro, ninguém comenta".

Por meio da história de Biju, o livro recria vividamente essa rixa invisível — imigrantes bem-sucedidos se aproveitando dos novos, e a luta pela sobrevivência. Numa cena cruelmente engraçada, Biju briga para ser o primeiro na fila para obter visto na embaixada dos Estados Unidos: "O mais truculento, primeiro lugar", escreve Kiran Desai. "Como ele estava contente consigo mesmo, sorridente; se ajeitou, apresentou-se com os modos requintados de um gato. Eu sou civilizado, *sir*, pronto para os Estados Unidos, sou civilizado, madame.."

Em outra cena, um dos companheiros de quarto de Biju evita as ligações de novos imigrantes de Zanzibar que já tinham falado com seus pais, em casa, e a quem garantiram que iriam proporcionar abrigo e emprego.

"A imigração não é essa coisa ensolarada que a cada dia fica mais brilhante", diz Kiran Desai. "Grande parte das vezes, trata-se de jogar pessoas pela amurada, para que você consiga ficar."

Kiran Desai nunca teve de lutar desse modo, mas viu isso de perto.

"Parte do livro começou quando eu morava na Rua 123, no Harlem", diz ela. "Lembro que havia uma padaria ali perto, muito parecida com aquela que descrevi, e muitos dos personagens vêm das pessoas que conheci ali — e das conversas com elas."

Kiran Desai relata que se sentia presa. Ela cresceu em Déli quando a cidade parecia separada do mundo, em vez de ser o coração planetário do futuro. "Havia essa sensação de que os livros eram a única coisa que o levavam ao mundo", diz ela. "Você lia muito, mesmo — era a única coisa que se podia fazer."

Ela puxava à sua mãe.

"Quando minha mãe escrevia, era um mundo muito diferente. Não havia um cenário literário. Não havia ricas turnês de livros. Ela simplesmente mandava o manuscrito para os endereços nas contracapas dos livros, e até os anos 1980 era assim. Lembro-me de que tínhamos que conseguir dinheiro com o conselho."

Do mesmo modo que Sai, Kiran Desai foi mandada para uma remota aldeia no Himalaia durante um ano — no caso dela, para morar com uma tia —, e isso lhe deixou uma marca.

"É horrível; é um enclausuramento no meio das monções. Você fica reduzido a nada — especialmente se você for pobre."

Em seu livro, a raiva e o ressentimento de ficar presa desse modo transbordam para uma resistência doméstica em favor da Caxémira, que atrai o tutor bem-instruído, de classe média, de Sai para longe dela, para um empreendimento muito mais perigoso. Hoje se chamaria terrorismo.

"Por que há tanta violência?", indaga Kiran Desai. "Por que tanta raiva? Não é nem um pouco surpreendente. A brecha entre os ricos e os pobres é maior do que nunca, e, algumas vezes, as pessoas com mais raiva são aquelas que viram os dois lados."

Mais uma vez, Kiran Desai se enquadra nessa descrição. Ela levou oito anos para escrever o romance, e, durante esse período, aprendeu o hábito da solidão, de andar por aí, viver sozinha, gastar pouco, muitas vezes perto de pessoas que eram mais pobres ainda.

Seu primeiro livro, *Rebuliço no pomar de goiabeiras*, destacou-se ganhando elogios de Salman Rushdie e de muitos críticos. Mesmo assim, em vez de se deitar nos louros, Kiran Dasai queria fugir deles, diz ela.

"Eu estava morando por um tempo na América Latina. Trabalhei no Brasil, no Chile e no México. Acho que alguma coisa muito estranha acontece com você quando passa muito tempo sozinha. Eu mal falava com as pessoas. Quando o leiteiro aparecia, eu me escondia."

Ela pode agora fazer jus ao papel da jovem romancista glamorosa, mas é desconfiada quanto a esse tipo particular de fama literária, porque sabe que não tem nada a ver com o que escreve.

"Quem vai escrever um livro sincero? Olhar diretamente para algo dá muito trabalho. Então, quem vai fazer isso? Não sei — ninguém vai se oferecer espontaneamente. É muito mais divertido ir a um festival literário e beber champanhe, ou qualquer outra coisa, comparecer a uma conferência e se divertir muito. Não há época melhor para ser um escritor, nesse sentido. Jogam tantas coisas boas sobre você. Você escreve para *Travel & Leisure* e come sushi no café da manhã."

Mas, para essa autora, as histórias reais são as das pessoas que servem a comida.

Outubro de 2006

Philip Roth

PHILIP ROTH *é o mais reverenciado romancista do período pós-guerra nos Estados Unidos, e prova viva da ideia de que os romancistas americanos são mais bem-sucedidos quando escrevem sobre lugares. Roth nasceu em Newark, em 1933, filho de uma dona de casa e de um vendedor de seguros, e inúmeras vezes voltou a esse período em seus livros, desde a estreia, com o ganhador do National Book Award,* Adeus, Columbus *(1959), até* Patrimônio *(1991), memória de seu pai, e* Pastoral americana *(1997), história ganhadora do Prêmio Pulitzer sobre a ruptura causada pela contracultura dos anos 1960 nas famílias e nas comunidades dos Estados Unidos da época. O ponto de virada de Roth,* O complexo de Portnoy *(1969), confissão simulada a um analista feita por um rapaz judeu obcecado por sexo, o tornou rico, uma celebridade e um para-raios para as feministas. Roth continuou publicando em meio à névoa de sua notoriedade, e, em 1979, apresentou seu mais amado alter ego, Nathan Zuckerman, no perfeito romance* O escritor fantasma. *Zuckerman narra, ou é personagem de, mais outros oito livros de Roth, desde o fascinante pós-modernista* O avesso da vida *(1986) até o elegíaco e mais recente* Fantasma sai de cena *(2007). Do mesmo modo que Don DeLillo e Saul Bellow, Roth tem dedicado seus 70 anos a desenvolver um estilo tardio, o qual empregou em quatro romances curtos, sobre mortalidade, moralidade e, apesar delas, a persistência do desejo. Durante esse período, Roth começou a falar mais publicamente de sua obra.*

Nenhum romancista americano conhece melhor sua arte que Philip Roth. Mas, durante a última década, à medida que apresentava uma série de obras-primas e se tornava, aos 70 anos, outra vez um *best-seller*, Roth se fez aprendiz de um novo estilo: o panegírico. "Não é um gênero que quero dominar", diz o escritor, vestido com um suéter preto e uma camisa tipo Oxford azul, no escritório de seu agente literário em Manhattan. "Compareci a funerais de quatro amigos íntimos, um dos quais era escritor." Não estava preparado para nenhum deles.

"O plano é o seguinte", explica. "Seus avós morrem. E, no devido tempo, seus pais também. O que realmente espanta é que os amigos começam a morrer. Isso não está no plano." Roth diz que essa experiência o incentivou a escrever *Homem comum*, uma meditação deslumbrante sobre a mortalidade. A ação começa no funeral de seu herói anônimo e depois faz o caminho inverso, para nos contar a história dele. Sob muitos aspectos, o homem comum não é um personagem típico de Roth. Ele trabalha em publicidade e permanece pai e marido fiel durante longos períodos. "Eu queria um homem que estivesse na tendência dominante", diz Roth. "Desse modo [esse cara] tenta levar uma vida dentro das convenções, e a convenção o frustra, como convencionalmente frustram."

Ao longo do tempo, à medida que seu corpo entra em colapso, o personagem de Roth desfaz o casamento, briga com o irmão e acaba largando a publicidade para passar a aposentadoria pintando. O tempo todo, seu relógio biológico avança. Na verdade, o romance que Roth uma vez chamou de *The Medical History* poderia ser lido como um prontuário médico dissecado. "À medida que as pessoas avançam no tempo", diz Roth, que completou 73 anos em março, "a biografia delas se reduz à sua biografia médica. Passam tanto tempo sob os cuidados de médicos, em hospitais e farmácias, que acabam, como acontece aqui, se tornando exclusivamente sua biografia médica".

Na questão dos números, Roth topou com uma ideia vencedora. A população dos Estados Unidos está ficando mais velha, e as questões de saúde — e mortalidade — estarão presentes em suas cabeças. Jerome Groopman, colunista de medicina da *New Yorker* e professor na Escola de Medicina de Harvard, diz que Roth "claramente fez seu dever de casa quando trata de tantos aspectos clínicos". Diversas cenas de cirurgia são descritas em detalhes, assim como os aspectos técnicos dos procedimentos. Mas Groopman acredita que há muito mais no romance que apenas isso. "A essência do romance, o seu coração, é a história desse homem e da condição humana, e os erros que cometemos durante a vida — como eles então voltam e são mostrados como fracassos na tentativa de nos proteger do medo e da solidão de encarar a mortalidade."

Sob esse aspecto, o romance se inspira na peça moralista do século XV *Everyman*, na qual um jovem vigoroso se encontra com a Morte na estrada. "O Homem comum então profere o que talvez seja tão forte quanto qualquer frase escrita entre a morte de Chaucer e o nascimento de Shakespeare", diz Roth, saboreando a linguagem. "Oh, Morte, vens quando menos a tenho em mente." O herói de Roth tem uma série de momentos como esse. Na infância, ele quase morreu de apendicite supurada. Na juventude, tem uma revelação enquanto está de pé na praia. "As estrelas lhe contaram que ele estaria inequivocamente fadado a morrer", diz uma passagem.

Roth já escrevera antes a respeito da morte. Ele abordou o tema com emoção em suas memórias *Patrimônio: uma história verídica*, que ganhou o National Book Critics Award, e, com um humor histérico, no romance *O teatro de Sabbath*, que lhe valeu o segundo National Book Award. A última frase do livro diz assim: "Como ele poderia ter ido embora? Como ele poderia ter ido? Tudo o que ele detestava estava aqui." *Homem comum*, no entanto, não tem qualquer desses floreados hiperbolicamente engraçados. "É extremamente sombrio", diz Mark Strand, poeta vencedor do Prêmio Pulitzer e amigo de Roth há mais de quarenta anos, "e realmente não é aliviado pelas habituais brincadeiras e pelo humor que Roth consegue introduzir em seus romances".

Seria interessante ver se os leitores de Roth o acompanham nesse território escuro. Seu romance anterior, *Complô contra a América*, segundo se informa, vendeu dez vezes mais o número de exemplares em capa dura que os livros anteriores. Grato, mas desgostoso, Roth se recusa a ficar entusiasmado com isso. "Bom, não muda minha opinião a respeito dos fatos culturais", diz ele, franzindo a sobrancelha. "Se é esse livro, ou o livro de Joan Didion, o que atinge a fantasia das pessoas, isso não muda o fato de que a leitura não é uma fonte de sustentação ou de prazer para um grupo que costumava ler em busca dessas duas coisas."

O método de escrever de Roth não muda há décadas. "Escrevo o material do começo ao fim", diz ele, ao explicar como trabalha, "em rascunhos, aumento-o a partir de dentro, o que significa que não trabalho acrescentando coisas. Tenho a história, e o que acho que preciso desenvolver é a coisa dentro da história que lhe dá vigor, que adensa o interesse".

Quando Roth chega a um ponto em que não consegue mais trabalhar, ele leva o manuscrito a um seleto grupo de leitores iniciais, cujos nomes não revela. "E então vou e me sento com eles por três ou quatro horas, o tempo que for necessário, e escuto o que eles têm a me dizer. Durante grande parte desse tempo, eu não digo nada. Seja lá o que falem é útil. Porque o que estou ganhando é a linguagem das outras pessoas sobre meu livro. Isso é que me é útil. O que eles fazem é quebrar a porta para entrar, eles as estraçalham, e eu posso entrar mais uma vez para um último ataque."

O escritor Paul Theroux, que leu o romance "numa sentada", e depois outra vez, "com ainda mais prazer e admiração", diz que se destaca a consideração cuidadosa de Roth pelo efeito de sua história. "Uma coisa que admiro enormemente é a aparente informalidade de Roth — na verdade, seus efeitos são construídos com muito cuidado." Neste caso, a habilidade de Roth em trabalhar sem seus truques costumeiros é que torna o romance tão impressionante para Theroux. "A força surge de seu detalhe persuasivo, de suas pessoas bem-concebidas e reconhecíveis, especialmente suas fraquezas."

No passado, Roth escreveu de um modo bastante autobiográfico, o que gera a tentação de confundi-lo com seus personagens — e com suas fraquezas. Durante os anos 1960, quando *O complexo de Portnoy* chegava a meio milhão de exemplares vendidos, até Jacqueline Susann, autora de *Vale das bonecas*, brincou que queria conhecê--lo, mas não tinha certeza se gostaria de apertar a mão dele. *Homem comum* tem seu quinhão de momentos Roth — o homem comum é notavelmente viril até os 70 anos, por exemplo —, mas eles tendem a ter uma nota biográfica mais amena. A cena de abertura alude ao funeral do amigo íntimo e mentor literário de Roth, Saul Bellow. Mais tarde, depois de várias operações, o personagem de Roth telefona a seus amigos que estão doentes para se despedir.

Finalmente, o personagem visita o túmulo dos pais e conhece o homem que provavelmente cavou suas sepulturas. "Isso é quase baseado na experiência de Roth", diz Strand. "Nada se perde com Philip; o que ele puder usar, ele usa."

Mesmo assim, seria um erro achar que Roth contempla o fim com mãos trêmulas. Pessoalmente, o romancista parece em forma e vigoroso e chega à entrevista com uma bolsa de ginástica, como um homem que acaba de voltar da academia. Seu olhar é forte e intenso. A morte ainda não o amedronta. O livro "não estava na minha cabeça por causa da minha própria morte, que eu não acho que seja — espero, não é? — iminente", diz ele, rindo. Mesmo quando passou por uma cirurgia de coração, em 1988, Roth não pensou duas vezes a respeito do fim. "Bem, nunca achei que eu fosse expirar. Tinha bastante certeza de que aqueles camaradas sabiam o que faziam, que me consertariam. E consertaram."

"Ele teve revezes de saúde", diz Strand, "mas começou muito mais forte e mais atlético que o resto de nós. Quando o conheci, ele era um ótimo jogador de beisebol: conseguia arremessar a bola a mais de um quilômetro. E, intelectualmente, é uma das pessoas mais alertas que já conheci. Ele conta histórias hipnotizantes e hilárias".

"Quando eu era criança", diz Roth, "como meu pai trabalhava no ramo de seguros, ele tinha livretos atuariais, e eu sabia que as mulheres viviam até os 63 anos, os homens até 61. Agora acho que é 73. Não mudou drasticamente, quando se pensa em todo o progresso médico da época pós-guerra". Groopman vê uma triste verdade nisso. "Há uma ilusão muito predominante de que, com toda a tecnologia que temos... há esse sentimento de que deveríamos ter controle sobre nosso resultado clínico." Mas, como o personagem de Roth descobre, como nós todos descobrimos, não é isso o que acontece. "O contrato é ruim, mas todos temos de assiná-lo", brinca Roth sombriamente. Na ficção do século XIX, como *A morte de Ivan Ilitch*, de Tolstói, a percepção do fim da vida envia os personagens na busca de Deus ou da religião. Não para o *Homem comum* de Roth. Nem para seu criador: "Nada me irá forçar a mão", diz ele, inequívoco.

Maio de 2006

Dave Eggers

DAVE EGGERS *é editor, ativista, memorialista e escritor de ficção. Nasceu em Boston, Massachusetts, em 1970, e se mudou para os subúrbios de Chicago quando era criança. Em 1992, os pais de Eggers morreram num intervalo de meses um do outro, os dois de câncer, e ele teve de criar o irmão mais novo, Toph. Essa experiência foi o germe de sua obra de estreia,* Uma comovente história de espantoso talento *(2000), que está para as memórias como as histórias de Donald Barthelme estão para os contos: uma bomba de nêutrons que destruiu as devoções mais sagradas do realismo. Nesse ponto, Eggers já tinha fracassado com uma revista (*Might*) e começara outra (*McSweeney's*), que logo se tornaria um sucesso cult.*

Na década que se seguiu à publicação de seu primeiro livro, Eggers provou o que pode ser feito com uma energia sem limites. Ele transformou a McSweeney's *em editora de livros, abriu uma organização informal de professores particulares, sem fins lucrativos, em oito locais pelos Estados Unidos, lançou uma revista literária (*The Believer*) e um projeto de história oral que documentava a vida de prisioneiros libertados para ir ao Zimbábue. Além disso, escreveu dois roteiros que se tornaram filmes importantes, produziu uma verdadeira torrente de obras, que incluía, só naquele período, diversas coletâneas de contos, dois romances, entre eles o premiado best-seller* O que é o quê, *um romance de não ficção sobre um refugiado sudanês e diversas obras de não ficção, incluindo* Zeitoun *(2009), um livro sobre um sírio que, por causa do Furacão Katrina, se torna sem-teto, e* Teachers Have it Easy *(2005), um debate sobre a importância de aumentar o salário dos professores. Conheci Eggers no Brooklyn, por ocasião do lançamento desse último livro.*

Já é uma da tarde de um dia muito frio na loja Superhero Supply, no Brooklyn, em Nova York, e Dave Eggers tem o que fazer. Depois de concluir uma reunião com os membros do conselho de sua última aventura, um centro de assistência chamado 826NYC, o jovem escritor, editor e fundador da revista literária *McSweeney's* desaba num velho sofá caindo aos pedaços. Ele começa a se recostar, mas recusa o repouso. Ainda não pode relaxar.

Depois dessa entrevista, o escritor sai para uma reunião no meio de Manhattan, às 14h30. Ainda tem mais compromissos, e, no dia seguinte, uma longa viagem até Pittsfield, Massachusetts, onde arrecadará fundos para o Word Street, um centro de assistência inspirado no 826. Sua mala preta de viagem está aos meus pés, como um cachorro que implora por um passeio. "Estou tentando diminuir as viagens", responde Eggers, quando lhe pergunto como ele encontra tempo para escrever. "Mas com as coisas do jeito que estão, eu realmente não gosto de dizer não."

Como fica bem claro em seu romance de estreia, a velocidade é um componente-chave de Dave Eggers. Em apenas dez anos, o escritor alto, de cabelos encaracolados, passou de editor secundário de uma revista satírica pouco conhecida (*Might*) para astro literário mais imprevisível dos Estados Unidos, como Mark Twain, Monty Python e George Plimpton numa só pessoa.

Apesar de toda a repercussão gerada por suas inusitadas leituras em público — uma delas envolveu Eggers cortando discretamente cabelo —, o verdadeiro motor que levou a essa ascensão não foi uma percepção warholiana de celebridade, mas seu talento.

Uma comovente obra de espantoso talento construiu um verdadeiro fosso de ironia em torno da perda dos seus pais para o câncer, num intervalo de apenas três meses, isolando no processo as santidades da memória. Imediatamente depois, veio o criativo primeiro romance, *You Shall Know Our Velocity*, que conta a história de dois amigos de colégio que correm pelo mundo tentando fazer doações de dinheiro, e descobrem como sua generosidade é arbitrária. No outono passado, escreveu uma coletânea de contos.

Acrescente-se a isso algumas antologias, postas em marcha para revigorar o formato do conto, um novo periódico, *The Believer*, que pretendia devolver à crítica dos livros o que Eggers chama de "um nível de respeito", um livro sobre girafas, a ampliação da *McSweeney's* para editora, e lojas que vendem, respectivamente, suprimentos de piratas e (como é o caso dessa no Brooklyn) equipamento de super-heróis — as duas financiam projetos de assistência. Fica evidente que Eggers tem ambições grandiosas, embora peculiares.

No entanto, sua maior ambição apenas começa a aparecer. Enquanto falamos de seu livro de contos mais recente, *A fome de todos nós*, percebi que Eggers não quer apenas fazer as pessoas rirem. Ele quer empurrar os leitores para além de suas zonas de conforto, cultural e estilisticamente. Eggers quer que eles também se tornem ativistas.

Durante os últimos cinco anos, ele tem liderado pelo exemplo. De volta a São Francisco, dá duas aulas de redação livre por semana, no 826 Valencia, a casa-mãe de seus laboratórios de redação. Uma trata da escrita; a outra é chamada "The Best American Nonrequired Reading", que acabou resultando numa antologia publicada nos Estados Unidos pela Houghton Mifflin. Como Eggers diz, "começa com uma aula de leitura em que [os alunos] leem tudo o que têm ao alcance nos Estados Unidos, depois meio que se transforma em tudo — aconselhamento, redação criativa. E continua por cerca de oito meses".

Graças ao perfil de Eggers, os tipos de alunos que aparecem em 826 Valencia e 826 NYC têm mudado ligeiramente. Os pais sabem do calibre e do talento de quem ensina de graça no bairro. Daniel Handler, o cérebro por trás de Lemony Snicket, é ativo nos programas, do mesmo modo que o ganhador do Pulitzer Michael Chabon, que recentemente deu uma aula sobre horror.

"Ótima história", disse Eggers animadamente. "[Michael Chabon] estava falando com Stephen King. Ele disse: 'Ei, vou dar aula num curso de redação. Vou ensinar sua obra.' King disse: 'Se você ensinar isso, eu voo até aí.' Foi o que fez. Ele voou desde o Maine para dar uma aula de duas horas para trinta alunos."

O que é tão fascinante em Eggers é que, como figura pública, ele achou um jeito de aproveitar uma preocupação sua já existente, encontrar uma maneira de fazer uma retribuição ao mundo, e a transformou não só na paixão de sua vida, mas também em obsessão artística. Conseguir pessoas que se unam à sua campanha parece fácil para ele. Os centros de assistência chegam a 500 alunos. O centro de São Francisco abriu sete mil sessões de oficina só no último semestre. Juntos, eles conseguiram cerca de 800 voluntários. Uma nova filial foi lançada recentemente em Los Angeles, e outros estão a caminho em Chicago, Seattle e Ann Arbor. Os números podem parecer pequenos agora, mas certamente vão crescer. Se as turnês dos livros dele já foram exposições de arte dadaísta, agora elas levantam recursos.

Embora as interações passivo-agressivas de Eggers com a imprensa sugerissem que ele não seria uma pessoa adequada para trabalhar com o público, agora qualquer aspereza parece ter desaparecido. Durante o período de uma hora e meia, Eggers é amigável e alegre, e volta repetidamente aos seus projetos 826, sempre dando créditos a colegas, como Nínive Calegari, amiga e professora de escola que conhece há muito tempo, com quem começou o projeto de assistência.

Com a ajuda de Daniel Moulthrop, os três escreveram um livro sobre professores chamado *Teachers Have It Easy*, e Eggers é rápido em observar que fez "a maior parte do trabalho". O livro usa narrativas de professores na primeira pessoa para defender, de forma convincente, que o único jeito de as escolas públicas nos Estados Unidos melhorarem é com o aumento substancial dos salários.

Embora muito tenha sido escrito sobre o ensino e suas falhas, Eggers e seus parceiros conseguem alardear novas histórias e estatísticas. Como descobriram em suas pesquisas, ser professor não se parece em nada com férias de verão. Na verdade, aproximadamente 42% dos professores americanos trabalham nas escolas durante o verão, ou em algum outro emprego que não envolve o ensino, para conseguir fechar o mês. Isso os leva a um trabalho exaustivo, como é o caso de pessoas como Erik Benner, que chega à Cross Timbers Middle School às seis da manhã, quando abre o ginásio para o treino matinal de futebol, e termina o dia por volta das dez da noite, já em um segundo emprego, em Circuit City.

O ensino é algo que está no sangue de Eggers, e ele é especialmente sensível àqueles que recebem esse chamado. "Minha mãe, minha irmã e eu éramos professores, e uma de minhas melhores amigas, Casey Fuller, que esteve presente em nosso conselho em São Francisco, também é professora. Eu a conheço desde que eu tinha 12 anos e me lembro muito bem de quando ela obteve o certificado e o diploma de mestrado. Ela ensinou no ciclo básico e, depois, em uma escola secundária. Casey era a pessoa mais motivada, inspirada e feliz que já conheci em qualquer campo de atividade."

Mas, como acontece muitas vezes, Fuller simplesmente não conseguia que seu trabalho rendesse dinheiro. "Com o passar dos anos — ela ensinou durante cinco anos —, ficou cada vez mais difícil chegar ao fim do mês. Ela dividia o apartamento e mal conseguia viver com seus próprios recursos, a não ser que se casasse."

Até os que estão no topo têm esse problema, explica Eggers, já que os formandos mais talentosos dos Estados Unidos continuam a pensar duas vezes antes de ensinar. Segundo um levantamento feito em 2000, 78% deles disseram que ser "mal pago" os dissuadia de pensar nesse campo de atividade.

É por isso que Eggers, Nínive Calegari e Daniel Moulthrop estão virando a *Reaganomics* de cabeça para baixo a fim de brigar por maiores salários para os professores. "A nossa teoria é que tudo vem daí", diz Eggers. "Se os professores tiverem bons salários, boas condições, há um bom apoio, comunicação entre eles, treinamento suplementar pago, e os alunos aprendem."

Essa abordagem baseada em uma narrativa é o modelo apropriado para o livro — os professores são, afinal, um tanto invisíveis nos Estados Unidos —, mas é também uma metáfora apropriada para a história do próprio Eggers. Ele sofreu uma imensa perda, e embora a narrativa não possa trazer seus pais de volta, ela lhe ofereceu um recanto para a dor. O poder da história fez com que saísse do Brooklyn e voltasse para a Califórnia, onde ele está mais feliz e onde agora mora com sua mulher, a romancista Vendela Vida.

O poder da história afastou *McSweeney's* de sua posição marginalizada e a popularizou. A história deu a Eggers não só o poder de publicar a si mesmo, mas aos autores nos quais ele acredita. E agora as histórias das lutas dos professores fortalecem a mensagem de Dave Eggers para o mundo — fazer com que as pessoas retribuam com algo.

Junho de 2005

Vikram Chandra

VIKRAM CHANDRA *nasceu em Nova Déli, em 1961, e foi educado nos Estados Unidos. Depois de flertar com a faculdade de cinema — sua mãe é roteirista e dramaturga, uma das irmãs é diretora, outra é crítica de filmes —, ele estudou com os pós-modernistas americanos Donald Barthelme e John Barth, na Universidade John Hopkins, em Baltimore. A atenção dos dois à linguagem deixou traços em sua obra, mas a ficção de Chandra não tem nada da interioridade convoluta característica desses autores. Seu romance de estreia,* Red Earth and Pouring Rain, *é um épico impetuoso, baseado num soldado anglo-indiano do século XIX, James Skinner. Uma coleção de histórias,* Love and Longing in Bombay, *foi publicada dois anos mais tarde, e, em 2007, ele lançou um dos romances mais emocionantes e sensíveis sobre a chamada Nova Índia,* Jogos sagrados. *O livro foi uma das omissões mais gritantes nos 45 anos de história do Booker Prize.*

Durante os últimos sete anos, o pequenino romancista Vikram Chandra passou muito tempo com gente muito má. Ele conheceu pessoas que ganharam a vida matando, outras que simplesmente extorquiam e torturavam. Foi conduzido em círculos de carro, e levado a esconderijos secretos. "Lembro-me de uma noite em que saí para tomar umas cervejas com esses atiradores", diz o romancista, de 44 anos, em uma visita recente a Nova York, "e pensei, caramba, eu poderia ser amigo desses caras. Eles são realmente legais. Aí percebi que eles provavelmente sairiam mais tarde, à noite, e talvez matassem alguém".

Chandra não estava fazendo aquilo por divertimento. Ele passara a última década trabalhando em um grande romance, e, por fim, aí está ele. *Jogos sagrados* conta a história de um chefão do crime e de um inspetor de polícia sique, e como as suas vidas se entrelaçam em Bombaim (agora Mumbai), durante os anos 1980 e 1990. É um livro extraordinário, brilhante, maravilhoso, um cruzamento de *Crime e castigo* e *O poderoso chefão*, e tem uma ironia inspirada em *A família Soprano*, para compensar. O livro subitamente fez Chandra ganhar um pouco de fama na Índia. "Cada vez que há um tiroteio em Bombaim, agora, recebo um telefonema, e alguém me convida para entrar no ar e falar sobre o assunto. Na última vez em que isso aconteceu, eu disse: 'Bom, não sou bem um especialista nisso.' E o locutor só falou: 'Tudo bem. Dá para você falar mesmo assim?'"

A ideia do crime organizado em Bombaim pode parecer estranha, mas Chandra diz que não é o tipo de coisa sobre a qual as pessoas façam piadinhas. Durante os anos 1980, a influência do crime organizado se tornou tão grande que conseguia afetar as eleições. Então, na década de 1990, os banhos de sangue passaram para o âmbito público. "Você abria um jornal de manhã, e lá estavam quatro mortos em uma troca de tiros", diz Chandra, "e, no dia seguinte, seriam seis. Todas as manhãs, aquilo era como um placar de críquete". Cidadãos da classe média não eram apenas testemunhas, tornaram-se alvos também. "Pessoas que conheci, médicos, recebiam telefonemas que diziam 'Você sabe, queremos aproximadamente essa quantia para deixar você viver'."

Foi mais ou menos na época em que o cunhado de Chandra, produtor cinematográfico, contratou um guarda-costas, que Chandra entendeu ter chegado a hora de começar a escrever sobre o assunto. Lançou um conto sobre um inspetor de polícia sique, de meia-idade, abandonado, chamado Sartaj Singh, publicado em sua coletânea de 1997, *Love and Longing in Bombay*. Porém, isso não saciou todo o seu interesse pelo tema. "Comecei a conhecer um pouco mais sobre a polícia na Índia, mais do que eu precisava saber como cidadão. E comecei a me encontrar com policiais, ficar amigo de alguns deles, e o personagem desse conto simplesmente não me largava. Achei que tinha algo para terminar."

Então Chandra se atirou no projeto, acreditando que escrevia um livro pequeno. "Achei que seria um livro de umas duzentas páginas. Um desses livros de suspense em que você encontra um cadáver na água e, duzentas páginas depois, está tudo elucidado." Mas cada vez que ele puxava um fio, outro se desenrolava, e mais outro. O que parecia um fenômeno local mostrou-se comum em toda a Índia, por todo o subcontinente, influenciando até a situação geopolítica atual e a Guerra contra o Terror.

"Agências de informações gostam de usar essas organizações para apoio logístico", explica Chandra. "Esses caras operam como um exército extraconstitucional, de modo que o governo sempre pode negar a responsabilidade, se alguém é pego por fazer algo que não devia. Mas eles se tornam uma espécie de ciborgue que ninguém consegue controlar. Os movimentos militantes às vezes obtêm armas com gangues do crime organizado, que têm negócios com o tráfico de armas. Esses caras vão buscar heroína no Afeganistão e no Paquistão, aumentando sua renda. É um triângulo muito incestuoso, muito perverso."

Uma das distorções mais bizarras de tudo isso é que muitos dos chefões do crime na Índia chegam ao mundo do cinema, onde conseguem controlar ou influenciar a construção de seu próprio mito. Em *Jogos sagrados*, o principal gângster do livro, Gaitonde, dá um jeito de chegar ao coração de Bollywood, onde injeta dinheiro sujo para o sistema cinematográfico. Parece pouco provável, mas muita coisa nesse livro é inspirada na vida real. "Um dos filmes que foram lançados há alguns anos, a respeito da gangue, de fato recebeu um grande prêmio", diz Chandra. "No dia em que o prêmio foi anunciado, o camarada subiu no palco para recebê-lo, e todo mundo se deu conta de que ele era irmão de um dos maiores chefões, de modo que sua representação fora basicamente a respeito de sua própria vida."

Chandra cresceu no mundo do cinema de Bollywood, por isso não precisou de muita pesquisa para imaginar como seria entrar nele. Membros de sua família trabalham em roteiros, produção, direção e crítica de filmes. O próprio Chandra, como coautor de *Mission Kashmir*, também se envolveu em um drama sobre um policial que adota o filho de um homem que ele matou enquanto perseguia um terrorista. O filme não fez grande sucesso, mas recebeu grande impulso nos Estados Unidos quando Shaquille O'Neil, o pivô de basquete do Miami Heat, com 154 quilos e 2,38 metros de altura, o pôs nas alturas. Em um episódio do *MTV Cribs,* o jogador o proclamou seu filme preferido. "As vendas dispararam", diz Chandra.

Por mais que pareça tremular à margem desse mundo, Chandra nunca esperou mergulhar inteiramente nele. Ele frequentou a faculdade de cinema na Universidade Columbia, em Nova York, mas saiu do curso para começar a escrever seu primeiro romance, *Red Earth and Pouring Rain*, publicado em 1995, quando ele tinha 39 anos. Depois disso, Chandra passou um tempo trabalhando como programador de computação e consultor de software.

Jogos sagrados acabou colocando um fim nesses bicos. O livro vendeu mais de um milhão de dólares nos Estados Unidos e gerou uma soma substancial de seis algarismos na Inglaterra: ainda não o bastante para Chandra comprar uma casa decente na Califórnia, mas o suficiente para lhe dar algum espaço para respirar. Agora ele tem uma existência inteiramente global, dividindo seu tempo entre a Índia e Berkeley, na Califórnia, onde ensina literatura e mora com a mulher.

O fato de viver nesses dois mundos não lhe cria muito atrito, já que, sob vários aspectos, entender o modo como as culturas se sobrepõem tem sido a obsessão de Chandra desde que ele começou a escrever. “Um dos aspectos fantásticos da cidade de Bombaim é como os fatos todos parecem estar enovelados, uns por cima dos outros”, diz Chandra, que parece um propagandista da cidade, mesmo que seu livro faça com que os turistas pensem duas vezes antes de ir lá.

“Há um subúrbio caro, elegante, extraordinariamente luxuoso, mas bem ao lado há uma favela.”

Esse choque não é visto do lado de fora, onde a taxa de crescimento da Índia é constantemente descrita em termos brilhantes. Embaixo disso, no entanto, está escondida uma verdade mais dura — até para a classe média. “Muitos dos atiradores mais jovens na linha de frente do pessoal do crime organizado e essas companhias, na verdade, não são os mais pobres dos pobres”, diz Chandra. “São garotos de classe média baixa que podem ter um pouco de instrução universitária. Os sujeitos das gangues são realmente inteligentes. Eles chegam e dizem: ‘Tudo bem, vou lhe dar uma motocicleta e lhe pagarei dez rúpias por mês. Se você trabalhar duro e for fiel, algum dia poderá ter uma frota de Mercedes.’”

Chandra balança a cabeça como se não conseguisse entender isso. “É essa narrativa que acaba atraindo as pessoas”, continua ele. “O garoto pensa que poderia passar a vida inteira trabalhando num escritório e, no final, nem sequer poderia comprar uma casa na cidade. Então, acho que a qualidade abjeta que se pensa gerar o crime não é necessariamente a única dinâmica que funciona nisso.” Como *Jogos sagrados* revela, de fato, há muito, muito mais em jogo.

Janeiro de 2007

Tom Wolfe

Ao lado de Joan Didion, Norman Mailer e Hunter S. Thompson, TOM WOLFE *é um dos primeiros proponentes do Novo Jornalismo. Nascido em Richmond, Virgínia, em 1931, Wolfe começou sua carreira como um velho jornalista, em busca de matérias para o* Springfield Union, *em Massachusetts, depois para o* Washington Post *e o agora finado* New York Herald Tribune. *Durante a greve dos jornais, em 1962, ele perguntou à revista* Esquire *se poderia cobrir uma convenção de carros envenenados no sul da Califórnia. Ele se esforçou tanto para escrever o texto corretamente que, ao redigir uma longa carta para seu editor, colocou tudo o que não pôde usar. O resultado foi "Aí vai (VA-RUUM! VARUUM!) a gracinha com cascas de tangerina (THPHPHPFFFF!) de Kandy Kolored (RAHGHHHH!), passa a curva (BRUMMMMMMMM)", a pedra fundamental de seu primeiro livro de ensaios. Os interesses de Wolfe pela cultura americana são tão vastos quanto inesperados. Panteras Negras, astronautas, arte moderna e corridas de carros comuns estão entre alguns dos assuntos sobre as quais escreveu. Em meados dos anos 1980, recebeu uma proposta de Jann Wenner, editor da* Rolling Stone, *para transformar em série um romance que pretendia escrever. Wolfe aceitou e começou a publicar capítulos mensais do que viria a ser* A fogueira das vaidades *(1987), seu best-seller incontrolável, uma crítica feroz das idas e vindas em Wall Street nos anos 1980. Wolfe desde então publicou mais dois romances —* Um homem por inteiro *(1998) e* Eu sou Charlotte Simmons *(2004) —, e outro está prestes a ser publicado. Falei com ele por ocasião do lançamento de* Eu sou Charlotte Simmons, *que trata da sexualidade na vida universitária dos Estados Unidos.*

Sentado de pernas cruzadas num sofá de veludo dourado, na biblioteca de seu apartamento no Upper East Side, vestido com um terno branco característico, gravata azul-marinho e imaculadas polainas bicolores, Tom Wolfe está tão afastado de uma festinha universitária quanto é possível nos Estados Unidos.

Sobre a mesa, à sua frente, está uma pequena estatueta do comissário Mao. As paredes ao nosso redor sustentam prateleiras e prateleiras sobre mestres flamengos e fólios de pintores modernos, onde estão também alguns retratos de sua filha em trajes completos de equitação.

Ao visitar Wolfe naquele ambiente, fica fácil compreender por que a vida em um campus de qualquer universidade americana era para ele uma realidade longínqua e chocante. Na verdade, mesmo seu novo romance, *Eu sou Charlotte Simmons*, de 700 páginas, parece o pior pesadelo de qualquer pai. Passado na fictícia Universidade Dupont, ele atinge a alma americana, frita por imersão, e constrói um retrato incendiário do vazio pornográfico daquele investimento de 120 mil dólares também conhecido como faculdade: toda a bebedeira, as festas, os videogames, a cola nas provas, as trepadas indiscriminadas e a adoração dos atletas.

Mesmo Wolfe, que viajou com o romancista psicodélico Ken Kesey, frequentou as corridas de Nascar, encontrou-se com Panteras Negras e ganhou milhões ao contar o que a multidão enlouquecida faz, reconhece que a juventude americana pode ter exagerado um pouco. "Ainda bem que não fiquei sabendo disso antes de meus filhos irem para a faculdade", diz ele, com um sorriso inquieto.

É uma declaração singular para um renomado cronometrista do *Zeitgeist* americano. Como se precisássemos nos lembrar de como, bem, essas preocupações sobre a vida nos campi parecem anteriores ao 11 de Setembro, a vista da biblioteca de Wolfe se estende até o local em que ficava o World Trade Center.

Pergunto-lhe se teria errado no tempo de seu alvo, se, talvez, o *Zeitgeist* pudesse desta vez tê-lo ultrapassado.

"Eu na verdade dei uma parada e disse, sabe como é, espere um pouco", diz Wolfe com a cadência lânguida de um sulista. "Isso teoricamente muda tudo. Mas olhe para Nova York hoje: as propriedades imobiliárias estão fora de controle. Além do mais, descobri nos campi que a reação ao 11 de Setembro foi nula."

Por que eles nos odeiam? Quem são eles? Osama bin quem? Essas foram as perguntas feitas pelos americanos depois do 11 de Setembro, e, se você acredita no retrato de Wolfe em *Eu sou Charlotte Simmons*, até os estudantes universitários americanos não fizeram uma pausa muito grande para ponderar sobre essas questões. Ao usar seus brilhantes monólogos interiores, Wolfe revela que a molecada é ignorante e permaneceu assim por só ter uma coisa na cabeça: sexo.

Os críticos questionaram se a decisão de Wolfe de criar uma personagem principal feminina não seria uma resposta àqueles que censuraram, entre outras coisas, o fato de ele não conseguir fazer uma mulher ganhar vida em suas páginas. Wolfe discorda.

"Eu escrevi sobre Charlotte porque sua ingenuidade é um jeito de introduzir o leitor nessa vida no campus, então as revelações para Charlotte são também revelações para o leitor. Além disso, pelo que vi, as mudanças na sexualidade são muito mais duras para uma mulher do que para um homem."

Tom Wolfe, um feminista? Realmente, a reação que se seguiu parece uma dramatização literária dos temas e das observações contidas no ensaio *Hooking Up*, no qual Wolfe observa que, ao longo dos anos 2000, os estímulos sexuais bombardeavam os jovens de maneira tão intensa que eles foram inflamados com um prurido impudente muito antes de alcançar a puberdade.

A vida em Dupont reflete o que acontece aos adolescentes hipersexualizados quando chegam à idade de ir para a faculdade. Um dia depois de sua chegada, Charlotte é "sexexilada" de seu quarto porque sua companheira leva um rapaz para transar; membros de fraternidades se envolvem em competições cronometradas para ver a velocidade com que conseguem ir para a cama com carne fresca.

Isso tudo poderia ser escrito como melodrama se Wolfe não fosse tão meticuloso em sua pesquisa. Ele visitou mais de dez campi universitários durante quatro anos. Conversou com alunos, assistiu às aulas e, poucos anos depois de ter feito uma cirurgia cardíaca quíntupla, ficou na rua até quatro ou cinco da madrugada, de pé, na esquina dos porões das casas de fraternidades, com as orelhas em pé. Nada de blocos de notas.

Embora nunca tivesse observado um "congresso sexual", como ele chama, Wolfe viu uma quantidade enorme de situações obscenas e ficou tão fluente no que ele chamou de jargão da f*** — o termo é usado como substantivo, verbo e adjetivo — que ele mesmo já conseguia falar.

Cada romance de Wolfe costuma se tornar uma espécie de evento da década no meio editorial americano e é recebido com as reações polarizadas características de uma indústria que luta por presas cada vez mais raras.

Se as vendas de *A fogueira das vaidades* levaram Wolfe para o topo da lista dos romances sociais nos Estados Unidos, *Um homem por inteiro*, finalista do National Book Award, causou certo incômodo a seus críticos. Na resenha da *New Yorker*, John Updike escreveu que o livro era divertimento, não literatura.

A guerra em torno de *Charlotte Simmons* foi feroz. No *New York Sun*, Adam Kirsh argumentou que Wolfe nunca revelava as verdades mais profundas, mais estranhas, mais elusivas que a ficção pode trazer à tona. Charles McGrath, do *New York Times*, respondeu com um perfil que comparava Wolfe a outros mestres americanos que ascenderam da redação para o romance: John O'Hara e Stephen Crane.

Wolfe parecia saber que *Eu sou Charlotte Simmons* seria recebido com certa selvageria e começou um novo ensaio, em resposta, talvez, a isso.

"Comecei a trabalhar sobre o juramento hipocrático de um escritor", diz Wolfe. "A frase inicial do juramento hipocrático de um médico é 'Primeiro, não causar qualquer dano ou mal'. Para os escritores, acho que seria: 'Primeiro, divirta.' Divertir é uma palavra muito simples. Eu olhei no dicionário. O divertimento permite às pessoas que passem o tempo de maneira agradável. E qualquer texto — não importa se é poesia ou o quê — deveria, em primeiro lugar, divertir. É muito recente essa história de só valorizar a escrita mais difícil, que somente uma aristocracia privilegiada é capaz de entender."

Novembro de 2004

Robert M. Pirsig

ROBERT M. PIRSIG *é filósofo e autor de dois romances,* Zen e a arte de manutenção das motocicletas *(1974) e* Lila: An Inquiry Into Morals *(1991), sendo que os dois se preocupam com o significado do mundo visível, em como se vive moralmente nele. Os dois traçam uma jornada — no primeiro, uma viagem de motocicleta com o filho do autor à Califórnia; no segundo, a viagem num barco que desce o rio Hudson, com uma mulher logo depois de um colapso mental. A própria vida de Pirsig é um tipo de viagem sinuosa. Nascido em Minnesota, em 1928, ele entrou na universidade para estudar bioquímica. Depois começou um período de perambulação, da Coreia do Sul, onde ficou baseado durante a Segunda Guerra Mundial, a Seattle, para novos estudos, e a Bozeman, Montana, onde ensinava redação, e de volta a Minnesota, onde passou pelo primeiro de uma série de colapsos.* Zen e a arte de manutenção das motocicletas *cresceu das cinzas da dissolução de sua vida familiar e de suas tentativas, depois do colapso, de encontrar o significado e a estrutura no mundo. Falei com ele por ocasião do relançamento de* Lila *— foi a primeira entrevista dele em mais de vinte anos.*

Robert Pirsig tem motivos para disputas com filósofos. Enquanto seu romance, que define uma era, *Zen e a arte de manutenção das motocicletas,* levitava no topo das listas de mais vendidos de 1974, tudo o que ouvia deles eram reclamações.

Essa história de uma viagem de motocicleta de pai e filho através dos Estados Unidos era apenas o esqueleto de uma filosofia, disse ele. O que exatamente era essa "metafísica da qualidade" de que ficava falando? E quem era ele para falar sobre isso? Dezessete anos mais tarde, Pirsig deu sua resposta, e veio sob a forma de um romance de 500 páginas, *Lila: An Inquiry into Morals*. Agora, por fim, os pensadores do mundo têm alguma coisa a reformular. A resposta deles? "Silêncio. Me deram zero de apoio e uma grande hostilidade", diz Pirsig na véspera do relançamento do romance no Reino Unido.

"É que eles simplesmente não dizem nada." Agora, Pirsig acredita que tem uma última chance de explicar sua filosofia para o público, e se isso significa ele sair de sua reclusão, que seja.

Sentado num quarto de hotel com vista para o rio Charles, em Boston, com uma esteira de meditação aos pés, e a mulher, Wendy, a seu lado, o romancista no segundo lugar em termos de reclusão da Nova Inglaterra não parece ter feito grandes esforços em relação à sua imagem pública.

Aos 78 anos, Pirsig é um matuto excêntrico de cabelos brancos. Anos de mar e de estrada deram a seu rosto uma aparência curtida pelo sol. Sua voz é forte e clara, mas, quando ele pega caneta e papel para demonstrar um conceito, as mãos tremem.

"Do jeito como vejo esses dois livros", diz Pirsig, desenhando um oval num bloco de notas, "há um círculo Zen. Você começa aqui com o Zen", diz ele, marcando um X, "e então você vai aqui para iluminação, é isso que se chama de Zen 180. Depois você volta para o ponto de onde partiu — é o Zen 360 —, e o mundo está exatamente como estava quando você saiu dele". Pirsig senta-se outra vez e deixa a ideia sedimentar, então acrescenta: "Bom, eu achei que *Zen e a arte de manutenção da motocicletas* fosse a jornada de saída, e *Lila* fosse a viagem de volta."

Isso pode explicar por que *Lila* não foi universalmente adorado como seu predecessor. *Zen* era um livro sério, com a intenção de fazer os outros se sentirem bem, um *Walden* moderno, escrito por um homem que passara por uma situação difícil, mas emergira, tendo encontrado um modo melhor de vida.

Era também a viagem mais pitoresca pelo Oeste americano que podia ser encontrada entre as páginas de um livro. *Lila* é um romance quase tipo *noir*, a respeito de um escritor que se apaixona por uma ex-prostituta. Enquanto eles flutuam por um rio sinistro na direção de Nova York, o escritor — cujo nome é Phaedrus, o nome que Pirsig deu a seu insano alter ego em *Zen* — medita sobre a natureza dela e sobre a metafísica da qualidade (MOQ), na sigla em inglês.

O romance é estruturado como um rio com muitas eclusas — cada estágio, um novo nível da filosofia de Pirsig. O trabalho mental necessário para avaliar essas ideias explica por que *Lila* vendeu 600 mil exemplares, dificilmente um fracasso, mas nem de perto os quatro a seis milhões de exemplares de seu livro mais famoso.

Há dois tipos de qualidade, segundo Pirsig: dinâmica e estática.

"Sem a qualidade dinâmica, um organismo não consegue crescer", explicou ele num ensaio. "Mas, sem a qualidade estática, um organismo não consegue durar."

Embora tenha se tornado um clichê cultural dizer que passamos além do bem e do mal, Pirsig acredita exatamente no contrário — e ele crê que a MOQ pode ser uma ferramenta útil para trazer ordem a um mundo caótico.

"Você conhece a estrutura da MOQ", diz ele, pegando outra vez o bloco. "A qualidade estática pode ser dividida em reinos intelectual, social, biológico e inorgânico. Qualquer tentativa de baixar a ordem para sobrepujar uma ordem mais alta representa o mal. Então, essas forças que barram a liberdade intelectual são o mal, de acordo com a MOQ, do mesmo modo que essas forças biológicas que tendem a vetar a liberdade social são o mal; e, num nível ainda mais baixo, até as forças inorgânicas da morte que tentam destruir a biologia são o mal."

A insistência de Pirsig sobre a existência do mal tem uma dolorosa nota pessoal. Em novembro de 1979, seu filho Chris foi apunhalado e morto num assalto do lado de fora do Centro Zen de São Francisco. Ele estava a duas semanas de completar 23 anos. Na época Pirsig morava numa casa flutuante na Inglaterra. Ele veio para casa, para o funeral, e escreveu um comovente panegírico sobre o filho — a criança no coração de *Zen* — que desde então foi impresso em todas as edições. Essa perda pode ser sentida em *Lila* e pode explicar por que Pirsig demorou quase duas décadas para escrevê-lo. "Um crítico disse: 'A sombra da morte do filho de Pirsig parece pairar sobre o livro inteiro'", comenta ele, parecendo desnorteado. "Na época, eu não tinha ideia de que isso fosse verdade, mas agora vejo em retrospecto que eu estava muito soturno."

Pirsig parece ter vindo ao mundo apto para o pensamento — mas menos apto para a melancolia. Nascido em 1928, em Minneapolis, Minnesota, foi uma criança bem-dotada, cujo QI chegava a 170 aos 9 anos.

Seu pai era professor de direito e estudou na Inglaterra, de modo que Pirsig aprendeu a ler e a escrever na Inglaterra. Voltou a Minnesota e entrou para a escola elementar tão cedo que implicavam com ele. Ingressou na universidade aos 15 anos, foi jubilado e depois serviu na Guerra da Coreia, voltando com algum interesse pela filosofia. Concluiu os estudos de graduação e foi em busca de um diploma em filosofia oriental na Benares Hindu University, na Índia. E foi aí que começaram os deslocamentos.

Pirsing voltou aos Estados Unidos nos anos 1950 e estudou jornalismo. Para ganhar a vida, começou a escrever textos técnicos e fazer um pouco de editoração num jornal universitário, onde conheceu sua primeira mulher. Durante vinte anos eles se mudaram de um lugar para outro, enquanto Pirsig fazia trabalhos isolados, ocasionalmente ensinando composição inglesa, criando seus dois filhos.

Sem saber, ele tinha começado uma espécie de busca filosófica interna, mas o calor de sua procura intelectual o empurrou para o abismo.

Em 1960, ele começou uma série de tratamentos para doença mental em vários hospitais. Seu pai conseguiu um mandado judicial para mantê-lo num hospital, onde ele recebeu terapia de choques elétricos. Isso parecia funcionar, mas Pirsig afirma que não era louco. "Nunca achei que eu era maluco. Mas eu não estava a fim de dizer isso a ninguém naquela época."

Pirsig adotou a escrita como se fosse uma tábua de salvação. Em 1965 comprou uma motocicleta, e em 1967 começou o que achava ser apenas alguns ensaios sobre manutenção de motocicleta — afinal, ele era autor de textos técnicos. Mas o livro cresceu até se tornar um projeto completo.

Em 1968 ele escreveu a 122 editoras oferecendo trechos de capítulos. Só uma respondeu. Isso foi um encorajamento suficiente para ele. Alugou um quarto num albergue barato e ia lá da meia-noite às seis da manhã, para escrever.

Depois, ia trabalhar. Todas as noites ele ia para a cama às seis da tarde. "Quando falo de compulsão, naquele livro", diz Pirsig, "é isso o que quero dizer. Eu era compelido a escrevê-lo".

Pirsig admite que esse regime tem tanto a ver com suas ambições quanto com "problemas em casa", como ele os chama. Quando o livro finalmente se tornou um best-seller, Pirsig lidou com o fato da melhor maneira possível, e depois achou que tinha de se afastar. Ele e a mulher compraram um iate e planejaram viajar pelo mundo. Em vez disso, divorciaram-se.

A reação de Pirsig foi continuar a se mudar, e foi assim que conheceu sua segunda mulher, Wendy Kimball, em um barco, na Flórida. Ela era uma escritora freelance que queria entrevistá-lo. Ele ficou dois anos na Flórida, enquanto ela trabalhava como repórter, e depois começaram uma vida de viagens juntos, para as Bahamas, para o Maine, onde se casaram, e através do Atlântico norte, até a Inglaterra — uma viagem tão acidentada que Pirsig imaginou que eles não fossem chegar lá. "Vi aquela massa de icebergs vindo na nossa direção rapidamente, virei-me para Wendy e disse: 'Querida, foi legal tê-la conhecido.'"

A alegria deles por terem sobrevivido àquela viagem numa lua de mel flutuante foi destroçada no mesmo ano, com o assassinato do filho de Pirsig. Ao longo do tempo, Pirsig seguiu em frente. Ele e Wendy tiveram uma filha, Nell, em 1980.

Em 2006, um filósofo chamado David A. Granger publicou o livro *John Dewey, Robert Pirsig, and the Art of Living*. Pirsig está radiante. "Ele realmente poderia ser o meu cavaleiro branco."

O sucesso de *Zen* proporcionou a Pirsig e sua mulher "uma vida muito boa", admite, e ele não quer parecer ingrato a essa dádiva. Mas acrescenta que não é por ele que deseja que *Lila* seja lido. Acredita verdadeiramente que o livro pode ajudar as pessoas. "Acho que essa filosofia pode abordar vários dos problemas que temos hoje no mundo", diz, inclinando-se para a frente e dando batidinhas no bloco de papel, "desde que as pessoas a conheçam".

Setembro de 2006

Peter Carey

PETER CAREY *nasceu em Melbourne, na Austrália, onde seus pais administravam uma concessionária da General Motors. No começo dos anos 1960, ele iniciou uma carreira em publicidade que durou quase três décadas, culminando com a abertura de sua própria firma, a Mc-Spedden Carey, da qual saiu em 1990. Começou a publicar histórias no início da década de 1970, reunidas em* The Fat Man in History *(1974) e* War Crimes *(1979). Nos anos 1980 ele publicou três romances extraordinários —* Bliss *(1981),* Illywacker *(1985) e* Oscar and Lucinda *(1988) —, estabelecendo-se como uma voz fundamental e lidando com temas que dominaram sua carreira toda: o caos da vida em família, a tênue linha entre o arremedo e a improvisação engenhosa, a imutável mancha do passado de condenações da Austrália. Carey mudou-se para Nova York em 1990 a fim de ensinar na New York University, e mora lá desde então. De 2000 até 2010, ele lançou uma volumosa produção como poucos. Começou com* História do bando de Kelly *(2000), romance histórico a respeito do bandoleiro e herói da resistência Ned Kelly, que fez Carey ganhar seu segundo Booker Prize, e terminou com* Parrot and Olivier in America *(2010), uma fabulosa história que reproduz as viagens de Alexis de Tocqueville pelos Estados Unidos. Na mesma década, Carey se tornou diretor do Hunter College Writing Program, e em menos de cinco anos o transformou no principal curso de redação nos Estados Unidos.*

A palavra "feliz" não sai facilmente da boca de Peter Carey. Em circunstâncias normais, ela pinga de seus lábios num fio de sarcasmo. É uma palavra usada para falar de americanos, animais de estimação e adolescentes. Mas há não muito tempo o romancista duas vezes ganhador do Booker Prize começou a usar a palavra sobre si mesmo sem desculpas.

"Fui muito infeliz durante muito tempo", diz Carey, 64 anos, sentado em seu grande e arejado loft no sul de Manhattan. "Eu só pensava, as crianças vão crescer e eu vou morrer. Aí, fiz 60 anos e de repente estava assombrosamente feliz."

Atrás dele estão dois quadros impressionantes, um enorme, o outro pequeno, os dois de pintores que moraram na Austrália. O pequeno, que mostra a Santa Monica Freeway, é intitulado *Study #3 "for Crossroads"*, de James Doolin; o outro é *Three Crossings*, de David Rankin.

A escolha das obras não poderia ser mais adequada. Porque, por mais difícil que seja imaginar, depois de dois Bookers e vários *best-sellers*, Carey está passando por outra encruzilhada.

Mais para o fim da nossa entrevista, uma das grandes forças por trás dessa mudança atravessa a porta trazendo tortas de chocolate do tamanho de luvas de forno. Frances Coady é editora, e editora de longa data de escritores como Paul Auster, Alan Bennett e a historiadora e ativista Naomi Klein.

Carey e Coady estão juntos há quase cinco anos e moram nesse apartamento há dois. Seus caminhos se cruzaram em 1985, mas não se conheceram direito até um jantar organizado pela associação PEN de escritores, enquanto Carey e sua mulher na época, Alison Summers, estavam em processo de separação.

"Demorei dois anos para ligar para ela", lembra Carey. "Ela era sempre tão cheia de vida e de energia, e sempre estava com alguém. E então, ela já não estava." Eles estão juntos desde então e constituem um casal divertido: a diminuta Coady, de olhos grandes e tagarela, muitas vezes aguilhoando e repreendendo Carey, que emburra e resmunga em voz baixa.

É natural imaginar o quanto da incrível explosão de produtividade de Carey tem a ver com essa recém-encontrada felicidade doméstica. Desde 2003 ele publicou três livros. Esta semana está lançando um quarto, *Sua face ilegal*, romance de viagem que culmina numa comuna hippie em Queensland. Ao longo do caminho, conta a história de Che, um menino de sete anos criado por sua avó rica em Nova York.

No começo da história, Che é contrabandeado para fora do país e passa a fazer parte de uma busca maníaca pelo interior, para encontrar seus pais, famosos fora da lei, procurados pelo FBI.

É o décimo romance de Carey e o maior de uma série de histórias sobre um personagem dividido entre dois lugares, sem pertencer inteiramente a nenhum deles. "Quando penso a esse respeito, cada um dos meus romances lida com essa ideia de estar em dois lugares", diz Carey.

A paisagem, um portal em obras passadas como em *Roubo: uma história de amor* e *Illywhacker*, desempenha um papel parecido nesse novo romance. "Eu me diverti tanto escrevendo *Roubo*", diz ele, "porque estava me lembrando de um lugar de que eu gostava, ao norte de Bacchus Marsh [em Victoria]. Eu simplesmente o adorava e não podia crer o quanto eu conseguia me lembrar".

Mas havia outro lugar que ele queria revisitar: a comuna em Queensland onde, bastante contente, ele morou nos anos 1970, depois do primeiro longo período em publicidade. "Ninguém me perguntou 'O que você faz?'. As pessoas simplesmente tinham necessidades", lembra Carey. "Eu costumava escrever pela manhã e ler à noite." Era uma vida ideal, a não ser pela polícia, que na época era corrupta e perigosa, e os hippies provavelmente eram todos maoistas.

"Lembro-me desse camarada americano que apareceu", diz Carey. "E não parava de plantar maconha. Uma noite, houve essa grande batida, com helicópteros e tudo, e o americano tivera de ir ao hospital fazer uma cirurgia de vesícula. Acabou que ele era um fugitivo, porque conversamos com o advogado dele, que ligou do Texas."

O homem em fuga precisava resolver se devia revelar sua identidade. Carey ficou mais que satisfeito em interferir. "Então uma mulher e eu resolvemos incluir isso numa mensagem para ele em um livro, tendo de subir até as montanhas para pôr no correio." O homem não viu a mensagem, que estava inscrita na folha de guarda, e sua prisão mais tarde se tornou notícia de primeira página.

"No final, grande parte da paranoia daqueles anos 1960 tinha muito fundamento", diz Carey. O governo estava mesmo espionando os radicais, e o deserto australiano estava cheio de gente tentando fugir do que quer que fossem antes.

Carey já escrevera sobre esse período, em *Bliss* (1981), e agora o revisita numa veia menos cômica, do ponto de vista de uma criança. A sátira, acha ele, não era realmente uma opção. "Muitos dos radicais nesse período vinham de situações bem privilegiadas. E acabavam todos do mesmo jeito. Muitos de meus amigos maoistas costumavam dizer: 'Depois da revolução você vai ser fuzilado.' Eles não estavam totalmente de brincadeira."

Mas as pessoas que moravam nessa "comunidade colaborativa estavam à frente de seu tempo: elas se preocupavam com emissões de carbono, se poderíamos ou não sustentar aquele modo de vida que levávamos na época, e que agora sabemos ser insustentável".

Ao começar *Sua face ilegal*, Carey decidiu que não ia simplesmente trazer esse mundo de volta. "Não pode ser o mesmo lugar", diz ele. "Aquilo existiu trinta anos atrás. Um espelho ou sombra dele permanece na minha cabeça. Trabalhando com essa imagem posterior, eu fabriquei um novo lugar cuja topografia e cujos habitantes só existem para servir à minha história."

À medida que envelheceu, Carey ficou menos interessado em sátira e mais interessado em frases. "Desde *O bando de Kelly* eu desejava fazer uma poesia a partir de uma voz iletrada", diz ele, "e sou obcecado por dobrar, quebrar e reformar frases, tentando unir coisas de formas que não aparecem à primeira vista".

Coady, o que não é de surpreender, se tornou sua primeira leitora, muitas vezes no fim do dia, quando, em torno de uma taça de vinho, Carey lê para ela o que escreveu naquela manhã. Carey diz que ela não muda o que ele escreveu, mas é uma leitora fantástica.

"Ela consegue devolver coisas para mim que são incríveis. E me diz quando algo não está funcionando. O começo desse livro, por exemplo, teve alguns problemas, e eu lhe disse: 'Não se preocupe, vou consertar.'"

Essa oficina não é a única que Carey está ministrando. Depois de quatro anos como diretor, ele agora é diretor executivo do programa de redação do Hunter College's Master of Fine Arts, talvez o modo mais barato de se obter um diploma de redação em Manhattan, e agora um dos melhores.

"Essa é a primeira vez que me encarrego de uma coisa dessas", conta Carey. "Assumi porque eu podia fazer alguma coisa e não via por que a universidade não poderia ser o melhor programa de MFA da cidade."

Entrar para uma escola como essa numa época em que as escolas privilegiadas têm grande vantagem é quase uma declaração de solidariedade política aos alunos de classe operária.

Hunter é uma instituição estadual onde a formação custa cerca de 11 mil dólares; em uma universidade da Ivy League, como Columbia, custaria mais de quatro vezes isso. Não é um lugar sedutor como a New School, em Greenwich Village. "Muitos dos alunos são mais velhos", explica Carey. "Eles são a primeira geração em suas famílias a ir para a faculdade, e muitas vezes têm outros empregos." Muitos não são brancos.

Entretanto, "pegamos a coisa e a transformamos em quatro anos", acrescenta Carey, inclinando-se para a frente num movimento de balanço, a hidráulica verbal bombeada pelo prazer das reviravoltas desse homem. Ele descreve como laçou escritores tirando-os de compromissos anteriores, persuadiu patrocinadores céticos a dar dinheiro e convenceu alunos inteligentes de que eles não precisavam se endividar em 60 mil dólares para ter uma boa educação. "E hoje os alunos são fantásticos."

Carey se virou do avesso para proporcionar-lhes meios, trazendo alguns dos melhores escritores do mundo, de Annie Proulx e Ian McEwan a Michael Ondaatje, instalando um programa de orientadores que emparelha corpo docente (como a memorialista Kathryn

Harrison e a romancista Jennifer Egan) e alunos, para que estes não só recebam instrução, mas possam ter, de primeira mão, a experiência de como o escritor trabalha. Ele ajudou diversos alunos a conseguir emprego em outro lugar.

Os resultados estão aparecendo. Nos últimos anos, uma série de alunos seus assinou contratos de livros. Agora que rejuvenesceu a Hunter, Carey não vai descansar. Na verdade, das oito da manhã à uma da tarde, todos os dias, ele trabalha num livro novo, usando um dos bolsistas da Hunter College como assistente de pesquisa. "Esse camarada é incrível; ele imprime plantas baixas de velhos castelos e calcula exatamente a distância de um lugar para outro", diz ele.

O romance seguinte de Carey se passa na França, nos Estados Unidos e na Austrália dos séculos XVIII e XIX, diz ele. E acrescenta: "Muitas pessoas fizeram pesquisas para mim, inclusive um historiador de arquitetura francês." Ele diz que já escreveu mais de duzentas páginas.

Exatamente como *Illywhacker* precedeu seu romance premiado com o Booker Prize, *Oscar e Lucinda*, e *Jack Maggs* precedeu o segundo ganhador do prêmio, *História do bando de Kelly*, *Sua face ilegal* talvez seja o começo de outro estágio na carreira de Carey, marcada por um ímpeto e pelas frases mais arrumadas, mais ágeis.

Pergunto outra vez a Carey se esse sentimento palpável de criação tem a ver com a felicidade em sua vida pessoal, e mais uma vez ele dá de ombros. "Eu trabalhava em *The Tax Inspector* quando estava relativamente disposto, e, mesmo assim, o sentido desse livro sombrio quase invadiu minha vida. É difícil saber que qualidades de sua vida entram na sua obra." Sejam quais forem, Carey não vai pensar demais a respeito delas. Ele já está no pedaço há tempo suficiente para saber que autocontemplação não é apenas o fim do trabalho, mas também o fim da felicidade. E ele não vai se esquivar dela.

Janeiro de 2008

Mo Yan

MO YAN *é um dos escritores chineses mais celebrados e amplamente traduzidos. Nascido na província de Shandong, em 1955, numa família de agricultores, ele se alistou no Exército Popular de Libertação aos 20 anos e começou a escrever histórias ao mesmo tempo. "Mo Yan" é um pseudônimo que em chinês significa "Não fale", um lembrete para não falar tão francamente assim no território continental da China. Mo Yan escreveu diversos romances e contos, incluindo* Sorgo vermelho *(1987),* Seios grandes e quadris largos *(1996),* A vida e a morte estão me esgotando *(2006), e, mais recentemente,* Sapo *(2009), sendo que todos se baseiam no padrão de linguagem de Shandong e na estrutura do realismo mágico para contar histórias. Falei com ele por intermédio de um intérprete, na Feira do Livro de Londres, em 2012 — quando a China era a convidada de honra —, sobre descrever mulheres fortes, mantendo as expressões idiomáticas e os trocadilhos até na tradução, e como evitar a censura. Nesse mesmo ano, ele recebeu o Prêmio Nobel de Literatura.*

Muitos de seus romances se situam em lugares semifictícios e se baseiam em sua cidade natal de Gaomi, de modo semelhante, digamos, ao do Sul norte-americano de Faulkner. O que o faz voltar a essa comunidade semi-imaginada e ter uma leitura global altera de algum modo o foco?

Logo que comecei a escrever, o ambiente era aquele, muito real, e era a história de minhas experiências pessoais. Mas como um volume cada vez maior da minha obra começou a ser publicado, minha experiência do dia a dia está se esgotando, então eu preciso acrescentar um pouco de imaginação, algumas vezes, e até algo de fantasia.

Alguns de seus escritos lembram a obra de Günter Grass, William Faulkner e Gabriel García Márquez. Esses escritores estavam disponíveis para você na China, enquanto você crescia?

Comecei a escrever em 1981, de modo que eu não li nenhum livro de García Márquez ou de Faulkner. Em 1984, li pela primeira vez as obras deles, e sem dúvida esses dois autores tiveram grande influência sobre as minhas criações. Acho que minha experiência de vida é bastante semelhante à deles, mas só descobri isso mais tarde. Se eu tivesse lido seus livros mais cedo, já teria realizado uma obra-prima, como eles.

Romances iniciais, como Sorgo vermelho, *parecem mais abertamente históricos, ou até considerados romances líricos por alguns, enquanto em tempos mais recentes seus romances passaram para cenários e temas mais abertamente contemporâneos. Trata-se de uma escolha consciente?*

Quando escrevi *Sorgo vermelho*, eu tinha menos de 30 anos, era bastante jovem. Naquela época, minha vida estava cheia de aspectos românticos, quando se consideram meus ancestrais. Eu escrevia sobre a vida deles, mas não sabia muito a respeito deles, de modo que injetei muita imaginação nos personagens. Quando escrevi *A vida e a morte estão me esgotando*, eu tinha mais de 40 anos, tinha passado de rapaz para homem de meia-idade. Minha vida era diferente. Minha vida é mais atual, mais contemporânea, e a crueldade impiedosa de nossa era limita o romantismo que eu antes sentia.

Você frequentemente escreve na língua do Laobaixing, especificamente no dialeto de Shandong, o que dá à sua prosa um toque áspero. Você fica frustrado por algumas das expressões e dos trocadilhos não serem possíveis na tradução para o inglês, ou consegue contornar isso com seu tradutor, Howard Goldblatt?

Realmente eu uso uma quantidade substancial de dialeto local, expressões idiomáticas e trocadilhos em minhas obras iniciais, porque naquela época eu nem sequer pensava que meu trabalho pudesse ser traduzido para outras línguas. Mais tarde percebi que esse tipo de linguagem cria muitos problemas para o tradutor. Mas não usar dialeto, expressões e trocadilhos não funciona para mim, porque a linguagem idiomática é viva, expressiva, além de ser a parte fundamental da linguagem característica de um autor em particular. Desse modo, por um lado eu posso modificar e ajustar parte do meu uso de trocadilhos e expressões, mas, por outro, espero que nossos tradutores, durante o trabalho, consigam ecoar os trocadilhos que uso em outras línguas — essa é a situação ideal.

Muitos de seus romances têm mulheres fortes no núcleo — Seios grandes e quadris largos, A vida e a morte estão me esgotando *e* Sapo. *Você se considera um feminista, ou simplesmente se inspira, para escrever, em uma perspectiva feminina?*

Antes de mais nada, admiro e respeito as mulheres. Acho que são muito nobres, e a experiência de vida delas e as dificuldades que uma mulher consegue suportar são sempre muito maiores que as de um homem. Quando enfrentamos grandes desastres, as mulheres são sempre mais corajosas que os homens — acho que porque elas têm as qualidades necessárias, elas também são mães. A força que isso traz é uma coisa que não podemos imaginar. Nos meus livros, tento me pôr na cabeça das mulheres; tento entender e interpretar esse mundo da perspectiva de uma mulher. Mas o fator preponderante é que não sou uma mulher, sou um escritor homem. E o mundo que interpreto nos meus livros, como se fosse mulher, talvez não seja bem-recebido pelas próprias mulheres, mas isso não é algo sobre o qual eu possa fazer alguma coisa. Amo e admiro as mulheres, mas sou um homem.

Evitar a censura é uma questão de sutileza. A que ponto os caminhos abertos pelo realismo mágico, além de técnicas mais tradicionais de caracterização, permitem a um escritor expressar suas preocupações mais profundas sem lançar mão da polêmica?

É, realmente. Muitos recursos da literatura têm propósitos políticos, por exemplo na nossa vida real pode haver algumas questões penetrantes ou sensíveis nas quais não se quer tocar. Numa situação dessas, um escritor pode injetar sua própria imaginação para isolá-las do mundo real, ou talvez exagere a situação — certificando-se de que seja ousada, vívida e tenha a característica de seu mundo real. Então, na verdade, acredito que essas limitações da censura são ótimas para a criação literária.

Seu último livro traduzido para o inglês, memórias muito curtas, Democracia, *narra o fim de uma era na China, a partir de suas próprias experiências como menino e homem. Há um elemento de melancolia nisso, que, vindo do Ocidente, em certo grau, é uma surpresa: nós muitas vezes acreditamos que o Progresso, com "P" maiúsculo, em geral significa melhoria, mas sua reflexão sugere que alguma coisa se perdeu. Será essa uma caracterização justa?*

Sim, as memórias que você menciona estão cheias de minhas experiências pessoais e da minha vida diária. Entretanto, apresenta também alguma coisa imaginada. O tom melancólico de que você fala é, na realidade, muito preciso, porque a história retrata um homem de 40 anos pensando numa juventude que já se foi. Por exemplo, quando era jovem, você provavelmente já ficou apaixonado por determinada garota, mas por algum motivo essa garota agora se tornou a esposa de alguém, e essa lembrança é muito triste. Durante os últimos trinta anos, testemunhamos a China passar por um progresso radical; seja nos padrões de vida, nos níveis intelectuais e espirituais dos nossos cidadãos, o progresso é visível, mas sem dúvida há muitas coisas com as quais não estamos satisfeitos na nossa vida diária. A China progrediu, mas o próprio progresso sugere muitas questões, por exemplo questões ambientais e o declínio dos altos padrões morais. Então a melancolia de que você fala tem dois motivos — percebo que minha juventude já se acabou e, em segundo lugar, preocupo-me com o atual status quo na China. São especialmente as coisas com as quais não estou satisfeito.

Abril de 2012

Donna Leon

DONNA LEON *é uma das autoras de livros policiais de maior sucesso no mundo. Ela publicou seu primeiro romance,* Morte no teatro La Fenice *(1992), aos 50 anos, depois de ter morado pelo mundo todo — Suíça, Irã, Arábia Saudita, China e por fim Veneza, onde, de 1981 a 1990, ensinou inglês numa base militar americana. Tem publicado um romance por ano desde a estreia, a maior parte deles passados em Veneza ou nos arredores, todos envolvendo o comissário Guido Brunetti, um policial italiano íntegro que sempre faz ao menos uma refeição por dia em casa. Os livros conquistaram uma seita de fãs e inspiraram obras de culinária baseadas nas refeições de Brunetti, e guias de viagem à Veneza do seu personagem. Donna Leon tem usado o lucro das vendas de seus livros para apoiar sua segunda grande paixão em Veneza: a ópera.*

Uma semana depois de o último romance do comissário Brunetti aterrissar nas livrarias do Reino Unido, a autora de policiais Donna Leon parecia mais animada que o normal. A minúscula americana de 62 anos, com cabelo cor de aço e olhos vivos, viaja no que parece ser uma dose tripla de expresso, no saguão do Durrants Hotel, em Londres, e se mantém em ação por mais de uma hora.

"A situação é singular", diz Donna Leon, fazendo uma breve pausa em sua conversa vertiginosa, "porque eu falo muito nas entrevistas. Mas na Itália, não. Nunca sei quando vou encontrar algo potencialmente glorioso para mim".

Não são os livros que a fazem se sentir tão loquaz hoje, nem escrever romances policiais em geral — algo que ela busca há muitos anos —, mas uma paixão mais próxima e mais preciosa à sua alma: a ópera.

"Escrevo muitos textos para encartes de CDs", diz Donna Leon, de novo sentada na beirada da cadeira. "Mas, nesse aqui, estou com uma atribuição no elenco. Lá embaixo, diz: 'Espada: Donna Leon.'"

A companhia de ópera que Donna Leon fundou com seu parceiro de exílio, Alan Curtis, estava gravando uma ópera — *La maga abbandonata,* de Haendel —, na qual se deve deixar uma espada cair no chão. "Hei, Donna", ela se lembra de o técnico de som dizer, "você quer jogar a espada?"

Seus livros foram publicados em 24 línguas, e ela ganhou os mais importantes prêmios da literatura policial, mas nada podia deixá-la mais feliz.

Essa breve aparição como espada foi provavelmente o mais perto que Leon chegou, na vida real, do que tem feito na ficção. Durante os últimos treze anos, a entusiasta de ópera e romancista policial nascida em Nova Jersey tem despachado vidas com frequência, e democraticamente. Pescadores, um travesti, soldados americanos e até um exuberante compositor austríaco, todos morreram em sua trilha.

O trabalho de determinar quem fez o quê sempre recai sobre o herói retraído e suave de Donna Leon, o comissário Brunetti. Policial veneziano e pai de um casal de filhos, Brunetti já investigou corrupção internacional, tráfico sexual, imigração ilegal do Norte da África, direitos dos animais e até a Igreja Católica, o que permitiu a Leon mapear todas as fissuras e fraturas da sociedade italiana. Ao mesmo tempo, o policial sempre consegue tempo para suntuosas refeições, sentado na companhia de sua sardônica e politizada mulher, Paola.

Blood from a stone é o décimo quarto livro da série, e embora ele possa não perturbar os hábitos alimentares de Brunetti, traz nosso herói para águas ainda mais turvas. No início do romance, pouco antes do Natal, um senegalês que vendia bolsas falsificadas em uma rua de Veneza é morto a tiros, em plena luz do dia.

Apesar das testemunhas, Brunetti tem dificuldade para encontrar o assassino ou até um motivo, e logo é advertido para sair do caso por alguém do alto escalão da polícia. Seria porque o homem assassinado era imigrante ilegal? Ou haveria mais alguma coisa por trás disso?

Leon, que vive em Veneza há mais de duas décadas, tropeçou na história recentemente e se sentiu, como Brunetti, um pouco envergonhada ao se dar conta de quanto tempo havia levado para notar algo que estava bem à sua frente.

"Tive meu momento de São Paulo", diz ela. "Eu estava indo jantar na casa de alguém, no Campo Stefano, há três anos, e de repente parei, porque havia uns vinte desses camaradas dos dois lados da rua. Eu disse para mim mesma, eles estão aqui, mas são invisíveis. Eu sabia que tinha de escrever um livro."

Como fizera com os treze livros anteriores, Leon não fez exatamente pesquisas para *Blood from a stone*, mas, por outro lado, tampouco o inventou. Ao contrário, seus romances parecem ser montados por uma confluência de conversas e escuta — como se ela estivesse gravando o que a cidade pensa.

Como exemplo, Donna Leon me fala de uma vizinha, que respondeu ao comentário de seu próximo livro ser sobre tráfico de bebês.

"Ela me disse: 'Ah, sim, como no mês passado. Por acaso, notei que a cada semana havia uma menina grávida no apartamento alugado.' É mesmo? Parece o caso de uma mulher que tem um filho e não quer que ninguém saiba, e depois sai da cidade."

Donna Leon faz uma pausa no fim da história e volta atrás, através dos fatos, como faria Brunetti. "Então essa mulher obviamente foi trazida para cá, teve o bebê — sem ser no hospital, não registrado —, e depois o bebê de algum modo é introduzido no mercado do tráfico." Ela sacode a cabeça. "Então, esse é o meu próximo livro."

Ao combinar esses vislumbres da parte desprotegida de Veneza com as cenas de sua vida doméstica elegantemente calma, a série de romances de Brunetti se tornou um best-seller mundial.

Entretanto, assim como seu herói sóbrio e cético, Donna Leon não fica muito perturbada com isso tudo. "Sou uma carpinteira, não uma fabricante de violinos", disse ela. A escritora se recusa a permitir que seus livros sejam traduzidos para o italiano, e poucos de seus amigos em Veneza os leem.

Mais que ninguém, Leon sabe que sua vida poderia ter caminhado em outra direção e parece ansiosa por não levar sua existência atual muito a sério. "Escrevi meu primeiro livro como uma brincadeira, para ver se eu conseguia", diz ela. "Tive sucesso, mas nunca porque quis — simplesmente ele caiu na minha cabeça."

Isso poderia parecer um pouco falso, se uma rápida incursão pelo passado de Donna Leon não revelasse tantos becos sem saída ou empregos de só um ano de duração. Ela se deslocou entre Irã, China e Suíça durante anos, e passou um período como professora de inglês na Arábia Saudita. Acabou em Veneza, no começo dos anos 1980. Era onde seus amigos moravam, e ela conhecia a língua. Era "um lugar em que eu podia amar pessoas outra vez, e as pessoas podiam me amar", diz Leon agora.

Durante algum tempo, ela ensinou inglês na base militar americana em Veneza, seis horas por semana. Então, uma noite, ela estava nos bastidores da ópera com um amigo e expressou uma alegria maldosa com a morte recente de um regente. Eles acharam que seria divertido pôr isso num romance policial, e matá-lo outra vez. Donna Leon assim o fez, e o resto, como dizem, é história.

Abril de 2005

John Updike

JOHN UPDIKE *foi poeta, autor de contos, romancista e crítico que durante mais de sessenta anos dominou a vida cultural nos Estados Unidos. Nascido em Reading, na Pensilvânia, cresceu em uma fazenda da família na pequena cidade de Shillington. O estado de espírito, as memórias e as texturas desse lugar formaram a base de grande parte de seu trabalho, como a coleção de contos* The Same Door *(1959),* Pigeon Feathers *(1962) e* Olinger Stories *(1964), além de seu segundo romance,* Coelho corre *(1960), que começa com uma história enorme e abrangente sobre um ex-astro de basquete colegial e seus sentimentos ambíguos em relação ao casamento, à vida em família e aos poderosos mistérios do mundo tangível. Updike segue Coelho pelo tumulto dos anos 1960, suas consequências nos anos 1970, as reviravoltas da obsessão com a saúde na era Reagan e, por fim, pela paz inquieta nos Estados Unidos na década de 1990.*

*O registro primário de Updike era lírico e melancólico, mas ele também escreveu um suspense (*Terrorista, *2006), uma história de amor, (*Marry Me, *1976), romances cômicos (incluindo* Couples, *1968), centenas e mais centenas de ensaios e críticas de livros, arte, presidentes americanos, viagem e sobre o valor de um tostão. Quando o escritor morreu, em 2009, revisava uma coletânea final de poemas que leva o leitor até seu último suspiro. Esta entrevista foi feita seis anos antes, por ocasião da publicação de seu vigésimo romance,* Busca o meu rosto.

Muito antes de começar a escrever romances, John Updike quis ser cartunista. "Mickey Mouse e eu temos a mesma idade", diz o romancista de olhos brilhantes, numa tarde de visita aos escritórios de sua editora americana em Nova York, a Alfred A. Knopf. "A Disney costumava fazer filmes sobre o trabalho em seus estúdios. Então eu tenho uma imagem bastante clara de como era [a vida de um cartunista], mas não sabia bem como conseguir ir de Shillington, Pensilvânia, para Burbank."

Em vez disso, Updike, agora com 71 anos, aterrissou nos subúrbios de Massachusetts, onde iniciou uma produção enorme de romances, contos, poemas, críticas, peças e livros infantis, sem paralelo na literatura americana. Com seu vigésimo romance, *Busca o meu rosto*, o autor fala sobre seu caso de amor não correspondido com o mundo da arte, que o inspirou a criar Hope Chafez, uma pintora de 79 anos que, como Updike descreve, testemunhou os dias "dinâmicos do expressionismo abstrato" e viveu para contar a história.

Busca o meu rosto se dá em um dia, durante uma entrevista que Hope concede a Kathryn D'Angelo, historiadora da arte, de vinte e poucos anos, de Nova York. A conversa esbarra nos anos iniciais de Hope, quando era casada com Zack McCoy, artista tremendamente talentoso, baseado em Jackson Pollock.

Embora ele morasse em Nova York na época em que Pollock ganhava fama, os caminhos de Updike nunca se cruzaram com os do grande pintor, nunca tomou com ele um trago na Cedar Tavern. Não era o seu ambiente.

"A arte, no entanto", diz ele, "estava no ar". No final dos anos 1950, Updike acabava de voltar da Ruskin School of Drawing and Fine Art, em Oxford, e estava no processo de descoberta de que não seria um pintor. "Eu costumava pintar aquelas naturezas-mortas", diz ele, com uma risada.

Apesar de sua autodepreciação, Updike acalentou um sério interesse em arte desde então, escreveu ensaios sobre exposições para *ArtForum*, *New Yorker* e outras publicações. Aos poucos, eles foram reunidos na coleção *Just Looking* (1989). Também está constantemente envolvido na produção de seus livros, e algumas vezes até fornece os esboços das capas e ideias de como ele gostaria que elas ficassem.

No entanto, *Busca o meu rosto* é menos um exorcismo da carreira fracassada de Updike como artista do que uma exploração do tremendo sucesso de outro homem, e de como todo o impulso o arruinou. Não é de surpreender que a sombra de Pollock paire sobre o romance, algo que rendeu a Updike algumas críticas duras nos Estados Unidos.

Em uma resenha incisiva, a principal crítica literária do *New York Times*, Michiko Kakutani, reclamou que a "vida de Zack é tão copiada da de Jackson Pollock que o romance pode ser lido como uma repetição sem graça da história recente da arte".

Quando questionado sobre a crítica, Updike, que fala em tom baixo, comedido, aperta os olhos, depois sorri e diz: "Por que não ficar próximo aos fatos divulgados tão bem em diversos livros, especialmente no livro cujo crédito menciono, a grande biografia? Eu meio que vi os fatos como se fossem um vaso de flores, de onde algo surpreendente iria brotar."

De fato, enquanto Hope se parece com a mulher de Pollock, Lee Krasener, muitos dos detalhes do início e do fim de sua vida são inventados, assim como seu mundo interior. O romance segue adiante e aborda os casamentos de Hope com os maridos dois e três, um artista pop e um financista, respectivamente, mas nenhum deles combina com Hope.

Assim como Updike, que saiu de Nova York com cinquenta e tantos anos para a paz e a tranquilidade da Nova Inglaterra, Hope se muda para Vermont, onde se estabelece numa vida longa e lenta, come alimentos orgânicos e cultiva seu dom para a pintura.

A grande história de *Busca o meu rosto*, desse modo, não é a percepção de Updike sobre a arte americana do pós-guerra, mas sobre a improvável ligação entre Hope e Kathryn, que se desenvolve durante uma conversa entre as duas a esse respeito. "A intimidade é dada por Hope", explica Updike, "que surge bem confessional, bem animada e consciente de que, de um lado, há sua excitante vida boêmia. Ainda assim, ela é velha e sofre de artrite. E há essa mulher jovem, com uma vida não muito empolgante, a não ser pelas vantagens de ser uma mulher jovem. Elas têm ciúmes uma da outra, mas, ao mesmo tempo, nutrem um fascínio entre si".

A ideia de Updike de escrever essa cena entre duas mulheres pode deixar algumas feministas boquiabertas. Seus romances sobre o solipsismo dos homens — especialmente do infame Coelho Angstrom, que esteve à espreita por quatro décadas, desde *Coelho corre*, em 1960, até *Coelho se cala*, em 1990 — enraiveceram alguns leitores, por tomarem as mulheres como objetos. Não é uma crítica leve. Seu pungente *Couples*, de 1968, por exemplo, trazia brincadeiras com a cor dos pelos pubianos femininos. Isso numa época em que os romances de D. H. Lawrence eram considerados indecentes.

Busca o meu rosto pode parecer uma espécie de pedido de desculpas. No entanto, essa não é a primeira tentativa feita por Updike de criar um romance baseado em mulheres. Em *As bruxas de Eastwick* ele já faz isso, quando narra a história de três bruxas da Nova Inglaterra que ficam sob o feitiço de um sujeito novo na cidade, e também em *S*, que reescreve *A letra escarlate*, de Nathaniel Hawthorne, do ponto de vista de Hester Prynne.

O puritanismo da Nova Inglaterra e os deliciosos prazeres de violá-lo estão outra vez no centro desse romance. Durante a entrevista, Kathryn pergunta a Hope sobre suas finanças, sobre a maternidade e até sobre sua vida sexual, o que leva Hope a devaneios íntimos envolvendo as tempestuosas atividades de sua vida entre quatro paredes, cinco décadas antes. Ela conta alguns deles para Kathryn; outros, não.

Essa omissão é algo que Updike, a quem fizeram algumas perguntas bastante diretas durante sua vida, pode explicar. "[Kathryn] é direta como uma tiete pode ser", diz ele. "As pessoas se esquecem de que você não é uma fonte de pesquisa, como uma enciclopédia ou um website, mas uma pessoa com sentimentos e privacidade."

Nos últimos anos, Updike teve de conceder cada vez mais entrevistas. "Na primeira vez que me embrenhei por essa trilha, não se esperava que escritores promovessem seus livros, caíssem na estrada ou os autografassem, nada disso. Você tinha de produzir os livros, e sua responsabilidade meio que acabava por aí. Agora produzir o livro é quase o começo de suas responsabilidades reais, que são sair e vendê-lo."

Embora ele "tivesse melhorado nessa parte do jogo", e começado a encarar essas conversas como uma espécie de mal necessário, Updike se preocupa com sua influência na arte. "Se um artista tivesse um conjunto de opiniões a fornecer, ele seria pregador ou político. Uma obra de arte, uma obra de arte literária (...) é a tentativa de produzir uma espécie de objeto, com os mistérios inererentes a ele. Você pode vê-lo de uma forma e, sob outra luz, encontrar outra perspectiva. Todas essas brechas na privacidade [dos artistas] correm o risco de tirar a arte disso."

Mesmo assim, para um homem que professa não gostar de entrevistas, Updike permanece resolutamente alegre durante uma hora de conversa. As perguntas acerca da motivação de seus personagens promovem as respostas mais longas e lançam-no a longos devaneios em prosa, pontuados pelo movimento de seus olhos, pela agitação das proeminentes sobrancelhas e pelos gestos com as mãos, que são rosadas e um tanto nodosas, como se elas tivessem passado a vida vulcanizando as palavras, em vez de dobrando-as no formato da página. Quando ele atinge uma frase particularmente feliz, seus olhos azuis brilham com uma travessura imodesta.

Fora a gentileza, no final fica claro que Updike preferia apresentar seu jogo de palavras nas páginas, e não no microfone de um gravador. A crítica não o fará parar tão cedo. "Felizmente", brinca ele, "essas coisas aparecem depois de o sujeito se estabelecer". Assim como Hope, Updike é animado todos os dias pela perspectiva de fazer algo novo. "Embora pareça cada vez mais tolo de fora, não sentimos a mesma coisa por dentro."

Além disso, ele é motivado pelo medo. "Há o receio de deixar de dizer o que realmente devia dizer", confessa Updike, desta vez elevando a voz. "Não é muito provável. Já escrevi muito. Devo ter, em algum lugar, tocado em todos os aspectos de minha experiência e de minha vida. Mesmo assim, há esse medo assustador de que aquilo que você deixou de falar seja afinal captado."

Como para enfatizar isso, no dia anterior à nossa entrevista, o editor de Updike recebeu pelo correio um pacote que trazia — o que mais podia ser? — o manuscrito de seu próximo livro.

Abril de 2003

Joyce Carol Oates

JOYCE CAROL OATES *criou um corpo de trabalho que é vitoriano em seu escopo e profundamente americano na preocupação. Piedade e corpo, violência e suas consequências: essas são apenas algumas das obsessões que ela explorou em romances, contos, ensaios, poesia e memórias. Criada em Millesport, Nova York, em uma cidade minúscula de classe operária, na parte norte do estado, frequentou uma escola com uma sala só, sendo a primeira em sua família a se formar na escola secundária. Recebeu uma bolsa para frequentar a Universidade Syracuse e mais tarde o grau de mestrado na Universidade de Wisconsin-Madison, onde ela conheceu o marido, Raymond Smith, há quatro décadas, com quem editou a* Ontario Review *até 2008, ano em que ele morreu. O âmbito da obra de Oates desafia uma classificação. Entre seus romances laureados, que formam* The Wonderland Quartet, *está* Them, *que recebeu o National Book Award, e mapeia o declínio da classe operária nos Estados Unidos nos anos 1960. Além disso, escreveu um romance gótico, romances sobre celebridades (inclusive* Blonde, *2000), livros de mistério, escritos sob dois pseudônimos diferentes, ficção de terror, peças de teatro e mais de dez obras críticas. Ela mora em Princeton, Nova Jersey, onde leciona há mais de três décadas. Fui até lá entrevistá-la quando da publicação de* A filha do coveiro *(2007).*

O ritmo de produção de Joyce Carol Oates tem sido descomunal: mais de mil contos, cinquenta romances e mais de dez livros de ensaios, peças e poesia, desde 1963. No ano passado, seis novos títulos aterrissaram nas livrarias. Em 2007, haverá mais três.

Evidentemente, ela nunca teve problemas em imaginar coisas. Mas, em seu último trabalho, tudo mudou. Agora é pessoal. Há uma década, ela começou a copiar a vida de alguém real, alguém muito próximo ao seu coração: sua avó.

Encontro-me com Joyce Carol Oates em sua arejada casa modernista, que rodeia um pátio cheio de folhas. Mas, antes de ela explicar a gênese desse último romance, concordamos que parte de seu maciço resultado criativo deveria ser debatido. "De que livro você quer falar?", pergunta ela, perplexa.

Isso foi esclarecido, estamos ali por causa de *A filha do coveiro*. "As experiências da minha avó com o pai dela foram parecidas com as de Rebecca", conta, referindo-se à heroína do romance sobre uma mulher que foge quando o pai mata o resto da família.

"Na vida real, meu bisavô era coveiro. Só que ele não matou a mulher", diz ela, impassível. "Ele a feriu e ela foi hospitalizada. Mas ele ameaçou a filha e realmente se suicidou com uma escopeta. Isso é tudo verdade." No livro, Rebecca acaba nos braços de um marido alcoólatra. Foge quando ele fica violento, transformando-se em Hazel Jones, e pega a estrada com o filho, improvisando ao longo do caminho.

Joyce Carol Oates acompanhou o romance nas suas diversas revisões. "Só o capítulo de abertura foi revisado quinze vezes", diz ela. "Quando chego ao término do romance, reescrevo o fim e o começo, os dois juntos. Para mim, isso é escrever."

O romance foi finalizado há vários anos, mas foi preterido do cronograma de publicações por outros romances que o editor americano julgou serem mais "controversos", como *Missing Mom*. Nesse meio-tempo, ele ficou esfriando num armário onde Oates tem uma pilha de gavetas à prova de fogo, e na qual incuba as obras de ficção já escritas e protege os documentos. "Teoricamente, se a casa inteira pegar fogo, nossos testamentos não queimarão", diz ela, com um olhar zombeteiro.

Oates escreveu diversas histórias de transformação, e uma das mais notáveis foi finalista do Prêmio Pulitzer de 2001, *Blonde*, uma fantasia sobre a vida de Marilyn Monroe.

"Norma Jean Baker meio que se transforma em Marilyn Monroe", explica ela, com voz aguda e discreta, bem diferente da de sua antiga *sex symbol*, "meio como Rebecca, que se torna Hazel Jones. E muitas mulheres se tornam Hazel Jones em algum grau — elas nem sempre continuam Hazel Jones. Parece um ideal americano".

Oates era fascinada pelo fato de sua avó ter feito algo parecido muito antes da era das remodelações radicais. Além disso, como sua transformação fora muito antes de a psicoterapia entrar na moda, a avó não falava disso.

"A imagem que tenho dela é inesgotável", continua Oates. "Quero dizer, ela nunca foi a garota cujo pai quase a matou e depois estourou os próprios miolos com uma escopeta. Ela nunca foi essa moça. Jamais foi desejo dela jogar com essas cartas."

A avó de Oates não fazia o papel de vítima, um papel no qual, acredita ela, os americanos hoje exageram, para seu próprio prejuízo. Ao escrever sobre a época de sua avó, ela passou a apreciar as privações e as durezas que seus ancestrais, homens e mulheres, devem ter sentido.

"As pessoas que vieram para os Estados Unidos em 1890 e se estabeleceram no interior foram pioneiras", diz ela. "Estavam vivendo em circunstâncias primitivas — e, claro, não havia água encanada nem eletricidade —, então dá para imaginar as circunstâncias em que viviam, em um chalé de pedra, num cemitério."

Como o pai e a mãe de Rebecca, os bisavós de Oates vieram para os Estados Unidos — na década de 1890, não em 1936, como no livro — e mudaram o nome (de Morgenstern para Morningstar).

"Acho que isso era muito comum", observa ela. "Eles deixavam de lado os antecedentes judaicos, por causa do trauma, da devastação, do terror, ou por causa das experiências que tiveram na Europa, imagino. Nunca soubemos nada a esse respeito, e não sei se minha avó e seus pais eram judeus. Nunca se falou disso."

Enquanto nos sentamos em sua sala de estar, rodeados pela obra de seus colegas de Princeton, Edmund White e Toni Morrison, além de Faulkner, Melville e Hawthorne, essa história recentemente escavada pende num silêncio carregado. Ela fala devagar, faz pausas e depois recomeça, contando que sua avó conheceu um homem chamado Oates. "Ele a deixou com uma criança pequena, que era o meu pai."

Há algo profundamente estranho em ouvi-la expor essas questões, não pela revelação pessoal, mas por seus romances mais famosos — tal como *Them* e *Because It Is Bitter and Because It Is My Heart*, além dos ensaios incisivos —, que se tornaram uma taquigrafia cultural para a consciência feminina. Em outras palavras, ela ajudou a criar um mundo que seria irreconhecível para sua própria avó, quanto mais para sua heroína, nela inspirada.

"No romance há muitas coisas sobre como jogar suas cartas", diz Oates. "Jogar com as cartas que você recebeu; você tem um número limitado de cartas que tem de jogar com muito cuidado, e as pessoas que escolhem se apresentar como vítimas, eu acho, provavelmente estão cometendo um erro."

Ela dá um exemplo em *A filha do coveiro*, em que Rebecca conhece um homem atraente. "Será que ela sente por ele o mesmo que sente por Niles [o primeiro marido]? Não, ela jamais conseguirá sentir aquilo outra vez. Mas ele é um homem tão maravilhoso, será que ela deve contar o seu passado?"

Pelo olhar que exibe, parece que Oates acredita que esse sigilo é perigoso mas necessário para uma mulher seguir adiante.

Agosto de 2007

Paul Theroux

"As pessoas não escrevem mais sobre sexo", queixa-se PAUL THEROUX, *numa manhã de sábado, às dez horas. O escritor de livros de viagens que mais vende no mundo acaba de terminar uma palestra para livreiros, na* Book Expo America, *e se sente expansivo. Veste um paletó de linho branco, camisa polo também branca e carrega uma mochila de couro marrom. Os óculos são redondos, com armação pesada.*

Apesar da aparência sensata, Theroux prova que está disposto a descer e se dedicar à sua vigésima sexta obra de ficção, Blinding Light, *romance repleto de sexo a respeito de Slade Steadman, autor de um único sucesso, com bloqueio de inspiração, que viaja ao Equador em busca de um alucinógeno que, acredita, irá desentupir suas artérias criativas.*

O estratagema funciona, mas o torna temporariamente cego. Então ele pede à ex-amante que faça a transcrição. E quando o romance que começa a jorrar de suas páginas se torna erótico, bem, eles simplesmente têm de extravasar algumas das partes mais excitantes.

Theroux já escrevera sobre sexo no passado e até ficou entre os finalistas do cobiçado Bad Sex Award, *em 2003. (Além disso, ele foi finalista do* National Book Award *pelo romance* A costa do mosquito, *de 1981, e ganhou um Whitbread Prize por* Picture Palace, *de 1978.) Mas* Blinding Light *(2006) vai além do que ele já tinha alcançado.*

Por que você acha que o sexo desapareceu da ficção?

Não posso explicar isso [em livros], mas, nos filmes, foi por causa das crianças.

Então, quando Steadman sofre o bloqueio criativo, supõe-se que a droga o irá ajudar. Você já tomou alucinógenos?

Eu não tomo drogas. Para o objetivo deste livro, fui nessa viagem ao Equador e tomei ayahuasca. Meu lema é "Faça de tudo uma vez". Mas o que o ajuda na escrita é uma boa noite de sono, poder pagar as contas, as pessoas serem legais com você e o silêncio.

Então você não pertence à escola poética de Baudelaire ou de Rimbaud? Os dois achavam que a embriaguez fazia parte do processo criativo.

Você pode ficar um pouco estimulado, mas o livro aqui tem um pouco de lição de moral. Ninguém que tenha tomado drogas durante muito tempo tem uma boa história para contar. Hunter S. Thompson não era viciado, mas usava drogas com regularidade. E sua história é verdadeiramente triste. Ele é um cara brilhante e engraçado; seu cérebro simplesmente ficou estragado.

Você pensa no sexo como uma droga?

Não, mas é um tóxico — há um elemento mágico nele. E o tipo de sexo sobre o qual escrevo é um sexo de enlevo. Não é, você sabe, correr e pegar a mulher do quarto ao lado. É a forma de arrebatamento. Há uma grande diferença entre a posição papai-mamãe e esse estado de êxtase — num estado de alta estimulação, tantas coisas são possíveis. Não quero pensar nisso como pornografia.

Em um ponto, a namorada de Steadman cospe nele e diz: "Você não passa de um pornógrafo", dando a entender que há algo de ilícito sobre o modo como ele se inspira no mundo observando-o — tanto como viajante quanto como escritor. Você acha as duas coisas essencialmente voyeurísticas?

Definitivamente, não é sequer o efeito colateral. É quase o método de um escritor, o método de um viajante. Para a maior parte das pessoas, o voyeurismo é algo ruim. Para um escritor, é essencial. Observar e se surpreender é o papel do escritor. É por isso que tenho um problema com pessoas que ficam paradas em um lugar. Não estou criticando escritores metropolitanos de Nova York. Mas tenho uma afinidade tremenda por escritores que não moram em cidades, e que, em vez disso, saem para confrontar o mundo.

Como William Vollmann?

É.

Ele parece ser o supremo voyeur. Diferentemente dele, no entanto, você não parece nem um pouco atraído pelo perigo.

Que perigo?

Pelo risco pessoal.

Bom, não sou atraído por isso, mas já o enfrentei. Viajar do Cairo para a Cidade do Cabo sozinho não é aconselhável, especialmente na minha idade. Eu não aluguei um carro nem peguei um avião. Na minha idade, você é escolhido. Você é mais jovem; eles vão me assaltar, não você. Então, à medida que você fica mais velho, você se torna uma presa ou uma vítima mais visível. E, nesse mundo, no qual eles estão torturando prisioneiros, mantendo-os presos sem julgamento, é um mundo ruim para se viajar.

Quando você fez essa viagem, para O safári da estrela negra, *as pessoas ficaram imaginando por que você a fazia?*

Sim, se eu estava indo de Adis Abeba para Nairóbi, por exemplo, as pessoas me perguntavam "Como é que você vai chegar lá?", e eu dizia "Vou pegar uma carona até a fronteira e tomar um ônibus". Elas falavam: "Você está louco?" Eu apenas dizia: "E daí?" Era para isso que eu estava lá.

Era realmente assim tão perigoso?

Não, mas, inevitavelmente, se você está viajando pelo deserto no norte do Quênia, atiram em você. Atiraram em mim. Algumas daquelas pessoas são do tipo "Por que se incomodar?". Porque eu quero escrever um livro. Pegue um avião e você não vai ter nada sobre o que escrever.

De volta ao sexo, você leu alguns romances eróticos como preparação para este livro?

Houve um, de Apollinaire. O título tem a palavra "virgem". Houve um livro de Huysmans. Li outro chamado *The Torture Garden*. Eu estava tentando ler os clássicos, não só livrinhos pornôs. E os clássicos são realmente interessantes. Algumas vezes funcionam, outras, não. Não se aprende muito com eles. Pode-se apenas escrever o seu próprio livro. É tão fácil zombar do erotismo que você só tem de esperar que as pessoas não impliquem com você.

Certamente, escrever sobre sexo é revelador.

Sim, e também a maior parte das pessoas acha que você se descreveu. Quando fiz minha viagem pela África, escrevi *The Stranger at the Palazzo d'Oro*. É um pequeno romance erótico. Mas as pessoas não escrevem mais ficção erótica direta. Não consigo me lembrar da última vez que alguém escreveu alguma coisa no gênero.

E a respeito de O animal agonizante*, de Roth?*

O animal agonizante é erótico. Isso é verdade. Mas é um romance curto, uma novela. No meu livro, quis dar a tudo o tratamento completo. A primeira parte — a turnê da droga — é bastante longa e intrincada. Eu não queria que o livro se dispersasse, mas eu queria incluir tudo. Tudo o que eu sabia. Além disso, há uma trama: o homem procura uma droga, encontra a droga, torna-se quase clarividente, depois fica cego, então tem de lidar com a cegueira. Eu não quis fazer um curto-circuito, sabe, fazer uma mudança no tempo, e aí tudo fica bem.

Você voltou a Williams S. Burroughs, Cartas do Yage, *para este livro?*

Bom, eu o li na década de 1960 e depois li outra vez nos anos 1990. Fui ao Equador no fim dos anos 1990, e, então, para essa turnê da droga, fui de novo em outubro e novembro de 2000. Acabei vendo os resultados das eleições presidenciais numa barraquinha em Quito.

Isso é realmente estranho.

E foi Gore quem venceu.

Bom, alguns diriam que essa seria uma viagem psicodélica que valia a pena repetir.

É, bem, Gore venceu e depois eu voltei, e Gore não tinha vencido.

Você viaja com um laptop?

Na verdade, eu escrevo tudo à mão. Em blocos, como este [tira um caderno da mochila]. Um dos problemas é que nunca tenho uma cópia. De modo que, depois de vinte ou trinta páginas, eu faço uma fotocópia.

Você já perdeu alguma coisa?

[Bate no tampo da mesa] Não, mas você se lembra daqueles disquetes flexíveis? Bom, eu escrevia meu livro sobre o Pacífico, *The Happy Islands of Oceania*, e estraguei um disquete. Já tinha um capítulo inteiro, e era um capítulo muito bom. Durante a transcrição das minhas anotações para o computador, claro que tive de melhorá-lo. Era sutil e alegre, e então, um dia, eu o gravei no disquete, e o computador comeu um capítulo inteiro. Eu não conseguia abri-lo.

O que você fez?

Você conhece Peter Norton, da Norton Utilities, o *disk doctor*? Bom, eu o conheço. Eu lhe disse: "Se você abrir esse disco, eu dedico o livro a você." Ele não conseguiu, disse que estava fisicamente danificado.

Então seu computador o deixou na mão, mas você nunca teve o bloqueio do escritor.

Sabe, já tive períodos de confusão, mas nunca um bloqueio total. É um medo grande. Mas existe isso de escrever mal, o que é até pior.

Junho de 2005

Don DeLillo

DON DELILLO *passou a infância na parte ítalo-americana do Bronx, onde desenvolveu uma paixão vitalícia pelo beisebol, pelo som múltiplo e poético do idioma americano e pela cidade de Nova York. Frequentou o segundo grau e a universidade no Bronx e foi trabalhar na Madison Avenue. Enquanto não conseguia emprego em editoras, trabalhava em firmas de publicidade. Seu conto de estreia é de 1960, e ele começou a trabalhar no primeiro romance depois de largar a publicidade. Sua estreia,* Americana, *foi publicada em 1971 e conta a história de um executivo de publicidade transformado em cineasta que observa o efeito corrosivo do filme e da vida corporativa no senso de realidade americano.*

DeLillo publicou mais outros cinco romances nos anos 1970, livros estranhos e ocultos, que tratam de assuntos desde o arremesso no futebol americano, músicos de rock e sua automitologia, até Wall Street e o surgimento do terrorismo e seus efeitos sobre a imaginação. Nos anos 1980 ele publicou três de seus romances mais importantes, Os nomes *(1982), que gira em torno do uso e abuso da linguagem,* Ruído branco *(1985), que recebeu o National Book Award, e Libra (1988). Fora* Submundo *(1997), o épico caleidoscópico dos Estados Unidos de 1950 aos anos 1990, os romances de DeLillo, desde essa época, têm sido curtos e elípticos; surreais no imaginário e condenatórios no exame de personagens que estão à deriva num mundo que tem seu significado lentamente esvaziado. Na forma, quase todos se aproximam de suas peças, escritas desde os anos 1980 — a última delas produziu a ocasião para esta entrevista. Em 2011, ele publicou sua primeira coletânea de contos,* O anjo Esmeralda, *pelo qual foi indicado para os prêmios Story e PEN/Faulkner.*

Don DeLillo não é um autor que identificamos facilmente pelas ruas de Nova York. Não é que a foto da orelha de seus livros tenha décadas, é mais porque ela não mostra como ele é pequeno e delicado. Talvez tenha sido por isso que, em uma tarde recente, o autor de *Submundo*, *Ruído branco* e outros futuros clássicos da literatura americana foi momentaneamente barrado à entrada de sua editora, em Nova York. Aparentemente, DeLillo não apresentou a identificação adequada, ou não foi assertivo o suficiente sobre o seu direito de entrar ali. Depois de bufar muito e revirar os olhos, o segurança autorizou o romancista de 69 anos a passar pela roleta e ir para o saguão de elevadores. Enquanto DeLillo passava, olhou para mim, por cima de seus ombros, com as sobrancelhas erguidas, como se dissesse: "Vê como eu peno com esses idiotas?"

Acontece que DeLillo prefere que seja assim. Enquanto alguns autores querem subir ao pódio, ele prefere ficar à espreita, às margens da sociedade, observando sem ser notado. Isso não facilita a entrevista. Momentos depois de passar pelo corredor polonês da segurança, DeLillo está em um escritório vazio, sentado numa cadeira posta contra a parede. A posição garante que ele permaneça parcialmente escondido por um computador, e sua voz emana como um sussurro sem corpo. "O que você realmente vê? O que você realmente escuta?", rumina DeLillo quando eu lhe pergunto como ele se afina com os sonhos da vida americana. "É isso que, em tese, diferencia um escritor de todo o resto do mundo. Você vê e escuta mais claramente."

DeLillo esteve atento ultimamente. O resultado é a sua quarta peça, *Love-Lies-Bleeding*, que estreou em Chicago. Trata-se de um drama em três atos a respeito de um homem que está morrendo, e sobre a luta de sua família para decidir se o mantém vivo com a ajuda de aparelhos. No centro da ação está Alex Macklin, pintor de paisagens vitimado por um segundo derrame. A ex-mulher de Alex, Toinette, não o via fazia algum tempo e pensa que deviam livrá-lo do sofrimento. O filho de Alex, Sean, não tem tanta certeza disso, embora suas ilusões já tenham se acabado há muito tempo. "Ele já não tem consciência de mim, de você ou de mais ninguém", diz ele a Lia, atual amante e cuidadora de Alex. "Ele não consegue mais pensar. Não entende mais o que você está dizendo. Você não é Lia. Ele não é Alex."

Mais uma vez, DeLillo deu um furo para os jornais americanos. No dia de nossa conversa, a Suprema Corte dos Estados Unidos reafirmou a lei do suicídio assistido no Oregon, a única lei do tipo no país. Quando DeLillo terminou a peça, Terri Schiavo estava nos jornais, como se conclamada por sua imaginação. Muitos republicanos argumentaram que interromper seu apoio vital seria prematuro. O marido de Schiavo, Michael, insistiu que era o correto a se fazer. Ele venceu a batalha pública, e Schiavo morreu treze dias depois de terem retirado o tubo de alimentação. "Eu não estava pensando nela", diz DeLillo, para evitar o debate, com muita consciência de como essa discussão se tornara um jogo político. "Mas aprendi algo com aquele evento."

DeLillo preferia que a política ficasse fora dessa conversa. Foi assim que ele escreveu a peça. "Eles estão em um isolamento supremo", diz sobre seus personagens, "fora da influência de advogados, médicos e padres. Eu os queria lidando com seus próprios sentimentos, emoções e predileções". Durante toda a peça, Alex fica sentado no palco como uma testemunha em silêncio no seu próprio julgamento.

Quase não há equipamentos médicos. Ali, o mais prolífico crítico da tecnologia dos Estados Unidos ficou longe dela. "Eu queria um mínimo de sistemas", diz DeLillo. "Há tubos de alimentação, mas eu não queria um hospital, ou uma cama de hospital. Eu o queria sentado numa cadeira."

A aridez dessa situação confere a *Love-Lies-Bleeding* um sentimento lúgubre, adstringente, reminiscente de seu grande romance de 1985, *Ruído branco*. O livro conta a história de um professor especialista em estudos sobre Hitler, em um campus no Meio-Oeste, aterrorizado com um evento aéreo tóxico. Aqui a penumbra é pessoal, e quanto mais os personagens falam, mais ela parece assomar. No desenrolar da peça, um flashback, as emoções enterradas surgem do presságio de Alex quanto à sua própria morte. "Você é a bênção que eu conheço", ele diz a Lia, um ano antes do derrame final. "A última do corpo."

Peças se tornam uma parte cada vez maior do único corpo que DeLillo deseja compartilhar conosco: seu trabalho. Embora ele seja mais conhecido como autor de romances, seu trabalho para o palco o tem tornado merecedor de comparações com Beckett e Pinter. Eu lhe pergunto sobre essas influências, e ele fica lisonjeado, porém confuso. "Vi algumas resenhas que mencionam Beckett e Pinter, mas não sei o que dizer sobre isso. Eu mesmo não sinto assim."

Ao escrever *Love-Lies-Bleeding,* DeLillo diz que copiou frases e elementos estruturais de sua primeira peça, *The Engineer of Moonlight* (1979), que foi publicada mas jamais produzida. "Eu a escrevi de modo experimental", diz DeLillo agora. "Compreendi que não dava para ser produzida, especialmente o segundo ato, que é muito, muito, muito abstrato."

As peças posteriores de DeLillo eram apenas nominalmente abstratas. *The Day Room* (1986) é um curioso drama em dois atos no qual os personagens em um quarto de hospital entabulam uma conversa que, no segundo ato, é relevante para a própria peça. *Valparaiso* (1999) trata de um homem que embarca em um avião indo para uma cidade em Indiana, mas acaba no Chile. No fim da peça, o homem é assassinado no palco.

A morte paira sobre ambas as peças, mas é mais uma abstração, uma ideia — aqui, é real. "Suponho que essa seja uma peça a respeito do significado moderno do fim da vida", diz DeLillo. "Quando é que ela termina? Como termina, como deveria terminar? Qual é o valor da vida? Como a medimos?" A conversa desliza por essas questões durante algum tempo e depois escapa por uma colina de silêncio, até um devaneio completo.

"Ontem mesmo", diz DeLillo, "lembrei-me de que em um de meus romances anteriores, acho que *Great Jones Street,* se eu não retirei a passagem na edição, há uma referência a pacientes em hospitais no Reino Unido que são designados a leitos marcados com NR: não ressuscitar. Quando fiquei sabendo disso, no começo dos anos 1970, achei que este parecia o panorama mais sombrio vindo de um romance futurístico. Agora essa ideia de que as pessoas não sejam ressuscitadas está amplamente disseminada."

DeLillo nunca teve de tomar uma decisão dessas. "Se tivesse, eu só falaria disso em particular." Ao dizer isso, seu olhar escapa de trás do computador com intensidade. Através dos óculos grandes, ligeiramente fora de moda, seus olhos são enormes, intensos, mas sem rancor. Exatamente quando eu acho que estraguei tudo, as rugas em torno dos olhos se desmancham e se suavizam, e ele olha para o outro lado. Está feliz por passar à próxima pergunta.

É estranho imaginar esse homem sentado na primeira fila, escutando suas palavras lidas por atores, mas isso vai acontecer logo. O Steppenwolf Theater, em Chicago, tem uma produção de *Love-Lies-Bleeding* que estreará com Louis Cancelmi, John Heard e Penelope Walker. A direção é de Amy Morton. Sem qualquer falsa modéstia, DeLillo admite já estar em dívida com eles. "O elemento ilusório é que, bem, afinal, são só diálogos. E grande parte do trabalho será feito por outras pessoas. Um dramaturgo percebe, ao terminar o roteiro, que isso é só o começo. O que vai acontecer quando passar para três dimensões: esse é o teste e a surpresa."

DeLillo recebe a primavera com outra surpresa. Um roteiro que ele escreveu há 15 anos finalmente gerou um filme, *Game 6*, estrelado por Michael Keaton, no papel do dramaturgo que atravessa a cidade para enfrentar um crítico que ele acha que vai detonar sua peça na noite de estreia. "Então, aqui estou eu com uma peça a ser lançada e um filme a respeito dessa situação", diz DeLillo, com o primeiro sorriso verdadeiro no rosto. Assim que a conversa muda para beisebol, ele fica mais confortável. "Minhas lembranças de beisebol vêm de longa data", diz DeLillo. Há muito tempo fã dos New York Yankees, ele ficou desiludido com a maciça folha de pagamento dos jogadores do clube. Por mais sério que ele considere o beisebol, não abre exceções para isso. Assiste a um jogo por ano e não os acompanha continuamente pela televisão.

Desse modo, DeLillo sai devagar da conversa e encobre-se pedaço a pedaço, até que não tenho qualquer certeza sobre o que estamos falando. Ou de como ele chegou até ali. Quando sua agente publicitária chega para resgatá-lo, DeLillo se tornou uma presença quase avuncular e brinca com ela dizendo que não fizemos entrevista alguma, só jogamos cartas. Ele desapareceu de modo tão convincente que, ao chegar em casa, acho que minha fita estará vazia.

Abril de 2006

Louise Erdrich

LOUISE ERDRICH *é poeta, vendedora de livros e romancista best--seller. Durante a infância, sua família morou em Wahpeton, Dakota do Norte. Ela frequentou o Dartmouth College, universidade de artes bastante liberal onde conheceu o marido, o escritor Michael Dorris, depois diretor do Programa de Estudos Nativos Americanos da universidade.*

Louise Erdrich começou publicando poemas e contos em 1978, e, em 1984, lançou dois livros, Jacklight, *uma coletânea de versos, e* Love Medicine, *romance com diversas histórias, cada qual narrada por um personagem diferente. O romance fez dela a mais jovem ganhadora do National Book Critics Circle Award de ficção. Em seu romance de 1986,* The Beet Queen, *a escritora ampliou seu universo ficcional para incluir Argus, Dakota do Norte, lugar que, ao longo de três décadas, revisitara várias vezes em seus livros, inclusive em três de suas melhores obras,* The Last Report on the Miracle at Little No Horse *(2001),* The Master Butcher's Singing Club *(2003) e* The Plague of Doves *(2008).*

Louise Erdrich criou seis filhos com Dorris, três deles adotados. Dorris suicidou-se em 1997.

A ficção de Louise Erdrich se mistura com as tradições de contos nativos americanos e com o engenho narrativo dos livros de William Faulkner, uma mistura com a qual cria um mundo completo e fascinante. Todos esses elementos se unem em The Plage of Doves *(2008), seu décimo segundo romance, publicado à época desta entrevista.*

De todos os vilarejos criados por escritores americanos, do condado de Yoknapatawpha, de William Faulkner, ao lago Wobegon, de Garrison Keillor, o lugar mais complexo e luminoso pode ainda ser uma cidadezinha chamada Argus, em Dakota do Norte. Desde a primeira vez que apresentou a cidade, em *Love Medicine* (1984), Louise Erdrich volta a ela continuamente e evoca a reserva que ali está, os casos de amor que atravessam gerações, as tensões que fervilham entre os franco-canadenses católicos e os índios ojibwe, com suas conflitantes ideias sobre Deus. É fantástico que alguém ainda não tenha acidentalmente esboçado um guia de viagem.

Talvez seja apenas um sentimento palpável de alívio o que irradia dela, ali, na Penn Station, em Nova York, no meio de uma manhã chuvosa de maio. Erdrich atravessou a cidade para falar sobre *The Plague of Doves*, seu primeiro livro que não se passa em Argus, de onde sai para novos personagens e novos territórios. A linha de tempo enorme que Erdrich mantém com Trent Duffy, seu editor de texto, não precisou ser consultada. Nem ela teve de se preocupar com o desvio do curso da biografia de um personagem central. Ela simplesmente contou a história — ou, como gosta de dizer, esperou que ela viesse.

"Eu sabia que esse incidente em particular iria fazer parte disso", diz ela. "Eu apenas não sabia como abordaria o assunto." O incidente a que Erdrich se refere foi brutal. Em 13 de novembro de 1897, um grupo de quarenta homens invadiu uma cadeia em Dakota do Norte e linchou três índios americanos — dois meninos e um adulto —, integrantes de um grupo que seria julgado pelo assassinato de seis membros de uma família branca. *The Plague of Doves* reinventa com brilhantismo o episódio e traz à vida uma comunidade de Dakota do Norte inteiramente fictícia, traçando o crime enquanto ele se infiltrava nas gerações seguintes.

No centro do romance está Mooshum, um avô ojibwe que deveria ter sido enforcado, mas que sobrevive, em parte por sua herança mestiça. Mooshum conta sua versão dos eventos para a neta, Evelina Harp, que se apaixona por um professor descendente de um dos homens responsáveis pela matança. No decorrer da história, ela descobre que a genealogia dessa matança chega até o homem que ela ama. "Eu não conseguia mais olhar para ninguém do mesmo modo", conclui Evelina.

Como em todos os livros de Louise Erdrich, a vingança é um dos temas — tema complicado, já que as famílias envolvidas no enforcamento casam entre si. A memória é um campo de batalha. Os membros tribais mantêm a história viva por meio do folclore; os brancos tentam fingir que ela nunca aconteceu. "No começo, os brancos tinham todo o poder", diz Erdrich, "mas, como disse um resenhista, 'os índios têm a história'". O manejo hábil dessa tensão rendeu à escritora grandes elogios nos Estados Unidos. "Sua obra mais profundamente comovente até o momento", escreveu a crítica do *New York Times* Mishiko Kakutani, conhecida por ser uma pessoa difícil de agradar. Philip Roth a saudou como "obra-prima fascinante".

Passar por esses diversos modos de contar histórias, de lembrar, tem sido o trabalho de Louise Erdrich — dentro e fora das páginas. Seu pai, Ralph, que, segundo as histórias da família, nasceu num tornado, é germano-americano; a mãe, Rita, é francesa e ojibwe. Louise Erdrich nasceu Karen Louise, em Little Falls, Minnesota, e cresceu com seis irmãos em Wahpeton, cidade de cerca de nove mil habitantes onde seus pais lecionavam no Bureau of Indian Affair School. Um dos únicos livros na casa era *A Narrative of the Captivity and Adventure of John Tanner*, que conta a história de um homem que morou com os ojibwe, no fim do século XVIII.

Os Erdrich — considerados os excêntricos da cidade — eram professores rigorosos. Ralph encorajava os filhos a decorar poemas de Frost, Tennyson, Robert Service e Longfellow, pagando-lhes cinco centavos por poema recitado. Não é de surpreender que duas outras Erdrich sejam também escritoras — Lise é autora de livros infantis e Heid autora de três coletâneas de poesias. Louise Erdrich também publicou três coletâneas de versos e quatro livros infantis. "Tive uma infância muito protegida, uma infância muito boa", ela diz. "Fazíamos grandes caminhadas ao ar livre. Eu passava muito tempo com os animais. Cresci sem televisão."

Além disso, ela passou muito tempo junto a contadores de histórias. Em seu trabalho, inclusive em *The Plague of Doves*, as figuras dos anciãos são a base das histórias. Eles são uma memória antiga, contra a qual a ação atual muitas vezes é representada. "Eu tive a sorte de ter avós por perto", diz Erdrich — ela escutava suas histórias e lhes fazia perguntas, algo que continua a fazer quando vai a Dakota do Norte e para à margem da estrada anotando ideias. Há uma personagem comicamente literal em *The Plague of Doves*, uma mulher que o tempo todo atormenta Mooshum e seus irmãos, e que, para entender a linha do tempo e os acontecimentos, busca a "história verdadeira". Eu pergunto a Louise Erdrich se ela alguma vez se sentiu como essa mulher, e ela responde: "O tempo todo", embora isso não pareça incomodá-la. "Ainda acho que escuto mais do que conto."

O compromisso com o passado e com suas raízes ojibwe permeia cada aspecto da vida de Erdrich. Ela deixou as planícies na década de 1970, indo para a Universidade de Dartmouth, uma escola da Ivy League fundada em 1760 para a educação de índios americanos, na área da Nova Inglaterra. Foi lá que conheceu seu futuro marido, Michael Dorris, autor de ficção e antropólogo. Louise Erdrich voltou à universidade como escritora residente, depois de completar o mestrado em escrita criativa. Dorris a ouvia declamar seus poemas e ficou intrigado. Eles se comunicaram por carta enquanto ele fazia trabalho de campo na Nova Zelândia e ela começava a publicar. Louise Erdrich se sustentava trabalhando em dois lugares, em uma filial do Kentucky Fried Chicken e como sinalizadora numa construção.

Os dois se casaram em 1981, começando um relacionamento que durou mais de uma década. Quando eles enviaram *Love Medicine* às editoras, Dorris a encorajou a escrever ficção e até serviu de agente. O livro foi recusado por diversas editoras antes de ser aceito e vender 400 mil exemplares em capa dura. Ela se tornou uma pequena sensação e foi eleita uma das "pessoas mais bonitas" pela revista *People* em 1980. Mas não haveria falhas. *Love Medicine* foi o começo de uma tetralogia que também incluiu *The Beet Queen* (1986), *Tracks* (1988) e *The Bingo Palace* (1994). Com Dorris, ela publicou *Route Two* (1990) e *The Crown of Columbus* (1991). Os dois se separaram e estavam em processo de divórcio quando Dorris suicidou-se, na primavera de 1997.

Louise Erdrich desde então tem sido reservada com a imprensa, mas não pisou no freio com seus livros. As críticas de que ela dependia da contribuição de Dorris para escrever são rebatidas por tudo o que produziu desde então — seis romances para adultos, um dos quais, *The Last Report on the Miracles of Little No Horse* (2001), foi finalista do National Book Award; quatro romances para crianças, um dos quais, *The Birchbark House* (1999), também foi finalista do mesmo prêmio; uma coletânea de poemas e uma obra de não ficção sobre livros e ilhas na região de ojibwe. Além disso, Louise Erdrich fundou a Birchbark Books, uma livraria sem fins lucrativos em Minneapolis, criou os filhos, continuou a aprender a língua ojibwe — que ela temia ter esquecido — e ensinou em oficinas em Turtle Mountain, com sua irmã Heid.

Esse nível de atividade não sugeriria que Erdrich estivesse disposta a esperar. Mas, pessoalmente, ela é discreta e modesta. Apelou para essas qualidades ao esperar por *The Plague of Doves*, que a tem acompanhado desde o começo de 1980, enquanto a escritora trabalhava em outros livros. As vozes dos personagens principais — um estudante universitário, um juiz, um avô e um médico — vieram com o tempo, em momentos estranhos, e suas histórias são como fragmentos. "Eu não consigo saber bem se estou escrevendo um livro", diz Erdrich. "Realmente não sei de onde vêm [as vozes]. Eu simplesmente sinto que tenho de escrever o que elas me dizem."

Às vezes, Erdrich pode parecer mais um médium que uma autora de ficção. Mas ela gosta de corrigir essa impressão. "Uma voz que vai tomar conta de uma história é alguém que você prepara por muito tempo", diz ela. Em 25 anos de publicação, esses personagens lhe ensinaram como o mundo pode ser cruel. "É contra a minha natureza acreditar em como as pessoas podem ser más", diz ela. "Eu não vi muita crueldade enquanto crescia. Quando ficou claro que o mundo era diverso daquilo que conheci quando criança, levei muito tempo para entender." Em *The Plague of Doves*, já não parece haver mais qualquer confusão.

Junho de 2008

Norman Mailer

NORMAN MAILER *foi romancista, dramaturgo, biógrafo, jornalista, editor de jornais e candidato a prefeito, entre outras coisas. Nascido em Long Branch, Nova Jersey, em 1923, cresceu naquele Brooklyn que Bernard Malamud descreveu. Mailer lutou para entrar na Universidade de Harvard, onde estudou engenharia aeronáutica e se alistou na Segunda Guerra Mundial, experiência que catalisou sua carreira de escritor, mesmo que ele não tivesse participado de muitos combates. O enérgico romance de estreia de Mailer,* Os nus e os mortos, *foi publicado em 1948, poucos anos depois do término da guerra, e foi best-seller do* New York Times *durante o ano seguinte.* Barbarie Shore *(1951), passado numa pensão no Brooklyn durante o apogeu da Nova Esquerda, e* Parque dos cervos *(1955), que romanceava o período de Mailer em Hollywood, vieram logo a seguir e estabeleceram sua voz contra os tabus. De meados da década de 1950 a meados da de 1960, ele reinventou seu modo de contar histórias numa flexão de estilo nos relatos de não ficção, investindo a voz subjetiva de toda a flexibilidade e energia da ficção em primeira pessoa. Ele reuniu esses relatos em* Advertisements for Myself *(1959) e* The Presidential Papers *(1963), e finalmente voltou à ficção com* Um sonho americano *(1965), publicado em série pela revista* Esquire. *A reinvenção de maior sucesso de Mailer aconteceu em 1979, quando ele voltou de um período de romances fracos, ambiciosos demais, para escrever* A canção do carrasco, *romance baseado na vida real do assassino Gary Gilmore.*

A carreira de Mailer foi cheia de brigas, socos, rompimentos — ele esfaqueou sua segunda mulher numa festa, publicamente — e promessas de voltar à forma. Casou-se seis vezes e foi pai de nove filhos. Na época desta entrevista, feita por ocasião da publicação de seu último romance, O castelo na floresta *(2007), ele se abrandara e se tornara um leão em repouso em Provincetown, Massachusetts.*

Houve uma época em que Norman Mailer costumava falar sobre o Grande Livro. O assunto, como uma baleia branca, rondava a periferia das entrevistas que deu nos anos 1950, vindo à tona e depois mergulhando para as profundezas, onde ficava à espreita até a próxima data de publicação.

A cada década, e a cada livro novo, de *Um sonho americano* até *A canção do carrasco*, parecia que Mailer podia ainda arrastar sua presa prometida até a praia.

Embora Joan Didion argumentasse na *New York Review of Books* que Mailer tinha afinal obtido seu grande troféu — quatro vezes, na verdade —, o leão não parece muito convencido. Aos 84 anos, o romancista mais briguento dos Estados Unidos fez uma coisa pouco comum: começa a dizer que talvez não consiga chegar lá.

"Posso ter feito declarações, há cinquenta anos, sobre o tipo de livro que ia escrever", diz Mailer em sua casa em Provincetown, o vilarejo de pescadores que se transformou em retiro de fim de semana na ponta do Cabo Cod. "Mas não vou ficar preso a essas previsões."

Incomum é Mailer fazer esse pronunciamento na véspera da publicação de seu trigésimo sexto livro, *O castelo na floresta*, romance audacioso que conta a história dos primeiros 17 anos de Hitler pelas lentes de D. T., assistente do demônio em pessoa.

Mailer trabalhou no livro tempo suficiente para não saber mais quando, exatamente, tinha começado. Nesse ínterim, seus joelhos cederam, e ele agora caminha com a ajuda de duas bengalas. Durante a entrevista, não fica de pé.

"Houve uma resenha inicial essencialmente favorável, mas me irritou demais", conta ele, revelando um lampejo da antiga irritabilidade, o sorriso ficando perverso. "Digamos que me deixou puto. Porque o crítico disse de um modo prolixo, claro: 'Mailer está apenas reescrevendo Freud.' Por quê? Porque eu prestei atenção no treinamento para o peniquinho? Bem, como pai de nove filhos, sei alguma coisa sobre isso."

A prova dessa afirmativa o rodeia. As mesas de canto da sala têm pilhas de quatro fileiras de fotografias dos filhos de Mailer. Diversas pinturas do autor cobrem as paredes — um grande quadro no escritório da frente mostra ele, sua sexta mulher, Norris Church Mailer, e um amigo, em Havana. Grandes janelas se abrem para a baía e para o oceano, atrás deles.

Nesse ambiente confortável, parece estranho que Mailer fique tão compelido a sondar o "fedor da urina, da merda e do sangue de Lutero", tão manifesto ao longo de *O castelo na floresta.*

Mas, como os críticos observaram, foi exatamente isso o que ele fez. É um livro excepcionalmente sujo, e, além disso, quer voltar o relógio da cosmologia dos Estados Unidos sessenta anos para trás: Mailer crê que o mundo é governado por uma trindade, Deus, o homem e o diabo, e que Hitler era a reação do demônio a Jesus Cristo.

A cena mais vívida de *O castelo na floresta* envolve a concepção dissoluta, estridente, incestuosa — com o demônio se metendo dentro da alma do jovem Adolf no momento do orgasmo de seus pais. Por mais provocativo que isso pareça, Mailer diz que não está brincando. "De certa maneira, conseguimos entender Josef Stálin", diz ele. "Uma das coisas a respeito de Stálin é que ele foi um dos homens mais duros na Rússia. Hitler não era duro. Era como se dons ímpares lhe houvessem sido dados em momentos extraordinários."

Mailer diz que esses dons só podem ter vindo do diabo, que ele acredita trabalhar o tempo todo. "Talvez, todos os anos, haja mil pessoas investidas pelo demônio, ou um milhão de pessoas? Então, ou elas se tornam realidade, ou não."

Hitler, na visão de Mailer, foi um ponto alto na obra do diabo, algo que ele diz que a mãe dele reconheceu desde o início. "Minha mãe foi muito afetada por Hitler", observa. "Quando eu tinha 9 anos, ela já sabia, muito antes dos homens de Estado, que Hitler era um desastre e um monstro. Que ele provavelmente ia matar metade dos judeus, se não todos."

Mailer há muito achava que ia escrever esse livro, mas primeiro teve de chegar ao *Evangelho segundo o Filho*, que contava a história de Cristo em suas próprias palavras. A ideia para esse livro lhe veio em um quarto de hotel em Paris. Mailer não conseguia dormir, então pegou a Bíblia. "Pensei, esse livro é tão engraçado. Tem frases dignas de Shakespeare, mas a maior parte é horrível. Então, eu pensei, há uma centena de escritores no mundo que podiam fazer um trabalho melhor. E eu sou um deles."

Mailer escreveu o livro, foi massacrado por isso e hoje até ele admite: "Eu senti que não alcancei exatamente o objetivo. Achei que estava tentando chegar ao material", diz ele judiciosamente.

Com Hitler, no entanto, Mailer diz que não sentiu essa barreira. Para começar, passar o tempo com um homem muito mau não era problema, ele já havia aprendido a escrever a respeito com Lee Harvey Oswald em *A história de Lee Oswald*. "Você sabe que seus personagens não estão ali para fazer você feliz por como são maravilhosos, como são bondosos e como são humanos — você pode escrever a respeito de um monstro, e desde que goste de escrever, pode curtir o trabalho."

Mailer costumava fazer maratonas de sessão de escrita, mas passou a períodos de cinco, seis horas, algumas vezes sem almoçar, caso se sinta absorvido. Embora o livro contenha uma extensa bibliografia, Mailer teve prazer de também cavar no escuro. "Sabe-se muito pouco da infância de Hitler", diz ele. "Ele escondeu grande parte dela, o melhor que pôde." Então Mailer improvisou. Há muito tempo, ele pode ter ficado apreensivo com esse projeto, sabendo o tipo de resenhas que ia atrair. Agora ele diz que não se importa. "Uma das vantagens de ficar velho é que você não está mais nem aí. O que vão fazer? Me matar? Tudo bem, me transformem num mártir! Tornem-me imortal!"

Como escritor judeu, ele diz que há muito tempo está preparado para abordar Hitler com a cabeça fria. "Lembro-me da primeira vez que visitei a Alemanha, nos anos 1950, e eu estava bastante nervoso." Mas não agora. E com os eventos atuais do jeito que vão, Mailer diz que pode haver uma lição naquilo para os americanos. "Meu sentimento agora é de que todos os países podem potencialmente se tornar nações monstruosas — acho que durante os últimos anos, aqui, não é como se tivéssemos nos tornado uma nação monstruosa, mas, pela primeira vez na vida dos americanos, a possibilidade existe."

Em outras palavras, o diabo não é inteiramente responsável pela ascensão de Hitler ao poder. As condições também tornaram isso possível. A chave é a vigilância. "Dadas as condições horrendas na Alemanha depois da Primeira Guerra Mundial, não só a vergonha e a humilhação de perder a guerra daquele modo tão extraordinariamente completo", observa Mailer, repetindo o contexto social da ascensão de Hitler, "dado aquilo tudo, todas as condições estavam lá para um monstro dominar o país". E, no entanto, dizer que só isso criou Hitler, para Mailer, não basta. "Não estou aqui para garantir. Mas estou dizendo que não vamos entender isso a não ser que voltemos à ideia de que talvez Deus e o diabo existam!"

Fevereiro de 2007

James Wood

JAMES WOOD *é crítico literário, romancista e professor na Universidade de Harvard. Filho de um professor de zoologia em Durham, na Inglaterra, ele frequentou o Eton College e estudou inglês no Jesus College, em Cambridge. Wood começou sua carreira muito cedo, como resenhista, e antes dos 30 anos era o principal crítico de livros do jornal* The Guardian. *A voz de Wood e a abordagem ardorosamente estética da crítica fizeram com que se destacasse em uma década amplamente dedicada à luta pela política de identidades. Ele conheceu Leon Wieseltier, editor literário da* New Republic, *em uma viagem a Londres, depois da qual Wood se tornou crítico dessa revista, na qual lançou ataques devastadores contra as obras de Don DeLillo, Toni Morrison e Philip Roth. Entrou para a* New Yorker *em 2007, quando então suas resenhas destruidoras começaram a dar lugar, até certo ponto, a um espírito mais exploratório. Publicou quatro coletâneas de resenhas e ensaios, e um ensaio do tamanho de um livro,* Como funciona a ficção *(2008), que deu oportunidade a esta entrevista. Wood mora em Cambridge, Massachusetts, com sua mulher, a romancista Claire Messud.*

Durante os últimos quinze anos, o mais temido crítico literário no mundo tem sido um inglês alto, magro, agradável, de Durham, com uma calva bem-delineada e um ar apologético.

"Concordo com Randall Jarrell que um crítico que não consegue elogiar não é um crítico", diz James Wood, de 42 anos, sentado num café vazio perto da Universidade Harvard, onde leciona.

Mas isso não se parece muito com o Wood que os leitores conhecem. Esse Wood tem sido o caçador que espera de bruços na selva, enquanto os romancistas de grande porte se deslocam lentamente, os flancos engordados por prêmios, expostos a seus tiros. Toni Morrison, escreveu Wood, "gosta mais de sua própria linguagem que de seus personagens", Don DeLillo gerou uma cultura na qual qualquer pessoa com um laptop e um pouco de paranoia é um gênio, e John Updike esqueceu quando parar. "Parece mais fácil para John Updike reprimir um bocejo que se abster de escrever um livro", escreveu Wood a respeito da coletânea de contos *Licks of Love.*

Em um dia frio e com vento, em Cambridge, Massachusetts, Wood não nega essas afirmações. Mas ele admite que já esgotou a polêmica. E se os editores querem mandar flores para qualquer um por provocar essa mudança, devem começar com os alunos dele.

"Percebi uma curiosa trilha dupla", diz Wood, olhando ligeiramente acanhado. "Eu provocava polêmicas a respeito de coisas de que eu não gostava, mas quase nunca fazia isso na sala de aula. Você não pode fazer isso com alunos; não é justo predispô-los."

O novo livro de Wood, conciso, legível, *Como funciona a ficção*, cresceu desse compromisso com os alunos. É uma tentativa de mostrar o que ele faz e como vê o romance.

Construído em 123 seções curtas, *Como funciona a ficção* cobre narrativa, estilo, detalhes e outros elementos básicos, na prosa vívida, típica de Wood, mas com uma grande diferença. A forma principal é o elogio.

Aqui estão os mestres de Wood, demonstrando como a coisa é feita: Henry James usa o que Wood chama estilo indireto livre em *Pelos olhos de Maisie*, a maestria do detalhe de George Orwell em

Um enforcamento e a habilidosa manipulação de Ian McEwan pela compaixão do leitor em *Reparação.*

Para Wood, o romance moderno tem início com Flaubert, quando começamos a ver "aquela edição e a moldagem altamente seletiva, cortando o narrador prolixo que temos em Balzac ou Walter Scott".

Com o estilo indireto livre, o que ele basicamente qualifica como narrativa em terceira pessoa, que se apega mais a um personagem que a outro, Wood diz que o romance nos mostrou mais a respeito da consciência que qualquer outra forma de arte.

Nos últimos anos, no entanto, ele acredita que o romance se tornou inflado de fatos e linguagens desnecessários, em especial os romances americanos. Enterrado dentro de *As correções*, por exemplo, sentiu ele, havia um romance muito bom, se Jonathan Franzen tivesse parado de nos contar o quanto ele sabia.

"O resultado — pelo menos nos Estados Unidos — são romances com imensas autoconsciências, sem 'eu' nenhum dentro", escreveu Wood em um artigo a respeito do romance social que Jonathan Franzen e outros estavam escrevendo, "livros curiosamente talentosos e muito 'brilhantes', que sabem mil coisas, mas não conhecem um só ser humano".

Wood pode ter reiterado esse aspecto no jornalismo, mas agora ele sente que pode ter maior impacto compartilhando sua opinião com os alunos. "Eu realmente senti uma ligação", diz ele, em particular, sobre seus alunos da pós-graduação em artes na Universidade Columbia, "porque eram pessoas muito interessadas na técnica, e estavam dispostas a pegar o que tinham aprendido e aplicá-lo. Essa era a minha oportunidade de dizer: 'Olhe, todos vocês fazem essa coisa chamada estilo indireto livre, é instintivo; vocês têm suas próprias palavras para isso. A história disso é: você pode voltar para trás, até Jane Austen ou até a Bíblia, e ver que é endêmico à narrativa. Deixem-me falar um pouco da terminologia, e deixem-me fazer uma breve história disso'."

Sob muitos aspectos, Wood é perfeitamente adequado a esse terreno. Enquanto outros meninos da idade dele jogavam rúgbi, ele passava seu tempo lendo críticas de F. R. Leavis, Irving Howe e Ford Madox Ford.

"Parece intelectualmente chato", diz ele rindo, "mas eu costumava sentar na cama e ler essas coisas".

Também era obcecado pelos Estados Unidos. "Passei por uma fase em que eu adorava tudo o que tivesse a ver com os Estados Unidos", lembra ele. "Então alguém me deu *The Sportswriter*, de Richard Ford, quando eu tinha 21 anos. Aquele livro simplesmente me fez cair para trás. Ninguém na Inglaterra começa um livro assim: 'Meu nome é Frank Bascombe. Sou um comentarista de esporte.'"

Em Cambridge, Wood conheceu a canadense-americana Claire Messud, com quem agora tem dois filhos, Livia e Lucian. Enquanto Messud começava sua carreira literária, Wood passou a década seguinte construindo um nome como crítico, em Londres

Mas ele acabou se sentindo sufocado pelo ambiente. "Cheguei ao ponto em que eu sabia quem estava dentro e quem estava fora, e acompanhava todas as seções dos jornais, e observava quem estava fazendo o quê — e me odiava por esse envolvimento."

Em 1995, Wood conheceu o editor Leon Wieseltier, em Londres, e reconheceu um espírito afim. Wieseltier o convidou para escrever na *New Republic*, de cuja seção literária era o editor, e Wood agarrou a oportunidade de ir para os Estados Unidos.

"Sempre senti que nos Estados Unidos havia mais espaço para se mover", diz Wood. "Há tanto espaço que as pessoas, em geral, o deixam em paz para fazer seu trabalho."

Ele foi uma sensação imediata. Vindo de fora, Wood abriu caminho entre alguns dos nomes mais consagrados dos Estados Unidos — papel que Dale Peck tentou assumir, sem sucesso, porque um bom polemista não é só um destruidor, mas uma pessoa que abre para você uma nova maneira de pensar. Mesmo assim, Wood depressa descobriu como o país consegue ser estreito.

Em 1996, ele compareceu ao jantar do PEN/Faulkner Award. O romance de Messud *When the World Was Steady* era finalista, junto com *Independence Day*, de Ford, sobre o qual Wood fizera uma resenha ambígua.

"Mais ou menos no meio do jantar, senti essa sombra pairando sobre mim, e é Richard Ford, que põe a mão no meu ombro e diz, com aquela voz dele: 'Precisamos conversar.' Eu imediatamente falei a Claire: 'Temos de ir embora daqui!'" Wood esquivou-se com sucesso de seu encontro com Ford.

Em 1999, Wood publicou alguns de seus artigos num livro, *The Broken Estate*. Esse livro — com sua continuação, *The Irresponsible Self: On Laughter and the Novel* — se tornou a senha secreta para os aspirantes a críticos. Um romance, *The Book Against God*, seguiu-se em 2003, e encontrou, surpreendentemente, muito pouca represália. "As pessoas, em geral, foram muito legais", diz Wood. "Mas sei que, se eu fosse publicar outra vez aquele romance, mudaria algumas coisas, gostaria de fazer melhor."

Enquanto isso, ele agora tem uma chance de alcançar um público maior com sua crítica. No outono de 2007, ele passou da *New Republic* para a *New Yorker*, onde se uniu a Updike como um dos principais críticos literários. Se há qualquer embaraço em partilhar esse posto, ele não menciona.

Na verdade, parece que Wood está se beneficiando muito de escutar críticos mais jovens. "Acho que estamos na idade áurea da crítica", sugere ele. A geração começa com seus próprios filhos, para quem ele tem lido Beatrix Potter e *Peter Pan*, de J. M. Barrie, entre outros autores, lembrando como um pouco de literatura é bom, e como um escritor tem pouco tempo para ganhar os leitores.

"Você enfrenta interrogadores tão implacáveis", diz Wood com um brilho de orgulho pelo discernimento de seus filhos. "E eles têm razão: algumas vezes eu mesmo fico entediado."

Janeiro de 2008

Margaret Atwood

MARGARET ATWOOD *é canadense, romancista, contista, antologista, poeta e ativista ambiental. Como Joyce Carol Oates e Adrienne Rich, as histórias e os romances de Margaret Atwood se tornaram textos importantes do movimento feminista e levaram-na a ganhar quase todos os principais prêmios literários, do Booker ao Governor General's Award (duas vezes). Nascida em Ottawa, em 1939, ela passou grande parte da infância explorando as florestas do norte do Quebec. Sua obra de estreia,* A mulher comestível *(1969), mergulha e mistura todos os estereótipos de gênero na história de uma mulher que começa a achar que seu corpo e sua mente se separaram.* Surfacing *(1972) e* Madame Oráculo *(1976) expandem o registro de tom e aprofundam o poder mítico de sua disputa com o papel da mulher na sociedade. A obra mais conhecida de Margaret Atwood,* O conto da aia *(1985), prefigura a obra apocalíptica de Cormac McCarthy, imaginando que a América do Norte foi dominada por uma teocracia chauvinista, e seu nome foi mudado para República de Gilead, na qual as mulheres (e os indesejáveis) são despidas de seus direitos.*

Amor e romance, e a mudança dos limites entre a verdade e a falsidade ao contar uma história, formam o núcleo de seus best-sellers: A noiva ladra *(1993),* Vulgo Grace *(1996) e* O assassino cego *(2000), pelo qual recebeu o Booker Prize. As meditações de Atwood sobre a natureza, os bancos e a ficção científica germinaram em grande parte de sua mais potente obra de não ficção. Os contos traçam uma linha entre a poesia e a prosa. Foi durante a publicação de* Transtorno moral, *um dos três livros que lançou em 2006, que se deu esta entrevista.*

A maior parte dos autores fica reunida apenas em uma seção da livraria. Esse não é o caso de Margaret Atwood.

Desde sua estreia, nos anos 1960, a escritora canadense e autora de *O conto da aia* publicou em tantos gêneros que parece impossível — poesia, contos, literatura infantil, suspense, ficção mais comercial, crítica e ficção científica.

"Nunca escrevi um Western", diz a escritora de 67 anos, sentada em uma ampla suíte de hotel em Nova York, para onde ela viajou a fim de entrevistar o historiador Thomas Cahill diante de uma plateia numa biblioteca pública.

"Acho que sou assim porque nunca frequentei uma escola de escrita criativa, e ninguém nunca me disse não. Ninguém disse 'Você tem de se especializar', ou 'Pelo amor de Deus, controle-se'."

Então ela não se controlou. Mas agora Atwood está prestes a atacar seu papel mais inusitado até agora, tão perigoso quanto escrever ou entrevistar no palco: inventora.

Margaret Atwood é o motor por trás do recém-lançado LongPen, um dispositivo mecânico que permite aos autores autografar livros remotamente. Com ele, um autor em Miami pode autografar para o freguês de uma livraria em Mombaça, ou um advogado em Minneapolis pode assinar documentos em Manitoba.

"É como uma caneta muito comprida", diz Margaret Atwood. "Eu só digo que a tinta está em outra cidade."

Conectado à internet, o autor se apresenta em videoconferência, com um *tablet* de escrita eletrônico e uma caneta magnética. Do lado de quem recebe, há uma tela de vídeo e o documento a ser assinado. A caneta teve resultados ambíguos em demonstrações anteriores, mas Atwood diz que está pronta para a festa de inauguração.

"Você pode escrever qualquer coisa com ela", esclarece, com um brilho de inventora nos olhos. "Você pode desenhar pequenas imagens. Ela reproduz cada traço que você tenha feito, exatamente com a mesma pressão."

Há pouco tempo, em Toronto, Margaret Atwood demonstrou o produto. Alice Munro, sua irmã literária e outra das mais respeitadas autoras do Canadá, autografou livros em uma livraria de Toronto diretamente de Clinton, em Southern Ontario. Além disso, Atwood a entrevistou pelo mesmo sistema.

A aparição de Alice Munro não foi apenas publicidade; ela também estabeleceu o quão apropriado é para uma autora canadense ser a força motriz por trás dessa invenção, que ela desenvolveu através da Unotchit, uma empresa que fundou, com sede em Toronto.

"O Canadá é um lugar muito grande", diz Margaret Atwood. "Existe a Amazon.ca e outras livrarias, mas ainda há muitas pessoas que teriam grande dificuldade em conhecer um autor."

Atwood entende isso porque, no início de sua carreira, ela já caía na estrada, quando um autor em turnê não era lá grande coisa.

"Nos anos 1960 e 1970, alguns lugares aonde eu ia nem sequer tinham livrarias", observa ela. "Então você leva seus livros para a leitura no ginásio da escola. Você vende os livros, faz troco, põe o resto num envelope e leva de volta para a editora."

Agora ela é publicada em 35 países. Suas editoras a transportam pelo mundo todo para ler em superlivrarias. Nada daquela viagem promocional parece ter atrapalhado seu tempo de escrita. Durante os últimos 19 meses, Atwood publicou uma coletânea de ensaios, dois volumes de contos e um livro baseado na vida da mulher de Ulisses, Penépole.

A última obra foi lançada no palco, em Londres, com a própria Atwood no papel de Penépole.

Ela admite que sua ascensão como superstar literária é uma ameaça a seu tempo livre, mas também um triunfo. Durante algum tempo, o papel da escritora em sua própria obra foi ofuscado pela teoria ligada a ela.

Nos anos 1980 e 1990, a obra de Atwood — exames recorrentes da identidade feminina, a violência e a natureza selvagem do Canadá — foi varrida sobre as brasas da teoria desconstrucionista, postulando que não há autor, apenas um "texto".

Mas a maré virou, diz Margaret Atwood, com um sorriso de Gato de Alice. A importância da teoria pós-moderna minguou, e "os autores estão vivos outra vez, tenho o prazer de informar".

É um ressurgimento digno. Afinal, os romances e as histórias de Atwood, como a recém-entrelaçada coletânea *Transtorno moral*, muitas vezes tratam da luta de uma mulher para se libertar da identidade, ou da identidade que outras pessoas projetam sobre ela.

"Em grande parte, você é sua história", explica Atwood. "Mas as versões de você feitas por outras pessoas diferem umas das outras, e todas serão diferentes de sua versão sobre você mesma."

Atwood descobriu isso quando jovem, e depois descobriu da maneira mais difícil, como figura literária, ao examinar o que um ou dois biógrafos escreveram sobre ela.

"Havia uma história a meu respeito em Harvard: de que eu mantinha um mexilhão em minha mesa, e quando me perguntaram por que eu gostava dele, eu teria dito: 'Ele era muito leal.'"

Atwood solta um suspiro cansado. "Antes de mais nada, você não consegue manter um mexilhão num vidro em sua mesa por mais de 24 horas, ele morre. Segundo, nunca tive um mexilhão num vidro sobre minha mesa. Terceiro, a história era um tipo de variação de uma história real que aconteceu com minha cunhada, não comigo. Ela tinha um caranguejo-eremita de estimação, sobre o qual observava: 'Ele é muito leal.' Mas chegou a um triste fim, porque o puseram num aquário em cima da TV, e ficou quente demais."

Agora, graças à sua invenção, os leitores longe de Toronto saberão o que Margaret Atwood realmente tem sobre sua mesa. É uma pequena caneta de formato estranho. Quanto ao que ela está escrevendo com sua caneta de verdade, isso permanece um mistério. Será que se sentiu tentada a escrever um Western? "Nunca falo sobre minhas tentações", diz ela.

Dezembro de 2006

Mohsin Hamid

A vida de MOHSIN HAMID *deu a ele uma rara visão estereoscópica acerca dos perigos da cultura globalizada. Nascido em 1971 no Paquistão, ele foi criado lá e nos Estados Unidos, onde seu pai, economista, lecionava na universidade. Hamid estudou na Universidade Princeton, com Toni Morrison e Joyce Carol Oates, mas continuou na Faculdade de Direito de Harvard e depois no grupo de consultoria McKinsey, onde trabalhou para pagar suas dívidas com a Faculdade de Direito. Durante três meses por ano ele tinha permissão para escrever, tempo que usou para redigir seu primeiro romance,* Moth Smoke *(2000), e um roteiro,* Bright Lights, Big City, *um panorama da corrida nuclear do Paquistão contra a Índia. Seu segundo romance,* O fundamentalista relutante *(2007), demorou sete anos para ser escrito, sendo que durante esse tempo ele se mudou para Londres e passou a trabalhar para uma agência de gerenciamento de marcas. Foi durante esse período que conversei com ele. Dois anos mais tarde, ele se mudou de volta para Lahore, no Paquistão, onde começou uma família e finalizou seu terceiro romance.*

Durante os seis anos que se passaram depois dos ataques de 11 de setembro de 2001, o mundo ocidental tem visto um curso intensivo sobre terrorismo e radicalismo islâmico aparecer em suas livrarias. E não são só jornalistas ou historiadores que dão as aulas. Um número cada vez maior de romances aborda as consequências do terrorismo, desde *Terrorista*, de John Updike, a *Extremamente alto & incrivelmente perto*, de Jonathan Safran Foer.

Mas agora temos uma inovação literária: um romance pós-11 de Setembro escrito por um muçulmano. Logo, ele está cantando uma melodia ligeiramente diferente.

"Por mais terríveis e errados que fossem", diz Mohsin Hamid, "os ataques de 11 de Setembro foram uma voz em uma conversa. Alguma coisa terrível estava falando com os Estados Unidos, e imediatamente foi absorvida nos níveis políticos, que responderam: 'Não queremos escutar isso.'"

Quando Susan Sontag fez comentários parecidos na *New Yorker*, duas semanas depois dos ataques, ela foi amplamente criticada como impatriótica e inoportuna.

Sentado em um hotel na parte sul de Manhattan, Hamid acredita que agora é a hora para que essa conversa seja travada outra vez. Ele espera que seu segundo romance, *O fundamentalista relutante*, que há pouco integrou a lista de finalistas para o Man Booker Prize, possa ajudar.

O romance se desenrola pela voz de Changez, um paquistanês em um café em Lahore, contando a história de sua vida a um americano fora de cena, que pode ser — ou não — um agente da CIA que veio matá-lo. Numa série de capítulos curtos, semelhantes a monólogos, Changez descreve como viajou para os Estados Unidos com uma bolsa de estudos, se deu bem em Princeton — o suficiente para ganhar um cobiçado emprego como consultor —, e depois ascendeu depressa na escala corporativa.

Mas Changez ficou tão obcecado em se encaixar que perdeu a si mesmo — fato espelhado pelos desesperados esforços feitos por ele para garantir a afeição de uma mulher branca, americana.

“Não é a história de alguém que começa odiando alguma coisa”, diz Hamid, ansioso para que saibam que não é um livro de ataque aos Estados Unidos. “É uma pessoa que gosta tanto de algo que está disposta a fazer coisas que, pensando bem, quando o amor dela é rejeitado, parecem humilhantes.”

Hamid sabe como Changez se sente. Ele se mudou para os Estados Unidos a fim de estudar na Universidade Princeton e na Faculdade de Direito de Harvard, mais tarde trabalhando durante alguns anos no grupo de consultoria McKinsey, em Manhattan — uma firma notoriamente competitiva.

Hamid diz que o esgotamento — e um sentimento de ter se vendido — era endêmico. Como paquistanês, no entanto, o mal-estar de Hamid tinha um ângulo mais agudo, mais íntimo. Ele testemunhou o uso do poder pelos Estados Unidos a fim de armar o Paquistão em sua corrida nuclear contra a Índia. Do mesmo modo que seu personagem, ele era confundido com um árabe. Assistir aos Estados Unidos comemorar, depois do 11 de Setembro, a invasão a países muçulmanos era doloroso.

Era duplamente doloroso porque Hamid morou na Califórnia quando era menino. Sua família retornou ao Paquistão, mas ele voltou para os Estados Unidos e para a faculdade. Até hoje, diz ele, “não posso me distanciar de minha própria *americanidade*”.

Hamid acredita que o que vale para ele também vale para o mundo em geral, mesmo as partes que olham para os Estados Unidos com aversão. Há ecos americanos até nos princípios do Islã radical, especialmente, acredita, nos mártires que se projetam como heróis.

“Grande parte do mundo pensa em si própria em termos cinematográficos, narrativos e culturais, pesadamente influenciados pelos Estados Unidos”, observa ele. Os homens-bomba se veem como “os cavaleiros errantes da atualidade. Em vez de matar dragões, eles matam milhares de pessoas inocentes. A incapacidade de captar a americanidade disso tudo significa que os Estados Unidos não percebem o que está acontecendo”.

Ele enfatiza que os homens-bomba não são "robôs de um outro mundo cultural... Eles são do mesmo mundo que nós — com algumas diferenças".

Hamid, que agora trabalha em tempo parcial numa agência de gerenciamento de marcas em Londres, sabe que o que ele tenta captar nesse romance é uma grande mudança no pensamento americano, e sabe que há obstáculos: por exemplo, o que percebe como o retrato monocórdico de árabes e paquistaneses feito pela mídia norte-americana.

"Nosso principal programa de auditório na televisão, no Paquistão, é de um travesti", diz Hamid. "Temos um enorme número de bandas de rock independentes; há modelos usando quase nada nas passarelas; há enormes raves alimentadas a ecstasy." Mas você não vê essas coisas na televisão americana, alerta ele. Em vez disso, há "os caras nas cavernas".

E quanto a todas as narrativas pessoais ou imaginadas a respeito do Islã que aparecem desde os ataques de 11 de Setembro, Hamid acha que, frequentemente, elas têm origem numa determinada perspectiva. "As que [os americanos] leem são agora quase unicamente de pessoas que escolheram, muitas vezes como resultado de circunstâncias infelizes, rejeitar de todo esse aspecto delas mesmas. As histórias de Ayaan Hirsi Ali ou Salman Rushdie — são os muçulmanos do tipo 'odiamos o Islã'."

O *Terrorista*, de John Updike, foi um livro que Hamid leu com frustração. "O que é interessante a respeito de *Terrorista* é como um romancista talentoso e capaz pode falhar tão profundamente num projeto", argumenta Hamid. "Ele fracassa pelo mesmo motivo que um projeto americano fracassa: esse salto de empatia simplesmente é longo demais."

O fundamentalista relutante é a tentativa de Hamid tornar o salto um pouco menor, para servir de ponte sobre o abismo que já foi preenchido com a retórica. Com menos de 200 páginas, não é muito — mas é alguma coisa.

Outubro de 2007

Richard Powers

RICHARD POWERS *é um dos romancistas mais inteligentes do mundo. Um estudo minucioso de seu livro irá derramar luz sobre tudo, do canto coral à programação de computador. Ele nasceu em Evanston, Illinois, em 1957, e se mudou para a Tailândia com a família aos 11 anos. Voltou aos Estados Unidos para cursar o ensino médio, tendo nutrido um amor pela música e a habilidade de tocar violão, violoncelo e clarineta. Depois de completar a faculdade, em 1980, Powers mudou-se para Boston a fim de se tornar programador de computação. Essa carreira teve vida curta: ele saiu depois de ver a fotografia* Young Farmers, *de August Sander, para começar seu primeiro romance,* Three Farmers on the Way to the Dance *(1985). Os sete romances seguintes de Powers meditavam, de algum modo, sobre o mundo que ele deixou para trás: a habilidade de quantificar da ciência e da tecnologia, a inabilidade do coração humano para viver dentro de seus próprios limites. Powers ultrapassou sua representação como romancista inteligente em 2006, com seu comovente e misterioso nono romance,* The Echo Maker, *o gatilho para esta entrevista, que ocorreu uma hora antes de ele receber o National Book Award. Em 2009 ele publicou seu décimo romance,* Generosity.

Ao chegar à cerimônia de entrega do National Book Award, em Nova York, Richard Powers faz uma descoberta enervante. Ele deixou sua medalha de finalista no hotel. "Eu realmente devia voltar e pegá-la", diz Powers, olhando em volta, nervoso, enquanto entra no grande salão de baile do Marriott Marquis Hotel. Ao ver a multidão de editores e autores, ele corre de volta para seu quarto.

Acaba que o palpite de Powers está certo. Seu nono romance, *The Echo Maker*, vence *Only Revolutions*, de Mark Danielewski, e três outros livros, e ele leva o prêmio para casa — o mesmo prêmio, incidentalmente, que ungiu *As correções*, de Jonathan Frazen, e *Arco-íris da gravidade*, de Thomas Pynchon. Trata-se de um poderoso empurrão em termos de prestígio e vendas, e pode-se perdoar Powers por ficar cético a respeito de suas chances. Afinal de contas, nos Estados Unidos, à medida que a fama de Powers crescia, ele continuava o perene "também concorreu" nas apostas dos prêmios. Foi finalista do National Book Award uma vez, antes, e viajou para o National Book Critics Circle Award quatro vezes, e sempre voltou para casa de mãos vazias.

"Tive mais sorte que qualquer outro romancista", diz ele timidamente em sua suíte no Algonquin Hotel, uma hora antes da premiação. O quarto é bem pequeno, e Powers é muito alto. Vestido em smoking, com olhos atentos e uma grande cabeleira, ele parece um Gulliver bem-vestido que preferiria estar lá fora cortando lenha. "Desde o início, nos meus primeiros livros, o reconhecimento da crítica sempre esteve ali", diz ele. "À medida que os escritores da minha geração chegam aos 40 anos, acho que há um consolo cada vez maior em reconhecer que a tecnologia não 'está por aí' — está dentro da gente."

Powers se refere aos empecilhos que alguns leitores encontraram em sua obra — sua inteligência. Ao longo das últimas duas décadas, ele encheu seus romances com quantidades enormes de informação a respeito de DNA (*The Gold Bug Variation*), realidade virtual (*Plowing the Dark*), medicina (*Operating Wandering Soul*), o risco do capitalismo (*Gain*), computadores (*Galatea 2.2*) e canto (*The Time of Our Singing*), entre outras coisas. "Ele é esperto e merece", escreveu o romancista Colson Whitehead em uma crítica do livro na *New Yorker*, por escrever a respeito "da complexidade de Watson e Crick, da realidade virtual, da inteligência artificial, e das entradas e saídas para se fazer um bom sabonete. 'Insensível' vem de pessoas que acham que às vezes ele pode ser remoto."

Nenhuma dessas acusações, no entanto, foi lançada contra *The Echo Maker*, que os críticos descreveram como o romance mais misterioso, caloroso e palpitante de Powers até agora. A história começa com um desastre de automóvel no meio da noite, numa estrada de Nebraska. Mark Schlucter, de 27 anos, acorda de um coma sofrendo uma rara síndrome real chamada Capgras. Ele consegue reconhecer as pessoas amadas, mas não acredita que elas sejam quem alegam. Para complicar as coisas, há uma nota deixada à beira de sua cama dizendo: "DEUS me guiou para que Você pudesse Viver e trazer outra pessoa de volta." Enquanto Mark tenta entrar novamente em sua vida e adivinhar a origem da mensagem, sua angustiada irmã, Karin, busca convencê-lo de que ela é, de fato, sua irmã. Enquanto isso, um autor neurocientista chamado Gerald Weber tenta se concentrar no caso dele, mas é desviado pelo espetáculo de quase meio milhão de grous que se instalam na planície de Nebraska perto do local do acidente de Mark.

O sobrinho de Powers uma vez sofreu um acidente de carro e recebeu uma nota misteriosa como essa. Mas o romance se tornou uma possibilidade real quando Powers estava dirigindo pelo Meio--Oeste, para visitar a mãe em Tucson. "O pôr do sol se aproximava. Eu estava no meio de Nebraska. Olhei para fora da estrada e vi este grande bípede com um metro de altura, depois outro. Então, até onde a minha vista alcançava, era um tapete contínuo de aves." Powers fala com os tons ásperos e entrecortados do sotaque de Chicago, e há alguma coisa pouco comum ao ouvi-lo prosseguir numa digressão extensa sobre a beleza das aves, que os nativos americanos chamam de fazedores de eco. "Eu quase saí da estrada, a visão era tão hipnótica e fascinante", continua ele. "Parei, e a próxima cidade era Kearney, Nebraska. Arranjei um quarto de hotel para passar a noite e comecei a perguntar em volta, e eles só riam de mim. Eu fui a primeira pessoa a tropeçar nisso por acidente. Vem gente do país inteiro para vê-los."

A imagem desse enorme bando de grous voltando todos os anos para o mesmo local estava no fundo da mente de Powers quando ele começou a ler a respeito da síndrome de Capgras. "É a síndrome mais estranha, não intuitiva, impossível, imaginável", diz Powers, que assistiu a muitas gravações com entrevistas de pessoas que sofriam desse distúrbio. Para ele, isso enfatiza uma divisão falsa que surge quando falamos a respeito da emoção. "Todos os modos diferentes pelos quais conhecemos o mundo vêm do cérebro", diz Powers, "e eles todos dependem uns dos outros para fazer sentido".

Quando Powers fica animado, é fácil ver o jovem imensamente inteligente, ligeiramente nerd que ele deve ter sido.

Nascido em Illinois em 1957, ele cresceu como um de cinco filhos de uma casa animada pela música. Seu pai, diretor de escola, convidava as pessoas para encontros de canto. O instrumento de Powers era o violoncelo. Mas, além disso, ele era fascinado por ciência. Devorou *A viagem do Beagle*, de Darwin, quando era jovem, e mais tarde se matriculou na Universidade de Illinois, em Urbana-Champaign, para estudar física, com foco em tecnologia. Em suas horas de folga, era autodidata na programação de computadores — habilidade que o levou ao seu primeiro e último emprego diurno: criar códigos crípticos em Boston. Nunca pensou em escrever até ver uma fotografia de três fazendeiros em uma retrospectiva do trabalho de August Sander. Dois dias mais tarde, ele saiu do emprego para escrever a história deles.

Como jovem romancista, as mais fortes influências sobre Powers foram James Joyce e Thomas Hardy, mas foi a criptografia que lhe deu instrução sobre como montar um livro. "Eu acho que a disciplina me forneceu muitos modos de pensar a respeito de forma e estrutura, como autor de ficção", diz ele. Vale lembrar que William Vollmann, que ganhou o National Book Award no ano anterior a Powers, também começou sua carreira escrevendo códigos de computador. Suas premiações sucessivas são vistas por muitos, nos círculos de Nova York, como um tipo de mudança de guarda literária. Powers, no entanto, acredita que o sucesso deles reflete uma mudança na aceitação dos leitores de novos modos de contar histórias. "Essa ideia de que um livro pode ser a respeito de caráter e sentimento, ou sobre política e ideia, é simplesmente um falso binário. Ideias são expressões dos sentimentos e das emoções intensas que temos a respeito do mundo. Uma das coisas que a síndrome de Capgras revela é como uma ideia depende de sentimento para ser totalmente confiável."

Um dos aspectos mais convincentes de *The Echo Maker* é seu retrato da mecânica e o sentimento da vida num hospital — as tensões de melhorar e depois não, de como a pesquisa cria esperanças para os tratamentos e depois bate com a cara na parede do desconhecimento orgânico. O irmão de Powers é cirurgião, e o romancista passou um bocado de tempo com ele, enquanto escrevia seu livro anterior, *Operation Wandering Soul*, história em forma de fábula, passada em um hospital infantil no futuro próximo. "As histórias que contamos a nós mesmos — nós, os saudáveis, quando alguém próximo a nós está em perigo, submetido a tratamento — podem ser profundamente comoventes", diz ele.

Além disso, Powers acredita que a tecnologia é o conduíte principal para o modo de contar nossas histórias. Ele escreveu seu romance *The Time of Our Singing* em um teclado sem fio, enviando as palavras, pelo espaço, até a tela. *The Echo Maker* foi composto usando software de reconhecimento de voz. Powers dita as palavras para a tela, como um Henry James do século XXI, tendo o software como seu secretário. "Construímos nossas tecnologias como um modo de atender às nossas ansiedades e aos nossos desejos", explica. "Elas são nossas paixões solidificadas nessas extensões protéticas de nós mesmos. E fazem isso de um modo que reflete o que sonhamos sermos capazes de realizar."

Auxiliado por diversas disciplinas, Powers se dedicou a conhecer e explorar esses sonhos. "Escrever romances é a única coisa que permite à pessoa que gostaria de fazer alguma coisa de fazê-la vicariamente", diz ele. "Então, os livros têm sido explorações, através dos personagens, desses modos diferentes de conhecer o mundo: história e biologia, tecnologia computacional digital." Bem que ele poderia conseguir um computador que o lembrasse de levar suas medalhas.

Dezembro de 2006

Allan Hollinghurst

Durante um breve mas poderoso momento em meados de outubro de 2004, ALLAN HOLLINGHURST *foi o centro do mundo literário. Ele escreveu o primeiro romance gay a receber o Booker Prize em 36 anos. Depois, duas semanas mais tarde, iniciativas do Estado proibindo o casamento gay levaram o presidente George W. Bush a um segundo mandato, e as menções a um ganhador gay do Booker simplesmente pareciam, bem, desaparecer.*

Então, é apropriado que o romance que fez Hollinghurst ganhar essa honraria, A linha da beleza, *satirize o reino daquela ancestral inglesa do governo Bush: Margaret Thatcher.*

Passado entre as eleições britânicas de 1983 e 1987, A linha da beleza *trata de Nick Guest, um recém-formado em Oxford, de 21 anos, que aceita um convite para se mudar para a luxuosa mansão em Notting Hill de seu ex-colega de classe Toby Fedden. Além de ser a fantasia amorosa de Nick, Toby também é filho de um membro conservador do Parlamento. Os arranjos de moradia ficam um tanto complicados quando Nick começa a ir sozinho a Londres, como jovem gay.*

A pressão e a efervescência da colisão de mundos fazem de A linha da beleza *uma leitura inebriante. As coisas ficam ainda mais emocionantes quando Nick evolui de virgem ingênuo para garoto de programa, confuso pela cocaína, com um namorado libanês milionário, e* A linha da beleza *torna-se menos um estudo sobre classes do que um sobre como essas figuras à margem da Londres thatcheriana são maculadas pela vacuidade arrebatadora daquele período.*

Conversei com Hollinghurst em seu posto em Princeton em 2004.

Quanto de A linha da beleza *espelha sua própria experiência de Londres durante os anos 1980?*

Sob alguns aspectos, muito. Vindo para Londres depois de nove anos em Oxford, tive o sentimento de um estágio inteiro da minha vida à minha frente — uma nova vida amorosa, novas possibilidades —, e toda essa animação era uma coisa que eu mesmo sentia com muita força. Mas, depois disso, minha experiência dos anos 1980 foi completamente diferente — comecei a trabalhar em tempo integral para o *Times Literary Supplement.* Eu trabalhava muito o dia inteiro, e quando chegava em casa escrevia meu primeiro romance. Eu estava vivendo um período muito laborioso; não vivia aquela vida de riqueza e lazer sobre a qual você de repente começou a ler nos jornais da época.

Há muito sexo nesse romance. Você tinha a intenção de comentar os excessos da época?

Já escrevi bastante a respeito de sexo, mas faço isso menos nesse livro que no primeiro. Há essa grande cena de sexo inicial, quando Nick tem o sentimento avassalador de irromper numa era inteiramente nova, mas depois disso praticamente não há sexo. Na segunda parte, vemos um Nick bastante mudado: há alguma coisa um tanto engraçada nisso. Não é esse Nick de coração aberto; ele está se envolvendo em relações a três e com o uso de drogas. Nada disso é muito prazeroso, no entanto. Tudo fica reduzido a dinheiro e coisas. Na terceira parte, chega a Aids, mas não deveria haver um julgamento moral sobre o comportamento do personagem.

Will Self tornou a Aids uma forma de punição para a torpeza moral de seu personagem em Dorian, *mas ela termina, possivelmente por acidente, como uma coisa que o autor também tenha endossado.*

Isso é algo muito difícil de trazer à tona. Acontece, no entanto, que muita gente, na época atual, a viu como forma de punição. Eu evitei escrever sobre a Aids, sem saber como fazê-lo de maneiras que me interessassem. Mas, sendo um escritor gay, o assunto me era imposto.

Escrever sobre sexo apresenta alguma dificuldade extraordinária em termos de habilidade?

Se você quiser fazer isso seriamente, como eu sempre fiz — eu sempre tento escrever sobre sexo com tanto cuidado quanto sobre qualquer outra coisa —, torná-lo o que é, um assunto de ficção digno, então você tem de usar todo o cuidado. Há questões de gosto, suponho; você não quer que qualquer coisa que você escreva seja mecânica, ou pareça pornografia. Deve-se tomar cuidado com as armadilhas. Não sei se tive sucesso. A chave é não ser evasivo.

Tom Wolfe alegou que todo sexo é determinado socialmente. Você concorda?

Concordo, e muito. No meu romance, Nick se apaixona por esse garoto inglês de classe alta, prosaicamente hétero, que ele não poderia ter. Ao mesmo tempo, alguma coisa o impele a ter aventuras eróticas com jovens de outras classes e outras raças. É certamente um truísmo da homossexualidade que capacita as pessoas a atravessar barreiras de classe e raça. É uma coisa na qual estou muito interessado: como classe, raça e sexo interagem na Inglaterra.

Como é morar nos Estados Unidos neste momento? Não parece uma volta do thatcherismo?

E não é? É fantástico: o declínio da indústria, o corte da Previdência Social...

Mesmo assim, você não teve a reação social adversa que está havendo no Reino Unido, com a pressão para legislar uma proibição sobre o casamento gay.

Você tem de lembrar que o Reino Unido talvez seja o país menos religioso no mundo. É atordoante ouvir quantas pessoas [nos Estados Unidos] se dizem religiosas. Alguém poderia ser realmente massacrado por isso, e pela ideia de que as eleições possam virar nesses Estados, em função das propostas de lei contra o casamento gay. O *ethos* todo é completamente estranho para nós.

Em suas viagens pelos Estados Unidos, você encontrou qualquer reação adversa ao seu livro?

É tão fácil ficar paranoico quando o governo se esconde no sigilo, não é? Mas não, todos os que vieram às minhas leituras parecem ter comparecido porque conhecem meu trabalho e gostam dele. O único problema foi que esse livro se mostrou muito difícil de vender nos Estados Unidos. Todas as editoras americanas disseram que era britânico demais, e você não pode esperar que os americanos fiquem interessados nesse período, e em relação a isso eu simplesmente ri. Sem dúvida um dos prazeres de ler ficção é aprender a respeito de coisas que você não conhece, não?

Nick está escrevendo uma tese sobre Henry James, durante o romance, o que faz de A linha da beleza *o terceiro romance publicado no Reino Unido este ano a invocar O Mestre, como Leon Edel notoriamente o chamou. O que está acontecendo?*

Acho que escritores serão sempre instigados por ele. Afinal, ele foi um autor muito interessante, um homem muito interessante. Se você olha os outros dois livros, [David] Lodge está muito interessado nele como profissional; ele parece se relacionar com suas preocupações gerais. E Colm Tóibín está interessado em alguma coisa muito mais sombria. Eles criam personagens bem diferentes.

Como você caracterizaria seu interesse por James?

Fiquei impressionado por como ele se interessava em escrever sobre pessoas ricas e poderosas, mas não se preocupava com a mecânica de como ganhavam a vida, como ganhavam o dinheiro e tudo mais, mas nas vidas propriamente ditas. Acho que isso faz parte da minha afiliação a James. Há um modo horrível pelo qual a informação está substituindo a imaginação no romance.

Muitos críticos notaram a beleza simples da linguagem em A linha da beleza. *Fico pensando se isso foi inspirado em James?*

Eu certamente não leio muita ficção contemporânea quando estou escrevendo, especialmente porque tenho um monte de amigos que são escritores, e não quero sentir que estou competindo. Pertenço a um grupo de leitura de James no qual só lemos Henry James. Por outro lado, leio muita literatura russa do século XIX. Li *Guerra e paz* pela primeira vez, peguei *Pais e filhos* de Turgenev. Eu queria ler a respeito de pessoas que estavam envolvidas e eram tocadas pela política.

Você escreveu este livro sob um aspecto diferente de sua obra anterior?

Neste livro, mais do que nunca, há a questão daquilo que você deixa de fora. Eu gerei muito material que no fim resolvi não usar. Mesmo assim, dificilmente reescrevo alguma coisa. Escrevo tudo a caneta, em grandes cadernos. Parte do motivo pelo qual sou tão lento é que tento fazer direito logo da primeira vez.

Dezembro de 2004

Ian McEwan

IAN MCEWAN *se tornou, na última década, o romancista mais popular e aclamado pela crítica na Inglaterra. Nascido em 1948 em Hampshire, filho de um oficial do Exército, teve uma infância itinerante por Cingapura, Alemanha e Líbia. Estudou na Universidade de Sussex e na Universidade de East Anglia, com Malcolm Bradbury. A ficção inicial de McEwan, como* Primeiro amor, último sacramento *(1975),* Entre lençóis *(1978),* O jardim de cimento *(1978) e* The Confort of Strangers *(1981), é hábil, densamente poética e francamente sexual. Assim como Kazuo Ishiguro, ele começou a escrever para o cinema nos anos 1980, e continua até hoje. Nos anos 1990 publicou quatro de seus livros mais significativos,* O inocente *(1990) e* Cães negros *(1992), sendo que os dois giram em torno de traição e história, e* Amor para sempre *(1997) e* Amsterdam *(1998), que exploram relacionamentos tão intensos que se transformam em obsessão.* Amsterdam *rendeu a McEwan o Booker Prize, e* Reparação *(2001) ganhou um National Book Critics Circle Award. Foi com o último desses livros que McEwan se tornou best-seller mundial, posição que mantém até hoje, embora* Solar *(2010) e* Na praia *(2007) tenham recebido críticas ambíguas. Esta entrevista ocorreu no lançamento de* Sábado *(2005).*

Há dois tipos de homem numa sala de operação: os que ficam assustados e os que não. Ian McEwan descobriu que ele pertence firmemente ao último grupo. Um ano atrás, o premiado romancista de 56 anos começou a escrever um novo livro, e, como parte de sua pesquisa, acompanhou um neurologista durante uma cirurgia cerebral.

"Eu não sabia qual era o meu nível de suscetibilidade", diz McEwan numa entrevista em sua ampla casa em Londres. "Mas acontece que fiquei totalmente fascinado. Desde o uso do bisturi para cortar o couro cabeludo, bem no início, foi tudo fantástico. Eu não podia esperar até que [o médico] cortasse a dura-máter e chegasse ao cérebro propriamente dito."

Embora McEwan alegue que essa falta de aversão fosse uma surpresa para ele, leitores familiarizados com seu apelido inicial — Ian Macabro — podem achar difícil de acreditar. Afinal, esse é o autor de *Solid Geometry*, a história de um homem que guardou um pênis em conserva em sua mesa de trabalho. *O jardim de cimento*, o romance de McEwan de 1978, conta a história de crianças que sepultam os pais.

Durante as últimas três décadas, no entanto, McEwan progrediu muito em relação a esses mórbidos trabalhos iniciais, passando para meditações robustas sobre família (*The Child Time* e *Cães negros*), traição (*Armsterdam*) e as barganhas metafísicas da vida de escritor (*Reparação*).

Em nenhum outro lugar fica mais evidente o quanto McEwan progrediu de suas raízes iniciais do que em seu emocionante romance *Sábado*, que segue um dia na vida de um neurologista britânico chamado Henry Perowne.

Com uma ousadia enganosa, o romance se desenvolve "todo na tensão do presente", como diz McEwan, referindo-se a como o livro faz menção à guerra no Iraque. Durante o processo, reconta os pensamentos de um homem mais de perto do que jamais fizera antes.

Isso não significa que *Sábado* seja um romance desprovido de ameaças. Para começar, Perowne tem coisas demais a seu favor. Ele dirige uma Mercedes 500L e mora numa casa que parece uma fantasia de revista de design. Tem uma boa esposa e uma família feliz, saúde magnífica e fantástico gosto para comida.

Mas, a partir do momento em que Perowne acorda naquele sábado, em fevereiro de 2003, alguma coisa está errada. No meio da noite, ele sai da cama, chega à janela e vê um avião fazendo o que parece uma aterrissagem forçada em Heathrow.

Esse espetáculo aterrador lança uma mortalha sobre o dia que se aproxima, durante o qual Perowne espera a visita de sua filha, que mora fora da cidade, e de seu importante sogro.

À medida que Perowne prossegue pela manhã, fazendo o café da manhã e pegando sua Mercedes para ir jogar squash, leva consigo aquele minuto assustador, como uma reverberante onda de ansiedade. Há uma enorme demonstração pacifista nas imediações, bloqueando o tráfego e desviando-o para um acidente automobilístico sem importância, que ameaça ficar violento quando o motorista do outro carro, um homem mentalmente instável, o confronta.

"Eu meio que queria dar prazer", diz McEwan. "Mas, além disso, queria descrever em detalhes os processos mentais pelos quais nosso prazer é entrelaçado à nossa ansiedade. Enquanto nos sentamos aqui preocupados com o estado do mundo", diz ele durante a entrevista, pouco depois do desastre do tsunami no sul da Ásia, "certamente não estamos prestes a fazer coisa alguma a esse respeito".

Para muita gente no mundo ocidental, a ansiedade corre "como uma fuga, com nossos prazeres", diz McEwan, um não perturbando ou sobrepujando o outro. Embora façamos doações para os fundos de auxílio às vítimas do maremoto, não vamos pegar um avião para Phuket ou Bagdá, por exemplo.

Sábado coloca o dedo na ferida, jogando Perowne em duas situações que lhe dão um sentimento de futilidade que só um desastre internacional pode dar. Um é essa batida com o motorista instável, um homem violento, que o médico pode diagnosticar mas não controlar. Outro é uma visita à sua mãe, que, tal como aconteceu com a mãe de McEwan, sofre de demência vascular, doença que lhe roubou a memória.

"Eu queria captar como é sentar-se com sua mãe e ela não o reconhecer", diz McEwan. "Você pode ter todas as descrições de desintegração de redes neurais, deficiências, mas isso não o alivia da tragédia que é a mente dela se fechando."

Sábado pode ser um dos primeiros em uma onda de romances literários que abordam, entre outras coisas, o senso de apreensão surgido na sequência dos ataques de 11 de Setembro, que perdura e interage com nossas preocupações do dia a dia.

McEwan não esperava seguir nessa direção. Em 2001, ele estava determinado a escrever um romance cômico, mas aconteceram os ataques terroristas.

"Eu pensei em não escrever nada", diz ele. "Assisti a programas de notícias, li jornais, li livros sobre o Islã. Como todos, suponho." Ele escreveu também duas fortes matérias para o *Guardian*. Quando saiu desse período, McEwan resolveu que tinha de se envolver com o presente.

"Na época eu estava pensando, bem, agora vou deixar a história guiar o curso do romance já que claramente haveria uma invasão do Iraque. Então achei que isso seria muito complicado. Eu precisava de uma estrutura, então o baseei num único dia."

Embora *Sábado* seja mais contemporâneo, mais cinematográfico que qualquer outra coisa publicada por McEwan até então, ele tem uma relação significativa com o que aconteceu antes, especificamente em *Reparação*, seu extenso romance de 2001 a respeito da mentira de uma menina que destrói a vida de um homem e, no processo, faz dela uma escritora.

Em uma entrevista na Radio National quando *Reparação* foi publicado, McEwan descreveu como ele percebeu sua própria consciência na mesma idade que Briony, a narradora do romance.

"Era primavera no Mediterrâneo, e eu tinha o dia inteiro só para mim... e tive uma dessas pequenas revelações de 'Eu sou eu', e ao mesmo tempo, pensando bem, todo mundo deve sentir isso. Todo mundo deve sentir 'Eu sou eu'. É uma ideia aterradora... no entanto, esse senso de que outras pessoas existem é a base da moralidade. Você não pode ser cruel com alguém, eu acho, se está plenamente consciente do que as pessoas são. Em outras palavras, você poderia ver a crueldade como uma falha da imaginação, como uma falha de empatia. E, para voltar ao romance como forma, acho que é aí que ele é supremo, em nos dar esse sentido das outras mentes."

Sábado é o contraponto adulto de *Reparação*, com um olhar mais frio para a consciência e a escrita. Ao longo do dia, Perowne lembra os livros que sua filha, Daisy, uma poeta em formação, o mandara ler: *Madame Bovary*, uma biografia de Darwin. Nenhum deles o emociona. Para Perowne, literatura é um trabalho de acumulação, não de gênio, e certamente não lhe dá entrada à cabeça de outras pessoas. Para isso ele tem o bisturi.

Com *Sábado*, McEwan propõe explicar a reação empática de um homem com o mundo, não baseada na religião ou na arte, mas na matéria.

"Sempre achei que havia um tipo de sequestro", diz McEwan com um sorriso maroto, "que as principais religiões do mundo tentaram nos persuadir de que elas são o dom de Deus para a moralidade, e que o perdão só pode vir da religião. Eu quis mostrar que Perowne podia chegar a um tipo de perdão parecido, mas por caminhos inteiramente diferentes. Que acreditar que a consciência provém da matéria pode dar a você um controle infinitamente rico sobre a vida, e um poder altamente rememorativo".

Nos últimos cinco anos, McEwan emergiu de um divórcio tumultuado para se casar outra vez, publicar seu livro de maior sucesso comercial, ganhar o National Book Critics Circle Award e o *Los Angeles Times* Book Prize, ver sua obra na tela outra vez (com a arrepiante e linda adaptação de *Amor para sempre*) e se mudar para uma linda e antiga casa geminada ao lado de uma praça no centro de Londres, onde V. S. Prichett já morou (embora numa época em que o endereço não era tão nobre).

Todo esse sucesso não tornou McEwan paranoico ou prepotente. Ao contrário, ele projeta um profundo e atraente senso de naturalidade. Durante várias horas, sua conversa vai de escritores que ele chama "os senadores" (a trindade de autores formada por Roth,

Bellow e Updike) à guerra no Iraque, de culinária ao primeiro-ministro e à tristeza de ver sua mãe morrer. Ele é um homem curioso.

"Lembro a minha surpresa ingênua quando fui fazer um check-up completo", diz ele, "que envolvia correr monitorado numa esteira durante trinta minutos enquanto monitoravam meu coração. O técnico me mostrou um ultrassom. E lá estava meu coração, enquanto conversávamos, pulsando e se contorcendo. Eu fiquei atônito".

E esse é o passo revolucionário de McEwan: *Sábado* não é apenas um livro a respeito de um homem observando-se pensar; é a história de um homem observando-se sentir, também. De modo impossível, paciente, o romance dá margem à possibilidade de que os dois sejam a mesma coisa.

Março de 2005

Caryl Phillips

CARYL PHILLIPS *passou a vida em mudança. Ele nasceu em St. Kitts, e quanto tinha quatro meses sua família mudou-se para Leeds, na Inglaterra. Estudou inglês no Queen's College, em Oxford, e começou sua vida de escritor trabalhando em peças e roteiros, sendo que o primeiro,* Strange Fruit, *foi publicado quando ele tinha apenas 23 anos. O primeiro romance de Phillips,* The Final Passage, *foi publicado em 1985, e conta a história de uma família das Índias Ocidentais que, como a dele, uniu-se ao êxodo para a Inglaterra em 1958. Movimento — obrigado ou incentivado — é um tema que perpassa sua obra.* The European Tribe *(1987) é uma narrativa das viagens de Phillips pelo terreno cambiante da Europa depois da diáspora da imigração.* A travessia do rio *(1993), um dos romances mais inspirados de Phillips, mapeou as jornadas de três personagens negros em três diferentes épocas. Nenhum escritor de ficção vivo, fora Toni Morrison, mapeou tão profundamente a vasta marca geográfica e mítica da escravidão. Ensaísta bem-sucedido, antologista e roteirista, Phillips agora mora em Nova York. Encontrei-me com ele lá, em 2005, quando estava prestes a publicar um romance a respeito de dois atores maquiados de negros no período inicial do teatro na cidade.*

Caryl Phillips tem algo especial com o que é negro. Como um ex--aluno dele me disse certa vez: "Tudo o que Caz tem é preto. Seu laptop é preto; todas as suas roupas são pretas. Ele dirigia uma Mercedes preta."

Mesmo em Manhattan, onde dândis e herdeiras ainda se vestem de preto, isso faz de Phillips um alvo fácil. Ao entrar em um bistrô perto da Universidade Columbia, o romancista de 47 anos chega numa onda de preto. Ele não apenas usa a cor — embora esteja, claro, vestido de preto —, mas desaparece dentro dela.

O modo como o preto pode engolir um homem está no coração do último romance de Phillips, *Dançando no escuro*, uma triste história do ator Bert Williams, na virada do século XX. Talentoso artista de pantomima das Índias Ocidentais que lia Goethe em seu tempo livre, Williams se apresentava em *blackface*, o que significava que, nascido na Índia Ocidental, se preparava para o trabalho esfregando rolha queimada na pele, já escura, exagerando o contorno dos lábios com brilho vermelho.

Criar esse rosto de *minstrel** parece "assustador para nós hoje", diz Phillips, pegando leve. Mas, no começo dos anos 1900, Williams fez fortuna com isso. Ele se apresentou na Broadway muito antes de os brancos correrem para o Harlem. Na verdade, era o membro mais bem-pago do Ziegfeld Follies.

A natureza faustiana dessa barganha intrigava Phillips, que escrevera sobre raça e identidade durante toda a sua carreira. "Quanto mais eu lia a respeito dele, mais pensava cá com os meus botões, o que diabos ele estava pensando?" Phillips dá um gole na limonada e se encolhe. "Quero dizer, o que faria alguém ir contra a natureza — e continuar a representar e a adotar a zombaria dessa imagem?"

Algumas das respostas podem ser encontradas em *Dançando no escuro*, o romance sobre a vida de Williams que se desenrola em três atos, cada qual uma novela. A primeira seção descreve a jornada de Williams até o palco. A segunda apresenta sua ascensão à fama, a fraqueza pela bebida, o casamento sem sexo e os problemas que se

---

* *Minstrels*: grupos de atores e comediantes caracterizados de negros e cantando músicas de origem negra, muito populares no começo do século XX. (N.T.)

desenvolveram com seu coadjuvante afro-americano, George Walker. Na seção final, Williams tem uma breve e solitária subida ao topo, um estranho para todos, inclusive para ele mesmo.

Phillips começou sua carreira literária como dramaturgo, de modo que os ritmos e as formas da vida no palco vêm naturalmente para ele. O truque era inverter o arco tradicional do romance na direção do autoconhecimento. "Eu queria que parecesse que ele estava desaparecendo", diz Phillips.

Então, à medida que progride, *Dançando no escuro* nos dá cada vez menos acesso à vida interior de Williams. No fim, estamos literalmente na plateia, olhando para a máscara adotada por ele.

Phillips não quer que o leitor absorva esse espetáculo e julgue Williams, mas que crie uma empatia com ele. "A tragédia não é apenas a realidade da situação na época. A tragédia é quando alguém como Williams assume parte da responsabilidade [desse compromisso] sozinho."

Como Williams deixou tão poucos registros escritos de seus verdadeiros pensamentos — sua autobiografia teve um *ghostwriter* e só um dos filmes sobrevive —, Phillips teve de estudar a persona externa de Williams por frestas. Encontrou muito poucas.

"Conversei com uma mulher que tinha representado com ele", conta Phillips. Mas não havia nada ali. "Ela disse que ele sempre foi um cavalheiro e que não falava muito."

A anedota mais reveladora que Phillips descobriu já é bastante conhecida. Depois de uma apresentação, Williams entrou num bar perto de Baltimore, na companhia de W. C. Fields, e pediu bebidas. Serviram a bebida de Fields; o barman, relutante em servir um negro, disse a Williams que o gim dele custava 50 dólares.

"Williams puxou 500 dólares e botou sobre a mesa. Ele disse ao barman: 'Tudo bem. Pode me trazer dez.'"

Vale a pena fazer uma comparação entre seu comportamento e o estilo de vida das estrelas de hip-hop de hoje. MCs, como Jay-Z ou 50 Cent, fazem milhões vendendo álbuns, principalmente para americanos brancos, desde que se mantenham cantando a vida de gângsteres, violência e confusão.

"Há um imperativo comercial no rap", diz Phillips, mergulhando num prato de macarrão. "Mas não é muito diferente daquela época. Só que agora dão a você um papel de *minstrel* contemporâneo vulgar e violento para representar — essa é a imagem dominante dos homens negros na nossa era —, e os brancos dizem que esse comportamento vai lhe dar mais credibilidade."

Phillips não é o único escritor nos Estados Unidos a fazer essa conexão com o passado. Stanley Crouch, o expansivo crítico de jazz afro-americano, fez o mesmo, argumentando que os negros deram um passo atrás desde que os personagens do jazz dos anos 1920 e 1930 ofuscaram os programas de *minstrels*.

"O problema é que as convenções do rock'n'roll, as convenções da rebelião foram projetadas como a identidade do jazz", disse Crouch em uma entrevista recente. "Em outras palavras, as pessoas não sabem que Duke Ellington e todos aqueles camaradas se vestiam muito bem, falavam perfeitamente e tocavam toda aquela música maravilhosa, que eles estavam todos se rebelando contra as imagens dos *minstrels* que agora nos dominam outra vez sob a forma de vídeos de gângster rap."

Enquanto Crouch chega a isso de dentro da vida americana, Phillips faz o mesmo como alguém de fora.

Depois de ter nascido no Caribe, Phillips se mudou para a Inglaterra e cresceu lá, lendo pouca literatura produzida por escritores negros.

Desde que chegou à idade adulta, ele aprendeu como proteger e explorar sua identidade ao mesmo tempo: viajando na vida e através dos livros.

Foi numa viagem aos Estados Unidos, durante os anos 1970, que ele descobriu a obra de Ralph Ellison e Richard Wright. Seus relatos da dor de ser negro nos Estados Unidos calaram fundo. "Se eu ia continuar a morar no Reino Unido", escreveu uma vez, "como eu iria conciliar a contradição de me sentir britânico, ao mesmo tempo que era constantemente lembrado... de que eu não fazia parte do lugar?"

Pouco depois de sua formatura, ele se mudou para Edimburgo, onde morou enquanto escrevia peças e roteiros para a BBC — que, lembra ele, estava transmitindo um programa de *minstrels* já nos anos 1970. No começo dos anos 1980, Phillips voltou a St. Kitts pela primeira vez e saiu da experiência com um romance, *A State of Independence*, que refaz a jornada de um casal do Caribe para Londres, em busca de uma vida melhor.

Embora alguns escritores tivessem adotado Londres, nesse ponto Phillips se esquivou. Então, ao receber um adiantamento pelo primeiro romance, ele partiu para a viagem mais longa que já fizera até então. Durante quase um ano, perambulou, foi ao Marrocos, à Espanha, aos Estados Unidos. O resultado foi *The European Tribe*, uma reflexão não ficcional sobre o tribalismo que definia a vida na Europa na época. As observações de Phillips são tão atuais agora quanto eram naquele período.

Nos vinte anos seguintes, Phillips produziu mais seis obras de ficção (inclusive *A travessia do rio*, finalista do Booker Prize, e *Uma margem distante*, ganhador do Commonwealth Writer's Prize), dois volumes de críticas, duas antologias, *The Atlantic Sound*, outra reflexão sobre viagens e sobre não ter raízes, e o roteiro de cinema para a adaptação de Ismail Merchant de *The Mystic Masseur*, de V. S. Naipaul.

Quase todos esses projetos envolveram viagem, de um ou outro tipo, o que fez de Phillips um paxá em milhas. Ele calcula que pelo menos cem dias por ano está viajando. Uma de suas maiores viagens futuras envolve levar alunos do Bard College, de Nova York, onde ele ensinou há pouco tempo, a Gana, onde vão conhecer escritores e artistas locais, e, mais importante, aprender uma ou duas coisas a respeito da negritude.

Pode-se detectar uma dose de simpatia na voz dele, talvez um aceno ao compromisso de Williams, ao pôr os alunos em seu lugar. "Eles aprendem mais durante uma semana do que pensando a respeito de identidade o semestre inteiro."

Outubro de 2005

Wole Soyinka

WOLE SOYINKA *nasceu numa família ioruba em Abeokuta, na Nigéria, em 1934. Tem sido participante ativo da narração e dramatização da história nigeriana. Foi educado no Government College, em Ibadan, e depois na Universidade de Leeds, na Inglaterra, onde começou a escrever contos de ficção e artigos sobre literatura. Migrou para o teatro, e em 1958 sua principal peça,* The Swamp Dwellers, *foi montada. A obra teatral de Soyinka combina tradições ioruba e herança teatral europeia e tem natureza ao mesmo tempo alegórica e política. Ele voltou à Nigéria no começo da década de 1960, comprou um Land Rover barato e começou a viajar pelo país, pesquisando estilos e práticas do teatro africano. Sua viagem e a prisão posterior, quando a guerra se abateu sobre a Nigéria, aprofundaram seu comprometimento com a paz e produziram a primeira de uma série de memórias clássicas,* The Man Died: Prison Notes. *Soyinka deu aulas, palestras e fez grandes viagens. Em 1986, ganhou o Prêmio Nobel de Literatura. É um intermediário frequente no duelo entre governos e elementos extremistas dentro da Nigéria, que discordam do modo como não se distribuem os lucros das reservas de petróleo. Soyinka também escreve poesia, ensaios e, muito ocasionalmente, ficção.*

Como o primeiro da África a ser laureado com o Prêmio Nobel de literatura, o dramaturgo nigeriano Wole Soyinka vive certa dicotomia. Ele viajou o mundo dando conferências e visitou muitas sedes de governo, convidado para falar sobre crises humanitárias. Mas ele se tornou uma voz tão emblemática que é difícil perceber o tamanho do sacrifício necessário para se chegar a essa sabedoria.

"Há momentos em que eu ressinto o que sou impelido a fazer", disse Soinka recentemente, "quando o que eu estava fazendo era interrompido por mais outra crise, outra série inaceitável de eventos, contradições na sociedade a respeito das quais eu acho que devo falar. Fico imaginando por que minha vida tem sido assim".

Suas novas memórias, *You Must Set Forth at Dawn*, são crônicas sobre quão incessantemente Soyinka tem defendido a democracia, pondo sua vida em risco nesse processo. Ele foi detido inúmeras vezes, posto na prisão e expulso do país sob ameaça de morte. E mesmo assim continua falando.

"Há pessoas na geração dos meus pais que se fiaram em Wole Soyinka para contar o mais próximo da verdade a respeito da política na Nigéria durante a ditadura de Babangida e Abacha", escreveu a romancista Helen Oyeyemi, de Cambridge. Como resultado, diz ela, "eu conhecia o nome de Soyinka muito antes de ler alguma coisa dele". Esse livro revela como pode ter acontecido isso.

Parece que o único período de trabalho sólido, ininterrupto, de Soyinka foi quando escreveu peças na Inglaterra, no fim da década de 1950 e início da de 1960. Depois disso, à medida que a Nigéria passava por uma convulsão depois da outra, ele foi envolvido em negociações entre grupos rivais, depois obrigado a entrar na clandestinidade e mandado para uma conferência na Suécia, já em meados de 1960. Essa vida peripatética explica o título do livro. "*Viajante*", escreveu Soyinka em um poema, ao voltar para a Nigéria no começo dos anos 1960, "*você tem de partir/ de madrugada/ eu prometo maravilhas da hora santa*". [Traveller, you must set forth/ at dawn / I promise marvels of the holy hour.]

Da Nova Zelândia a Los Angeles, da Suécia a todos os pontos da África: só os chefes de Estado viajam tanto quanto Soyinka. O circuito de palestras e eventos acadêmicos tem sido seu ponto de repouso durante o caminho. "É por isso que me tornei tão comprometido com o parlamento internacional de escritores", disse Soyinka. "Eles ultrapassaram o ponto em que eram apenas um refúgio de intelectuais criativos, que pensam do mesmo modo, e reconheceram o fato de que esse produto, a literatura, sustém uma sociedade — vem de seres humanos reais. Algumas vezes, seres humanos torturados."

Soyinka conheceu essas condições. Seu primeiro contato com a lei foi em 1965, quando ele e alguns colegas tomaram, com o uso de armas, uma estação de rádio no momento em que seriam lidos os resultados adulterados de uma eleição. "Acho que isso é consequência de uma contínua falta de consideração", disse ele sobre a ação. "Me refiro à brutalidade direta sobre o povo. Me refiro ao empobrecimento."

Soyinka evitou a prisão na época, mas não dois anos mais tarde. Em 1967, a polícia nigeriana o acusou de ajudar rebeldes a comprar caças de combate. Ele ficou preso por dois anos, grande parte deles em confinamento solitário. *The Man Died: Prison Notes* descreve sua luta nesse período.

Os dramas políticos consumiram grande parte de sua energia, o trabalho de ativista passou à frente de sua obra literária. Por fim, Soyinka resolveu que a jornada que estava fazendo para dentro da Nigéria tinha de ser feita para fora. Ele saiu do país em 1971 e voltou em 1975, saiu novamente nos anos 1990, viajando pelo mundo para "elaborar o tecido da comunidade nigeriana", disse ele — e para aumentar a conscientização.

Essa obra foi eficaz e o fez ganhar o respeito de muitos escritores nigerianos no exílio. "Sempre admirei Wole Soyinka", disse-me a romancista Chimamanda Ngozi Adichie. "Há uma feroz integridade em torno de sua imagem pública que admiro, uma qualidade que não parecemos ter em abundância na Nigéria."

Desse modo — através de sua escrita e de seu ativismo — Soyinka acabou se tornando uma das figuras mitológicas que existem em suas peças. *You Must Set Forth at Dawn* pode alimentar essa lenda — descrevendo seus contatos não só com o perigo, mas também com o humor (por exemplo, como ele uma vez contrabandeou carne de caça para a Itália, para preparar uma refeição antes de uma peça).

Olhando para o livro, no entanto, Soyinka parece ligeiramente surpreso de que ele represente a aglutinação de quatro décadas de sua vida, e que uma parte tão grande dela tenha sido passada fora da Nigéria. "Nunca tive a intenção de ir embora", disse ele, e depois sorriu. "Eu estava apenas num ano sabático político."

Julho de 2007

Salman Rushdie

Poucos escritores tiveram sua obra e sua vida tão politizadas quanto SALMAN RUSHDIE. *Nascido em Bombaim em 1947, filho de uma professora e de um homem de negócios, ele saiu de casa cedo, para o colégio interno, e mais tarde estudou história no King's College, Cambridge. Depois da universidade, trabalhou como redator para Olgivy & Mather e Ayer Barker. Seu primeiro romance,* Grimus, *uma criativa história de ficção científica, foi publicado em 1975, mas foi o segundo,* Os filhos da meia-noite *(1981), que o lançou para a estratosfera da literatura mundial. O vasto e mágico livro conta a história da partição da Índia e da transição para a independência. Ganhou o Booker Prize em 1981. Em 1988, a publicação de seu quarto romance,* Versos satânicos, *recebeu atenção internacional quando o aiatolá Khomeini, na época líder espiritual do Irã, proclamou uma* fatwa, *exigindo a execução de Rushdie pelos insultos que o livro teria lançado ao Islã. Com a cabeça a prêmio, Rushdie foi obrigado a se esconder. O livro inspirou manifestações em que muitas pessoas morreram, o tradutor de Rushdie para o japonês foi assassinado, seu tradutor para o italiano foi espancado e esfaqueado. Rushdie acabou se mudando para Nova York, onde, como Thomas Pynchon provou, é possível esconder-se à plena vista. Durante o período da* fatwa *e depois, Rushdie tem publicado prolificamente — contos (*Oriente, Ocidente, *1994), ensaios (inclusive* Imaginary Homelands, *1991), diversos romances, e, em 2012, suas memórias do período da* fatwa, Joseph Anton. *Ele também tem criticado abertamente os perigos da religião militante. Em 2004, tornou-se presidente da PEN americana, organização literária dedicada ao discurso livre. Foi nesse período que conversei com ele.*

Há dois meses, num auditório de luz âmbar no meio de Greenwich Village, em Nova York, um grupo de escritores mundialmente conhecidos se reuniu para debater como a literatura pode ajudar a moldar a Europa depois do comunismo. O sempre candidato ao Nobel Cees Nooteboom chegou da Holanda pela Espanha, enquanto o romancista russo Andrei Makine representava sua pátria de adoção, a França. A plateia murmurante de leitores era composta de nova-iorquinos — podiam ser de qualquer lugar.

Uma demonstração de que o mundo mudou é que a figura literária mais luminosa na sala — a mais intimamente ligada aos perigos e prazeres da sociedade global — deslizou para a última fileira e assistiu a tudo sem ser identificado. O nome dele é Salman Rushdie.

Já não mais usando a longa barba característica, quase profética, de repente há um enorme rosto a ser visto. Desapareceram também outros acessórios de seu anonimato: os óculos escuros e o boné de beisebol. Portanto, em pessoa, ele parece menor e de alguma forma diminuído.

Embora ainda viaje numa esteira de sussurros, já faz muitos anos desde que o romancista nascido em Bombaim viveu sob a *fatwa* imposta pelo aiatolá Khomeini. Em 1989, Khomeini, então chefe da República Fundamentalista Islâmica do Irã, condenou Rushdie à morte. Khomeini acusou Rushdie de blasfemar contra o Islã no livro *Versos satânicos.* A obra agora já quase pode ser definida como um romance, em vez de ser mencionada como *aquele* romance. E Rushdie pode outra vez entrar e sair de restaurantes pela porta da frente.

Mesmo assim, Rushdie é um ícone poderoso — um tipo de símbolo duradouro da liberdade —, uma forma de capital a que ele recorreu como presidente da organização literária PEN, a fim de atrair centenas de escritores e críticos do mundo inteiro para o Festival Internacional de Literatura em Nova York, uma semana de leituras e debates sobre literatura e ideias do mundo todo. O evento termina com uma festa oferecida pelo ícone da moda Diane von Furstenberg.

"Estou orgulhoso da forma como tudo se deu", diz Rushdie na véspera da viagem para uma palestra em New Haven, onde falará, entre outras coisas, sobre secularismo e nacionalismo, a importância da livre expressão e sobre a vida de escritor. "É uma coisa que eu quis muito fazer: acentuar o aspecto internacional da literatura e permitir que as pessoas em Nova York vejam os melhores escritores do mundo."

Como Rushdie observou em um artigo recente para o *New York Times Book Review*, a percentagem de literatura que entra nos Estados Unidos vinda de outros países é lamentavelmente baixa. O último festival PEN foi realizado em Nova York há vinte anos. Convocado por Norman Mailer durante o governo Reagan, o festival reuniu, no auge da Guerra Fria, autores do mundo todo. Entre os participantes estavam o poeta palestino Mahmoud Darwish, o autor nicaraguense Omar Cabezas, que era sandinista, e escritores americanos que iam de Kurt Vonnegut a Susan Sontag.

O festival deste ano também trouxe escritores de todas as partes do globo, inclusive alguns que ainda não foram traduzidos para o inglês. O evento teve um enorme sucesso, com lotação esgotada para o público — mesmo quando os escritores eram tão obscuros quanto o alemão Patrick Roth, cuja obra não está disponível nos Estados Unidos, embora ele more em Los Angeles.

Para Rushdie, o entusiasmo dessa recepção mostra como os americanos estão ansiosos por ler coisas de fora de seu próprio quintal, algo que o consola muito.

"A falta de tradução significa que os americanos não têm uma oportunidade de descobrir o que há de melhor, mas quando você traz as coisas até eles, são muito, muito receptivos", diz.

Como o festival PEN também revelou, agora que Rushdie está livre, ele sai outra vez, com cautela, especialmente com a ajuda de sua quarta esposa, Padma Lakshmi, modelo e embaixadora do Fundo para o Desenvolvimento das Mulheres da ONU que tem também um programa de culinária na televisão. Os dois se casaram no ano passado e logo se tornaram figuras fáceis no cenário social de Nova York.

Padma Lakshmi recentemente acrescentou mais material ao caldeirão de fofocas de Nova York ao revelar que muitas vezes comparava seus sapatos aos livros do marido, e explicou: "Quando ele diz: 'Por que você precisa de mais sapatos?', eu respondo, 'Por que você precisa de mais livros? Meus sapatos são a mesma coisa que seus livros: fazem parte de quem você é'."

No ano passado, no entanto, as atenções profissionais de Rushdie focaram-se em seu papel como presidente da PEN, que envolve não apenas dar recepções de gala para levantar recursos, mas também entrar em questões legais. É só mencionar a tentativa do governo americano de proibir que a literatura seja importada para os Estados Unidos, e Rushdie imediatamente fica sério.

"A PEN vem lutando contra essa regulamentação há muito tempo", diz ele, e depois explica alguns detalhes. "O governo dos Estados Unidos agora começa a voltar atrás nisso. A questão é se o estrago já foi feito."

Parece um tanto irônico que Rushdie tenha sobrevivido a uma fase de perigo de vida, morando em trinta casas em nove anos, e acabar na "terra da liberdade" só para descobrir que tem de começar uma campanha pela liberdade outra vez.

Se há algum ressentimento, no entanto, ele não demonstra. Há mais de cinco anos, Rushdie tem morado parte do tempo em Nova York, e não está disposto a mudar o hábito. Agora, pelo menos, ele pode jogar pingue-pongue com seu colega de escrita, o autor Jonathan Safran Foer, sem antes cumprimentar os fotógrafos do lado de fora. Não fosse pelos ocasionais relatos publicados por sua mulher, que se refere a ele como S e descreve sessões de cinema com Lou Reed, seu paradeiro poderia ser inteiramente desconhecido.

Quanto à sua própria fama, ele diz: "A única coisa boa, no momento, é conseguir mesas em restaurantes."

Há cordialidade, humor e intimidade em suas maneiras. Demora um pouco para você perceber que já ouviu aquilo antes, só que em seus romances. Neles, assim como pessoalmente, Rushdie fala com uma facilidade fascinante.

Com sua agenda maluca de compromissos sociais, é difícil imaginar Rushdie sentado quieto em sua escrivaninha durante tempo suficiente para produzir uma nova obra. Mas, durante os últimos cinco anos, ele publicou um romance (*Fúria*), uma coletânea de ensaios (*Cruze esta linha*), uma adaptação para o teatro de seu romance premiado com o Booker Prize, *Os filhos da meia-noite*, e dezenas de artigos, principalmente para a imprensa de Nova York. Sua escrivaninha não se tornou sua amante? "Não, não, nem um pouco amante", diz Rushdie, rindo, "mas uma esposa. E rabugenta".

Na verdade, ele conseguia passar bastante tempo em sua escrivaninha até o evento da PEN, e isso será confirmado quando *Shalimar, o equilibrista,* seu último romance, for publicado. Com quatrocentas páginas, representa um retorno triunfal. De fato, Rushdie está de volta.

Começando em Los Angeles, em 1991, o livro abre com a estocada fatal de um ex-embaixador da Índia por seu motorista da Caxemira. Conforme o livro avança, sabemos que o homem, que chama a si mesmo Shalimar, o equilibrista, não é um lacaio subserviente e silencioso, mas um antigo herói de guerra que havia tramado a ação com uma paciência de arrepiar. À medida que nos aprofundamos na história, descobrimos que o assassinato não é apenas político, mas pessoal.

Como *Versos satânicos* e *Os filhos da meia-noite*, *Shalimar, o equilibrista* evolui para uma enorme narrativa multifacetada, que conta não apenas as histórias dos quatro personagens principais, mas traça um panorama da época em que vivem: uma época de hipérbole e derramamento de sangue, assassinatos e fundamentalismo. Rushdie se inspira na mitologia indiana, na falsidade de Los Angeles, na cultura hindu e nos limites da língua inglesa para captar isso tudo.

Rushdie nunca se sentiu preso ou confinado — em parte porque sua estrutura de referências como romancista é muito ampla. "Tenho sorte, como escritor, por ter acesso a várias tradições, e não apenas dentro da cultura ocidental, da alta ou baixa cultura. Lembre-se, sou filho da geração dos anos 1960 — eu tinha 21 anos em 1968 —, e sou também uma pessoa apaixonada pela linguagem do cinema, de modo que isso tudo, música, filmes, está todo ao meu redor; não é uma coisa que tenho de buscar."

Nesse sentido, Rushdie não parece diferente dos romancistas americanos de antigamente, de John dos Passos a Hart Crane, que tinham uma ânsia quase jornalística de espremer todas as paisagens e sons dos Estados Unidos em seus romances. Pergunto-lhe se ele encontra isso enquanto caminha pelas ruas de Nova York. Rushdie pondera, depois se recusa a levar para o campo pessoal.

"Se um romancista é esperto, ele ou ela irá perceber que o romance não é uma forma de torre de marfim. É uma forma que necessita acompanhar aquilo que as pessoas estão fazendo, o que realmente passa por suas cabeças — como elas pensam e sentem —, e, se você não vê isso, não há como escrever a respeito. Quanto mais ousado você for ao ampliar seu campo de experiência, mais rico você ficará. Uma das coisas que eu realmente gosto em Nova York é que há muita coisa acontecendo."

E ele vai continuar a gostar disso, mas terá de fazer uma escolha no caminho. Agora que Rushdie e Padma Lakshmi estão casados, ele terá a opção de obter dupla cidadania. Mas é possível que Rushdie não o faça. "Meu passaporte britânico me leva pelo mundo todo sem problemas", diz ele. "Se você é como eu e cresceu com um passaporte indiano, que faz com que fique difícil ou impossível ir a alguns lugares, você dá valor ao que tem."

Além disso, ele também está começando a pesquisa para um novo romance e passou a sentir aquela atração pelas águas mais profundas. "Estou tentando desenvolver uma ideia para um romance que já tenho há algum tempo", diz ele numa explosão de sinceridade. "Seria um romance histórico, no qual eu imagino uma conexão entre o império milenar da Índia e Roma. Eu criaria um embaixador imaginário, que botaria a Índia e a Florença maquiavélica em rota de colisão."

É uma conexão fantasiosa, um esqueleto perfeito sobre o qual pendurar os arabescos de trama e intriga com os quais Rushdie adora brincar, mesmo que permaneça um romancista "literário". "Uma das coisas que aconteceram na esteira do Modernismo é que surgiu uma ficção mais popular, que conta histórias muito envolventes, mas sem outras qualidades", diz Rushdie. "E há o chamado romance literário, que tem todas essas outras virtudes, mas não conta uma história."

Em última análise, a história sempre foi a paixão que move esse autor, seja nas mágicas narrativas literárias, seja quando fala em sua defesa e na defesa dos outros; sua principal preocupação tem sido criar vozes e fazer com que elas sejam ouvidas.

Até com sua nova sensação de liberdade, Salman Rushdie não perdeu nada do espírito da luta.

Junho de 2005

Jim Crace

JIM CRACE *é um dos romancistas de língua inglesa com maior alcance, além de ser um dos mais rigorosos. Seus livros vão de uma recriação do jejum de quarenta dias de Cristo no deserto (*Quarentena, *1997) a uma história passada no Neolítico (*The Gift of Stones, *1988), e a uma impactante exploração do significado da vida política (*All That Follows, *2010). Crace nasceu em Hertfordshire, em 1946, e se formou em inglês no Birmingham College of Commerce. Em 1968 viajou ao Sudão com uma agência de voluntários e, de meados dos anos 1970 até meados dos anos 1980, ganhou a vida como jornalista freelance para periódicos britânicos.*

Não importa onde sejam encenados, seus romances e contos têm uma simplicidade bíblica e tiram sua força da dignidade e da graça com que exploram a natureza fundamental do que significa ser humano.

Conheci Crace em Birmingham, onde ele mora, por ocasião do lançamento de seu décimo primeiro livro, The Pesthouse *(2007), que imagina os Estados Unidos depois de um terrível apocalipse.*

No fundo, Jim Crace é tão alegre quanto qualquer pessoa. Mas ele tem um jeito estranho de demonstrar isso. Seu romance de 1999, *Being Dead*, começa com a morte por trauma brutal de dois dos personagens principais. Outros textos descrevem paisagens assoladas pelo vento, fome, até a devastadora jornada de Cristo pelo deserto.

Sentado no jardim ensolarado de sua casa em Birmingham, na Inglaterra, o finalista do Man Booker Prize insiste que esses locais e temas não revelam um espírito sombrio. É simplesmente onde ele encontra esse tipo particular de otimismo, estimulante e contraditório.

"Eu estava num cemitério outro dia", diz Crace, com um grande sorriso se espalhando pelo rosto, "e vi uma sepultura com uma lápide que dizia 'Não se preocupe, eu apenas fui para outro aposento'. Essa é uma visão otimista da morte, mas é falsa. Você pode ver um certo consolo ali, mas o otimismo não vale nada. Em *Being Dead*, eu olhei para a morte sem hesitar... Encontrar uma história otimista *nisso* é encontrar um otimismo que vale a pena. É otimismo sólido".

Crace acumula mais uma colheita de sua vigorosa semente no nono livro, *The Pesthouse*. Ele se passa no sudeste americano, num futuro distante, e pode ser o maior desafio até agora para seus leitores. Nele, o autor imagina uma América de onde as pessoas fogem em busca de uma vida melhor. Peste, anarquia, fome — as grandes pragas da África e do Oriente Médio no século XX — tornaram-se agora os problemas desse país.

Grace se autodenomina um seguidor de causas, e seu envolvimento político vem desde o desarmamento nuclear; ele também se vê como alguém que nutre uma relação de amor e ódio pelos Estados Unidos. Ele admite que há um certo preço político a pagar por todas essas mudanças bruscas na ordem mundial.

Embora se sinta desconfortável com o que vê como um domínio global americano, escrever o romance logo o obrigou a ir além desse ponto de vista. "Foi daí que tirei toda a graça, ao remover o sonho americano", diz ele, "só para que o livro me obrigasse a colocá-lo de volta".

Abril de 2007

Marilynne Robinson

MARILYNNE ROBINSON *nasceu em 1943 em Sandpoint, Idaho, cidadezinha às margens do maior lago do estado, rodeado por três cadeias de montanhas. A textura desse mundo é belamente evocada no livro de estreia de Marilynne,* Housekeeping, *de 1980, que eleva momentos de crise familiar a uma arte sublime e serena. Criada como presbiteriana, e com doutorado na Universidade de Washington, ela é capaz de se valer de tradições de fé e narrativa em igual medida e permanece uma das raras e convincentes defensoras da importância da vida espiritual na literatura. Como americana do Oeste, a reverência lhe vem com naturalidade. O segundo romance de Marilynne, ganhador do Prêmio Pulitzer,* Gilead *(2004), conta a história de um pregador congregacionista, e o terceiro, que ganhou o Orange Prize,* Em casa *(2008), seguiu a história de sua prole. Marilynne tem publicado ensaios de não ficção desde o começo dos anos 1980, e esta entrevista foi realizada na casa dela, em Iowa City, na época do lançamento de seu quarto livro de ensaios,* When I Was a Child I Read Books *(2012), uma série de reflexões sobre fé, democracia e compaixão.*

O ensino e a escrita de Marilynne Robinson, inclusive os romances — *Housekeeping, Gilead* e *Em casa* —, têm sido cruciais para uma geração de escritores. Agora, ela gostaria de fazer algumas correções, para registro.

"Uma das coisas que me ajudam a focar em algumas questões é pensar, ao deparar com algo, que aquilo 'não pode estar certo'", diz a romancista, de 68 anos.

Sentada num sofá, vestida inteiramente de preto, à frente de uma mesa com pilhas de livros, papéis e dois laptops, Marilynne parece um detetive intelectual mergulhado num caso.

Ela já esteve assim antes. Em sua coletânea seminal de ensaios de 1998, *The Death or Adam*, Marilynne desmantelou mal-entendidos que têm sufocado os ensinamentos de Calvino.

Mas a coisa a respeito da qual Marilynne agora se preocupa, sobre a qual talvez esteja sendo mal-interpretada, não é um texto ou uma ideia, mas os próprios Estados Unidos. Por Estados Unidos ela quer dizer a democracia, e por democracia se refere à fé e ao respeito no poder da comunidade.

Nossa "cultura está mais ofensiva, sob determinados aspectos, do que em muito, muito tempo", diz ela. "As prisões que são geridas para dar lucro, e daí por diante — você tem de voltar ao século XVIII para encontrar isso."

Marilynne deve saber. Durante quatro décadas, assim como sua vida de romancista, ela tem sido americanista, procurando antigos documentos para escutar a história que a própria nação conta: quem está incluído, quem foi deixado de fora.

When I Was a Child I Read Books é o resultado de algumas de suas mais recentes incursões nesse território. Os ensaios analisam a crise financeira global, o papel que Moisés teve no pensamento político americano, sua própria infância em Idaho e a ideia de que a generosidade é essencial para a vida em comunidade.

Para uma escritora conhecida pelo intervalo de 24 anos entre o primeiro e segundo romances, Robinson ultimamente tem sido prolífica. Esse é seu segundo livro de ensaios em três anos. Nessa área, ela é rigorosa, rígida, numa reversão à época em que Ralph Waldo

Emerson, William Cullen Bryant e outros falavam para salas apinhadas.

Como Emerson e, mais recentemente, Barry Lopez, ela alega que a alma é parte essencial da vida intelectual. "Do jeito como uso a palavra alma, acho que estou descrevendo o que acredito ser a experiência mais profunda de um indivíduo a respeito dele mesmo", diz ela.

Em vez de dividir os cidadãos, Robinson acredita que essa experiência da individualidade — meditativa, espiritual — pode cultivar a compaixão entre nós.

"Quem poderá discutir se fazemos parte e somos uma parcela do universo? Não viemos de nenhum outro lugar", diz ela, praticamente citando Walt Whitman. Ela credita à sua infância rural nos anos 1940 o incentivo ao hábito da solidão. E através da solidão ela aprendeu a prestar atenção.

Frequentou o Pembroke College, a antiga faculdade para mulheres da Universidade Brown, quando, escreve ela nesses ensaios, uma mulher era instruída para atender melhor o marido.

O clima acadêmico mudou ao longo desses cinquenta anos, mas Robinson ainda acredita que as mulheres devem fazer-se ouvir: "Durante minha vida como professora, as mulheres estiveram muito caladas. Eu mesma sou calada. Não acho que eu tenha dito três palavras durante toda a pós-graduação."

Isso não impediu que ela se tornasse professora, tarefa que ela chama de "um compromisso muito antigo, muito lindo, entre as pessoas".

Deu aulas no Iowa Writer's Workshop durante mais de 25 anos. Seus ex-alunos são um verdadeiro quem-é-quem dos jovens escritores: de Nathan Englander a Justin Torres e Chinelo Okparanta.

O trabalho com eles tem sido rigoroso e longo, mas ela jamais o trocaria por qualquer romance com seu nome.

"Aprendi muito sobre a escrita ao ouvir meus alunos falarem", diz ela. "É sensibilizador. Faz com que você se lembre de coisas realmente importantes. Provavelmente tenho escrito menos, mas escrevo melhor."

Gilead ganhou o Pulitzer de 2005. *Em casa*, que retoma as histórias dos personagens de *Gilead*, recebeu o Orange Prize de 2009 para ficção. Se esses romances são guiados por um sentimento particular de propósito e curiosidade, os ensinamentos dela — e o comprometimento contínuo com a United Church of Christ — alimentaram o senso mais amplo de objetivo cívico.

Nesse verão, ela vai levar essa ação para a estrada, dando palestras primeiro na Universidade de Oxford, depois na Grécia. "Depois de eu fazer essa palestra em Atenas, eles querem que eu converse com os alunos — é uma ótima ideia. Me sinto como Platão."

Maio de 2012

Edmundo Paz Soldán

O romancista e contista boliviano EDMUNDO PAZ SOLDÁN *está para o romance na América Latina como David Mitchell para o Reino Unido, ou Rana Dasgupta para a Índia: um tecelão de tradições, uma encruzilhada entre culturas e um escritor com tremendo potencial de evolução. Ele nasceu na Bolívia, começou a escrever de verdade na adolescência, mudou-se para os Estados Unidos, para cursar a universidade — completou o doutorado em línguas e literatura hispânicas na Universidade da Califórnia em Berkeley —, e continua intermitentemente no país, mas ainda escrevendo em espanhol. Seu primeiro livro,* Las máscaras de la nada, *uma coletânea de contos, foi publicado em 1990, seguido de perto por uma dezena de outras coletâneas, romances e antologias da produção literária latino-americana. Eu o conheci na Universidade Cornell, onde ele dá aulas. Seu último romance,* O delírio de Turing *(2006), acaba de ser publicado em inglês.*

Cinco anos atrás, Edmundo Paz Soldán era muito pouco cético quanto à globalização. Na verdade, a queda de barreiras dos mercados internacionais, especialmente no campo do capital intelectual, o havia ajudado. Paz Soldán mudou-se para os Estados Unidos em 1988, vindo de Cochabamba, na Bolívia, com uma bolsa de estudos, e em cinco anos havia terminado o mestrado em línguas hispânicas. Em dez anos, o robusto boliviano era professor da Universidade Cornell, a mesma instituição da Ivy League onde Vladimir Nabokov trabalhou, no final dos anos 1940 e começo dos 1950.

Mas foi então que as coisas começaram a ir mais devagar. Paz Soldán logo se viu numa posição similar à do romancista nascido na Rússia. "As pessoas costumavam me perguntar", lembra ele, sentado num restaurante vietnamita em Ithaca, Nova York, "'Quando vou poder ler seus romances? Você é mesmo escritor?'" Depois de quase duas décadas publicando, nenhuma de suas obras de ficção fora traduzida para o inglês. Em particular, ele se justificava pelo fato de viver afastado. Afinal, era publicado em espanhol pela prestigiosa Alfaguara e é constantemente requisitado como colunista e jornalista na Bolívia e no Chile.

Em maio de 2000 ele voltou à Bolívia. "Uma companhia de águas transnacional chamada Bechtel tinha comprado os direitos sobre as águas", diz Paz Soldán. "Houve aquelas manifestações que deixaram dez ou doze pessoas mortas." Como resultado do caos, a Bechtel foi obrigada a sair do país — vitória, disseram alguns a princípio, do movimento antiglobalização, mas foi uma vitória ambígua. "Agora Cochabamba ainda luta pela água", diz Paz Soldán. "Os bairros mais pobres não têm água boa."

Na época, Paz Soldán estava trabalhando num curto romance abstrato sobre a batalha entre uma pessoa que elaborava códigos e outra que os quebrava. Era borgiano, nabokoviano, até. "Quando cheguei em casa, no entanto, percebi que era disso que eu precisava", diz ele, "daquele cenário: globalização, essa resistência às empresas transnacionais". A combinação se mostrou explosiva, e o romance resultante disso, *O delírio de Turing*, fez com que Paz Soldán ganhasse o Prêmio Nacional de Romance na Bolívia, e o lançou, por fim, numa tradução para o inglês.

Passado em Rio Fugitivo, a cidade fictícia boliviana no centro dos romances anteriores de Paz Soldán, a história trata de um grupo de ativistas antiglobalização que ataca o governo e a GlobaLux, multinacional que assumiu o controle da rede elétrica da cidade. Sua arma: um vírus de computador.

O herói — ou quase — é Miguel Saenz, criptoanalista de uma agência de espionagem do governo chamada Black Chamber. No passado a quebra de códigos por Saenz tinha salvado o país de radicais e golpes de Estado, conferindo-lhe o apelido de Turing, em homenagem ao famoso especialista em códigos Alan Turing. Saenz sabe que essa nova erupção de crimes cibernéticos apresenta a oportunidade de reaver sua glória anterior, para provar que os computadores não o tornaram obsoleto.

A tecnologia sempre desempenhou grande papel na ficção de Paz Soldán. Há uma década, ele se envolveu no Movimento Literário McOndo, batizado em homenagem à cidade fictícia onde se passam os romances de Gabriel García Márquez.

Composto por escritores do Chile, da Argentina e do Peru, o grupo rejeitou o realismo mágico e o essencialismo rural em favor de uma abordagem mais contemporânea da narrativa. "Nos anos 1980, a América Latina se tornou menos rural e mais urbana", disse Paz Soldán ao *Boston Globe*. "Quatro das maiores cidades do mundo — Cidade do México, São Paulo, Rio de Janeiro e Buenos Aires — estão na América Latina."

Inicialmente, Paz Soldán recebeu críticas pesadas por essa mudança em seus contos e romances. "Não faz muito tempo, 15 anos atrás, havia muito pouca ficção urbana", diz ele. "A maior parte dos romancistas bolivianos sentia essa obrigação de mostrar o estado da Bolívia, da Bolívia rural. Quando comecei a publicar, no início dos anos 1980, lembro dos críticos dizendo: 'Esses são contos, mas onde está a Bolívia? Onde estão os maias?'"

Já que ele morou nos Estados Unidos, os críticos de Paz Soldán poderiam também alegar que estava fora de sintonia. "Entrei nessa onda de culpa, como se eu não fosse um bom boliviano." Então ele criou essa cidade fictícia, Rio Fugitivo. "Foi muito liberador", conta Paz Soldán. "Mas me lembro de um amigo falar que ainda estava muito perto de Cochabamba. Ele disse: 'Você precisa ter uma praça com uma estátua de Bob Dylan.' Assim, em *La materia del deseo*, há uma estátua de Bob Dylan. Agora ninguém mais pode falar nada a respeito de exatidão."

Mas o mundo real não foi inteiramente deixado para trás, especialmente em *O delírio de Turing*. A GlobaLux apresenta semelhanças evidentes com a Bechtel, e os personagens do romance passam zunindo com seus celulares Motorola e Ericsson. "Todas essas marcas têm inúmeras conotações em um país como a Bolívia", diz Paz Soldán. "É um país muito pobre, com ilhas de modernidade. Meus amigos têm TV por satélite, iPods, Nokias. Eles têm tanto medo de parecer atrasados que exageram."

De Ithaca, Paz Soldán vai continuar a pensar sobre essas questões — mas não vai dar as soluções em sua ficção. "Esse romance é sobre política, mas não é um romance político", diz ele. "Acho que há uma diferença."

Agosto de 2006

Orhan Pamuk

ORHAN PAMUK *é um romancista turco, além de memorialista e professor de composição, em cuja obra uma visão da cidade sob a ótica infantil se mescla a um relato profundamente sofisticado da história turca, aos mitos otomanos e a uma textura detetivesca, influências que ele absorveu como um menino achegado aos livros, que cresceu na residência da família de um comerciante cuja fortuna estava em declínio, em Istambul — experiências que são descritas em seu romance* O livro negro *(1990) e em suas memórias,* Istambul: memória e cidade *(2004). Depois de desistir do sonho de ser pintor, ele foi estudar arquitetura, mas abandonou-a também e começou a escrever. Formou-se no Instituto de Jornalismo da Universidade de Istambul em 1976 e ganhou um prêmio com seu primeiro romance, em 1979.* Cevdet Bey and His Sons, *que permanece sem tradução, é como uma* Montanha mágica *turca, contando a história de três gerações de uma família rica em Istambul. Com o tempo, os romances de Pamuk se tornaram mais complexos.* Silent House, *que foi publicado pela primeira vez em 1983, mas só traduzido para o inglês em 2012, tem o ritmo rápido de uma telenovela turca. Em* O castelo branco, *por meio de uma narrativa principal sobre um historiador que aparecera anteriormente em* Silent House, *ele começa a perscrutar a história turca. E, com* Meu nome é vermelho *(2001), ele a disseca, partindo de uma nota de rodapé sobre um miniaturista dentro do Império Otomano para criar uma narrativa grandiosa, abrangente, sobre a tensão entre o Oriente e o Ocidente, e o desejo secular e religioso de transcendência que existe nos seres humanos.*

Conversei com Pamuk na Universidade Columbia em 2010, pouco depois de ele publicar O museu da inocência, *um longo romance sobre um homem rico apaixonado por uma mulher mais pobre, que tem de satisfazer seu desejo por ela colecionando objetos que lhe são relacionados. Em 2012, Pamuk abriu um museu em Istambul, baseado naquele que descreveu no livro.*

Ao caminhar até aqui, passei por uma festa de casamento, que me pareceu um prelúdio muito adequado à nossa conversa, já que o romance que você acaba de publicar, O museu da inocência, *é uma grande história de amor que se estende por três décadas, uma história de amor entre um homem e uma mulher, mas também entre um homem e um lugar: Istambul. Imaginei se você poderia falar só um pouco a respeito de Istambul nos anos 1970, que é o ponto de partida do livro, e onde iniciamos esta longa e maravilhosa jornada.*

Não quero, por um lado, ser deliberadamente autoconsciente ao representar Istambul. Eu sempre chamo atenção para o fato de que, afinal, sou um autor mais focado nos seres humanos. Mas encontro humanidade em Istambul, de modo que, indiretamente, sou, sim, um escritor que decididamente também escreve muito sobre Istambul.

Além disso, argumentei em *Istambul*, meu livro autobiográfico anterior sobre a cidade, que é também a história da minha vida até os 24 anos, que, se você mora numa cidade por muito tempo, ela se transforma numa espécie de índice das emoções que ali se vive. Uma fonte numa praça, ou um edifício, nos lembra de tempos felizes, de fases enlouquecidas, de épocas de desesperança ou daquelas em que estivemos apaixonados. Escrevi que, para os que pertencem a uma cidade, ela ganha profundidade e significado por meio de memórias, ao passo que, para os de fora, ela é algo mais exótico, alguma coisa para se observar a distância.

Mas aqui, evidentemente, os meus personagens estão apaixonados e o amor é conturbado, tem um aspecto melancólico, e eu também acho que a arte do romance funciona melhor se — *se!* — o escritor encontra uma espécie de objeto correlacionado para retratar os sentimentos de seus personagens. No fim, a tristeza do amor melancólico, a tristeza do amor dos meus personagens, está representada na paisagem da cidade. Mas isso não é acidental, porque eu tinha essa sensação de melancolia associada, especialmente durante a minha infância em Istambul. Assim, o que escrevi sobre Istambul no meu livro autobiográfico está mais elaborado, e assinalado com maior precisão e em maior escala, nesse romance, *O museu da inocência.*

Kemal, o seu personagem principal, se vê preso entre duas mulheres: uma prima muito mais jovem, Füsun, e uma mulher mais próxima do seu grupo, chamada Sibel. O que o impede de fazer a escolha que o seu coração quer fazer?

Medo da tradição. Sua pergunta é muito relevante e vai diretamente ao coração desse romance; num nível mais profundo, o livro trata de pertencer a uma sociedade, adotando seus rituais, não importa o quanto sejam idiotas, quão rasos, quão sem sentido. Meu personagem Kemal é, penso eu, um típico burguês da classe alta de Istambul, no sentido de que ele só segue os rituais para pertencer à sociedade, em vez de pensar logicamente que são necessários.

Há um desejo de pertencer — ou, na verdade, de não entrar em conflitos com a comunidade — que a maior parte das pessoas apresenta em sociedades opressoras. O primeiro instinto que se tem não é ser racional ou seguir o seu próprio humor ou a sua raiva, mas simplesmente fazer o que todos fazem. Na Turquia, em 1975, ninguém desmanchava um noivado porque se apaixonara por outra pessoa. E essa não é apenas a tradição turca: eu diria que a tradição de pertencer a uma comunidade está presente na história da humanidade. A modernidade é crer na sua própria individualidade e julgar o mundo inteiro por meio dessa postura pré-moderna, quer você esteja se apresentando como um burguês de classe alta ocidentalizado, ou como uma pessoa simples, sem instrução. A pré-modernidade está, de fato, seguindo o ditame de que, só porque você pertence a uma comunidade, tudo mais vai se resolver por conta própria.

E *O museu da inocência*, no fundo, trata fundamentalmente da questão de pertencer ou não a uma comunidade; seguir seu amor ou, como eu fiz na minha vida, seguir seu desejo de ser escritor, ou seguir seus métodos artísticos, ou simplesmente juntar-se aos outros. No fim, o amor é um pequeno instrumento ou uma desculpa para polarizar essas duas posturas no romance. Acho que sua pergunta enfatiza, para mim, o fato de que, no fundo, esse é um romance que trata do amor, que tenta entender seus diversos aspectos, argumentando que todos nós sentimos mais ou menos a mesma coisa.

A maneira como elaboramos as emoções do nosso coração, os nossos desejos, está firmemente enraizada na história, na cultura. Infelizmente é assim.

Sua vida sofreu uma mudança dramática nos últimos cinco anos: você ganhou o Prêmio Nobel; foi processado de acordo com a Lei 301 do código turco; e declarou, em outras entrevistas, que o seu método de trabalho é, em alguns casos, perambular pelas cidades — neste caso, Istambul — e absorver a inspiração, quando ela aparece. Eu imagino que esse método de trabalho tenha sido um pouco perturbado nos últimos quatro ou cinco anos. Você encontrou um jeito de continuar a trabalhar em meio a isso tudo?

Na verdade, sobrevivi facilmente a esses cinco anos — ou com maior facilidade, talvez — porque estava escrevendo esse romance. Se eu começo a trabalhar às sete da manhã, e se escrevo durante cinco horas e acrescento uma ou duas páginas e meia ao romance, o resto do dia fica mais fácil para mim. A ideia de que é preciso ter uma vida pacata para se dedicar a escrever um romance é tão verdadeira para mim quanto para outros romancistas. Por outro lado, tenho o hábito de conseguir escrever em períodos difíceis. Escrever me ajuda a sobrepujar as dificuldades da vida, sejam elas uma pressão política, um problema pessoal ou econômico — seja lá o que for. Escrever e estar afastado das imagens jornalísticas do dia a dia sempre me fazem prosseguir. De fato, foi por isso que me tornei romancista: uma pessoa que, embora mostre a realidade, está, em parte, vivendo na fantasia. Acho que o desejo de escrever romances é também um forte paralelo de estar afastado do presente, embora o romance possa mostrar elementos conflitantes dele.

O romance Neve*, em particular, está muito mais situado no mundo presente. Não tem o tipo de paralelo fantástico e os desvios de* O livro negro *ou* Meu nome é vermelho*, e de alguns de seus trabalhos iniciais. Imagino se alguma coisa mudou no seu pensamento como artista da primeira década deste novo século, porque esses romances parecem muito diferentes de tudo o que você escreveu antes.*

Boa pergunta. Eu só posso responder isso: quando estava escrevendo meus romances anteriores, *O castelo branco*, ou mesmo os primeiros, durante os anos em que anunciei à minha família e aos meus amigos que não iria mais seguir os estudos de arquitetura e pintura, que eu seria um romancista, todos disseram: "Como! Você tem 24 anos... Você não pode escrever romances nesse estágio... O que você sabe sobre a vida?" Naquela época, eu sempre ficava muito zangado com essas pessoas, dizendo: "Romances não tratam da vida, tratam de literatura!", e argumentava que eu adoro o meu Borges, adoro o meu Calvino, adoro o meu Kafka. Essas pessoas *nada* sabem de literatura, por isso é que estão falando isso, eu dizia a mim mesmo. Ora, 35 ou 40 anos mais tarde, eu ironicamente digo a mim e àquelas mesmas pessoas — as que estão vivas: "Bem, talvez vocês tivessem razão em dizer o que disseram quando eu tinha 25 anos. Romances tratam da *vida*, claro, e agora eu já vivi o suficiente."

Nesse sentido, *O museu da inocência* trata das coisas que vi em Istambul, entre 1975 — naquela época, como assinalo no livro, eu tinha 23 anos — e as décadas seguintes. Esse livro é cheio de imagens, experiências, pequenos detalhes, rituais sociais, convenções, vidas, casamentos, clubes, bares, cinemas, jornais...

... e refrigerantes.

É, até mesmo refrigerantes... da Istambul que eu vi, e foi uma grande alegria escrever e dar formato a tudo isso.

Janeiro de 2010

Amitav Ghosh

AMITAV GHOSH *nasceu em Calcutá em 1956 e estudou em Déli e Oxford, onde obteve um doutorado em antropologia social cuja pesquisa desencadeou o início de uma vida de viagens. Os romances de Ghosh, lançados a partir de 1986, refletem uma mente cosmopolita e inquiridora, capaz de recriar o tumulto da história em narrativas humanas tão diversas quanto atuais.* O cromossomo Calcutá *(1995) é um suspense sobre medicina;* Maré voraz *(2005) evoca um biólogo marinho na baía de Bengala. Na época em que o conheci, Ghosh estava apenas começando a Trilogia Ibis, que definiria sua carreira, a respeito da impetuosa mistura de etnias e interesses mercantis na Ásia no século XIX, começando logo antes das Guerras do Ópio. A não ficção de Ghosh vai de narrativas de viagens (*Dancing in Cambodia, At Large in Burma, *1998) a etnografia (*In an Antique Land, *1992) e ensaios polêmicos (*Incendiary Circumstances, *2006), que usam as brechas nos textos de história para questionar as suposições sob as quais a cultura opera. Ghosh, que é casado com a biógrafa Deborah Baker, divide seu tempo entre o Brooklyn e Goa.*

Para um homem que passou grande parte da vida encarapitado em cima de um ônibus caindo aos pedaços, sacolejando por interestaduais e empacado nas filas de segurança dos aeroportos, saindo da Índia a caminho dos Estados Unidos, e depois de volta, Amitav Ghosh é estranhamente indiferente ao conceito de chegada. "Não acredito que isso exista", diz o romancista de cabelos prateados, em Nova York, um dos vários lugares que ele atualmente chama de "casa". "Não acredito que as pessoas jamais cheguem. E essa coisa que chamamos de identidade não é nada. É um processo de transformação."

Ghosh sabe do que fala — um mero olhar sobre a história geográfica do romancista de 51 anos pode provocar *jet lag* em qualquer um.

De Calcutá para Déli, de Oxford para Túnis, Ghosh chegou ao Egito, onde fez doutorado em antropologia, mas alega que esse foi simplesmente um modo de botar o pé na estrada. "Eu só queria viajar", diz ele, com sua brandura típica, enquanto toma uma xícara de chá num hotel de Manhattan. "Como um terceiro-mundista, você viajava como estudante ou como operário; não existia a rota do mochileiro, já que ninguém lhe daria um visto." Isso já não é mais problema para Ghosh. Seus livros abriram caminho pelo mundo, permitindo que ele viaje em seu rastro. Desde 1986, ele publicou 11 obras de ficção e não ficção, começando com a ambiciosa estreia, *The Circle of Reason*, que lhe rendeu grandes elogios de Toni Morrison.

Todos os seus livros exploram questões de migração, e muitos revelam um choque de culturas. Mas nenhum deles faz isso de modo tão dramático quanto o novo romance, *Mar de papoulas*, uma aventura marítima sobre uma tripulação heterogênea de hindus, americanos, britânicos e asiáticos que acabam navegando a bordo de um antigo navio negreiro chamado *Ibis,* em direção ao núcleo da primeira Guerra do Ópio, entre comerciantes britânicos e a China. O livro é o primeiro de uma trilogia a respeito desses personagens e dos recantos sombrios da história imperial. Vai também, diz Ghosh, levá-lo até o fim de sua carreira.

"Ao terminar de escrever *O palácio de espelho*, me senti completamente arrasado", diz ele. "O que me interessa é o que acontece quando as pessoas criam pontos de ligação entre culturas, como isso vai adiante e se perpetua de geração a geração. Agora tenho uma história em que finalmente posso discutir isso."

De fato, a tripulação que acaba no *Ibis* transforma o tombadilho do navio numa espécie de Ellis Island na água. Entre eles há uma mulher indiana, que fugiu da pira mortuária do marido, plantador de papoula, vendendo-se como serva por contrato, e um americano negro de Baltimore, passando-se por branco. O dono do navio vem de Liverpool, mas apostou sua sorte ao introduzir ópio, à força se necessário, na China. Enquanto suas cartas e petições são encaminhadas para a Inglaterra, ele faz um bico, enviando "mão de obra cule" para as ilhas Maurício.

Ghosh diz que o que nós pensamos como globalização e livre comércio foi inventado em triângulos comerciais como esse e que nos esquecemos das raízes da riqueza do Império Britânico. "Quando as pessoas falam de livre comércio e da maravilha do capitalismo, tudo foi basicamente fundado no mercado livre do ópio no século XIX", exclama ele. "As pessoas pensam na era vitoriana como um tempo de afetação e civilidade. Eles estavam conduzindo a maior operação de comércio de drogas que o mundo já viu."

A voz de Ghosh muitas vezes sobe um tom quando ele fala, mas nunca fica estridente, e nunca está longe de uma risada — possivelmente pelo fato de haver tantas ironias históricas no período sobre o qual está escrevendo. Muitos dos comerciantes que empreendiam uma guerra de ópio contra a China eram, observa Ghosh, também cristãos. "No diário de um comerciante de ópio há essa frase maravilhosa", diz ele, rindo. "Tão ocupado vendendo ópio que não pude ler a Bíblia hoje."

Do mesmo modo que Kiran Desai, ganhadora do Booker, Ghosh sempre confronta as ramificações políticas de seus temas: quem migra e por quê? Quem mais lucra com esse movimento? Que instintos nacionais são reforçados por uma guerra? Os três livros de não ficção que ele escreveu enfrentam essas questões, especialmente *Countdown*, o livro de 1999 sobre testes nucleares.

Ao fazer a pesquisa para *Mar de papoulas*, Ghosh percebeu como de repente o conceito de raça se tornou um fator importante no mar. "Esse período em particular, por volta da década de 1820 até a de 1830, foi a era de um incrível recrudescimento da divisão racial", diz ele. "Antes disso, houve uma enorme população negra trabalhando em navios. Depois dos anos 1830, no entanto, tornou-se quase impossível para eles trabalharem nesse ramo."

Ao ler os relatos de viagem dos marinheiros, ele deparou com histórias de negros espancados, outros jogados pela amurada (junto com brancos, também). E, no entanto, também encontrou histórias sobre o poder do humor em meio às situações grotescas que as pessoas eram obrigadas a viver nessa época. "Há alguns relatos de mulheres que embarcavam como trabalhadoras temporárias, e uma das coisas que sempre dizem é que as pessoas que viajavam com elas tinham uma incrível capacidade de rir", conta Ghosh. "Sempre que dava, subiam ao tombadilho e tocavam música; se não tivessem instrumentos, eles os fabricavam."

Dado seu interesse por eventos distantes e pela história mundial, não surpreende que a incursão de Ghosh na ficção dependa pesadamente de pesquisas. Como jornalista, ele fez diversas viagens à Birmânia, onde conheceu líderes rebeldes e sobreviveu a uma emboscada montada pelo governo birmanês. Outras viagens o levaram ao Camboja, ao Sri Lanka e mais além, e tudo acabou incluído em seus romances. Ao ser apresentado a uma lista ainda mais extensa de temas que ele cobriu, Ghosh ri e alega que só escreve sobre o que lhe interessa. Mas a verdade é que foi bom aluno.

O pai de Ghosh era diplomata, o que significa que a família se mudava com frequência, e ele foi mandado para o colégio interno quando tinha 11 anos. "A Índia é muito regional, mas esse era um tipo de colégio pan-indiano", esclarece. "Todos estavam se reinventando, coletiva e individualmente, e acho que a experiência teve um ótimo efeito sobre mim." O mais óbvio, para Ghosh, foi que permitiu — incentivou — que ele se mudasse e migrasse, coisa difícil até para um rapaz que vinha de uma família do serviço diplomático. "O significado, para um americano ou inglês, de viajar ou se mudar para o exterior é muito diferente do significado para um indiano", diz ele, referindo-se ao controle da sociedade indiana, e o que ele considera seu conservadorismo inerente. "Tenho uma admiração incrível pelas pessoas que fizeram isso no século XIX. Conheço o sistema das tradições, porque estão dentro de mim e sei como foi custoso sair dele."

O fato de começar sua própria família tornou isso oficial. Depois da publicação de seu primeiro romance, Ghosh se mudou de Déli para os Estados Unidos, onde conheceu sua mulher, a biógrafa Deborah Baker, que escrevera um livro sobre o poeta Robert Bly, a escritora Laura Riding, e os beats na Índia. Eles têm dois filhos, Leela e Nayan, que estudaram no Brooklyn e em Massachusetts, respectivamente, o que explica por que Ghosh se mudou para o Brooklyn, pelo menos por oito meses ao ano. "Combinamos que algumas vezes minha mulher está aqui com minha filha; algumas vezes sou eu; algumas vezes ela está na Índia sem mim — algumas vezes, não."

Como muitos indianos, diz ele, já se acostumou com esse jogo de equilíbrio.

Mas escrever a Trilogia Ibis é um lembrete constante das migrações sem travesseiros ou mesinhas dobráveis, passaportes ou mesmo identidade, quando tudo era jogado pela amurada, por assim dizer, em favor de algo novo e desconhecido. "Há uma força incrível no que contam", diz Ghosh, a respeito das pessoas que se arriscavam nessas viagens. É uma história que ele está determinado a contar.

Julho de 2008

Ayu Utami

Oficialmente, ninguém pratica sexo na Indonésia. Pelo menos alguns membros do Parlamento gostariam que fosse assim. Desde 2004, um grupo minoritário no governo desse país muçulmano tenta aprovar uma proibição antipornografia multando casais em 29 mil dólares por se beijar em público. Uma dona de casa com a saia muito curta pode acabar com uma colossal multa de 11 mil dólares.

"A lei não tem praticamente nada a ver com pornografia", diz a romancista indonésia AYU UTAMI *numa viagem recente a Nova York. "Era só um modo de controlar o comportamento das pessoas." Nesse contexto, Ayu Utami se tornou, mais uma vez, romancista política.*

Em 1998, Utami publicou seu primeiro romance, Saman, *e lançou sozinha a literatura feminina na Indonésia. Lá, o gênero é chamado de* sastra wangi *("literatura perfumada"), porque suas outras praticantes, Djenar Maesa Ayu e Dewi Lestari, também são novas e atraentes. Desse bando de jovens, Ayu Utami é a mais literária.*

Saman *é contado de múltiplas perspectivas, com várias linhas de trama. Imagine* Enquanto agonizo *situado na Indonésia e arredores, e duas vezes mais exuberante. O protagonista do livro é um misterioso padre preso depois de acusações de comunismo. Quando solto, ele se torna ativista dos direitos humanos e amante de uma mulher sexualmente liberada.*

Por intermédio da personagem feminina, Utami apresenta uma visão caleidoscópica da vida contemporânea na Indonésia, do drama dos trabalhadores migrantes nas torres de petróleo à tensão entre cristãos e muçulmanos, e a presença da sensualidade e da sexualidade na vida dos cidadãos comuns.

Depois da cerimônia de encerramento do festival de 2006 do PEN em Nova York, a miúda autora de 37 anos sentou-se para uma cerveja num café em Chelsea. Ela falou livremente a respeito do motivo pelo qual sua consciência política impede que ela fique presa ao livro seguinte.

Você estava envolvida numa coisa chamada Aliança dos Jornalistas Independentes da Indonésia.

Comecei com alguns amigos, para protestar contra o fechamento de jornais. Isso foi nos anos 1990, quando eu ainda era jornalista, e o governo estava tentando impor a linha-dura sobre a mídia independente. Fizemos muitas coisas de que eles não gostaram. Havíamos meio que aposentado o movimento, mas aí surge essa lei antipornografia. Agora, em vez de trabalhar no meu livro seguinte, vejo-me outra vez levada para outro lado.

Recentemente entrevistei uma chinesa, autora de literatura feminina, chamada Wei Hui, e ela disse que Henry Miller teve uma enorme influência sobre ela. Você também foi influenciada por ele?

Eu gosto de alguma coisa da literatura americana, mas só tive acesso a ela quando era mais velha — quando você gosta ou não gosta de alguma coisa, mas não é moldada por ela. Acho que eu não era maleável, ou era velha demais para ser maleável.

Saman *vendeu 100 mil exemplares em Jacarta, o que faz de você o Dan Brown literário no país.*

Foi publicado no ano em que Suharto foi deposto, de modo que acho que havia uma atmosfera de esperança de progresso. Sua queda encerrou algumas coisas horríveis. Mas não considero o livro controverso. A maior parte das coisas a que o texto se refere é bíblica. Eu tinha medo demais de abordar diretamente algum tema muçulmano.

Mas há sexo no livro.

Bom, muito pouco. Não me interesso muito por escrever cenas de sexo. Mas sou interessada em sexualidade e como ela se desenrola na vida das pessoas de um país — o que ela significa. Não que eu seja contra sexo em livros, mas eu não queria excitar as pessoas, e sim fazê-las pensar, fazê-las celebrar a ideia da sexualidade. Não quero ser exótica a esse respeito, mas também não quero escrever literatura erótica.

De onde vem essa curiosidade?

Não sei. Eu venho de uma família muito conservadora — minha mãe é católica devota e meu pai também tem sua fé. Mas meus pais são muito abertos, no sentido de que conseguem aceitar que, se eu fizer alguma coisa, as consequências serão de minha responsabilidade, e ainda me amam incondicionalmente.

Eles ficaram chocados ao lerem Saman*? Há uma alusão a masturbação que eu imagino que faça um pai ou mãe se encolher.*

Na verdade, não. Você tem de lembrar, as pessoas na Indonésia podem falar abertamente de sexo, desde que não seja por um meio formal. Desde que não seja impresso. Se você caminhar por Jacarta, vai sentir a diferença entre o que é público e o que é privado. Oficialmente, nada de ruim acontece, mas todo mundo sabe que as pessoas se divorciam aos montes, vão a motéis, mas têm de manter uma aparência de retidão.

Você é casada?

Não sou casada, nem tenho filhos. Não que eu deteste o casamento. Não tenho traumas a esse respeito. Mas quero poder respeitar o fato de que as pessoas têm uma escolha, de que não é preciso ser casada. Isso não é tanto um problema aqui nos Estados Unidos, mas ainda é na Indonésia. Mesmo assim, cria uma questão sobre como devo chamar meu companheiro. Não posso chamá-lo de namorado [*boyfriend*] porque, decididamente, ele não é um menino.

Acho que pode chamar de amante?

É francês demais.

Eu sei, e dá a ideia de que deveria estar usando smoking.

Bom, vou continuar pensando. Por ora, ele vai continuar a ser meu companheiro.

Maio de 2006

Jonathan Franzen

JONATHAN FRANZEN *é o romancista mais popular dos Estados Unidos. Nascido em Illinois, em 1959, ele cresceu num subúrbio de St. Louis, pano de fundo de seu romance de estreia,* The Twenty-Seventh City *(1988). Franzen começou a escrevê-lo enquanto estudava no Swarthmore College, nos anos 1980. O romance seguinte,* Tremor *(1992), passado em Boston e trançando sismos familiares com terremotos reais, segue fortemente a veia dos romances de Don DeLillo sobre os sistemas — tanto culturais, como de capitais — que governam a vida americana. Os livros tiveram vendas modestas, mas boas críticas. Foi, no entanto, seu terceiro romance,* As correções *(2001), terminado depois de um longo período no qual o autor reconcebeu a importância do romance social, que colocou Franzen no mapa cultural dos Estados Unidos num grau que não era visto desde que John Updike chegou ao topo da lista de mais vendidos nos anos 1960. Uma mirada devastadora e cômica sobre as disfunções da vida familiar americana,* As correções *foi o único romance publicado logo antes dos ataques de 11 de Setembro que não acabou sendo engolido ou ultrapassado por eles. Foi escolhido por Oprah Winfrey para o seu clube do livro, mas essa parte do programa nunca foi ao ar por um desentendimento entre o autor e a apresentadora. E seguiu adiante, para ganhar o National Book Award. Franzen, além disso, também publicou diversas coletâneas de ensaios, incluindo* Farther Away *(2012) e* How to Be Alone *(2002), sendo que a última inclui "Perchance to Dream", um ensaio que ele escreveu para a* Harper's *em 1996. Nesse artigo, como Babe Ruth apontando para a cerca do meio do campo e depois fazendo um* home run, *Franzen expôs todas as coisas que ele acreditava que a ficção socialmente engajada podia fazer numa sociedade que a tinha abandonado.* As correções *une essas ideias numa história. Seu romance de 2010,* Liberdade, *terminado depois de um longo intervalo na ficção, também foi outro enorme sucesso comercial e alçou Franzen à capa da revista* Time *— a primeira vez em que um romancista apareceu na capa desde John Updike, em 1982.*

Jonathan Franzen tem o amor na cabeça. Está entre os temas recorrentes da sua terceira coletânea de ensaios, *Farther Away*, e, numa fria tarde de dezembro, na sua maneira peculiar, ele volta ao tema frequentemente, durante uma conversa em sua cozinha, em Manhattan.

"Eu costumava ter um medo mortal de vomitar", diz Franzen. "E logo que comecei a namorar a mulher com quem estou vivendo, ela voou até Nova York para me visitar. Ela veio duas vezes, e eu sabia que ela não poderia vir uma terceira vez, de modo que me ofereci para visitá-la na Califórnia."

Franzen tomou um avião para a Bay Area, ela o pegou no aeroporto e fizeram o longo percurso até sua casa.

"A estrada era realmente tortuosa e cheia de curvas, e é evidente que eu comecei a me sentir enjoado. Chegamos à casa dela, um chalé no alto, entre as sequoias, e no mesmo instante passei muito mal.

"Durante um dia inteiro eu fiquei na cama entre aquelas árvores, enjoado, e mesmo assim não me senti envergonhado ou algo parecido. Me senti muito seguro. E soube que estava apaixonado."

Sentado em sua cozinha extremamente arrumada, usando seus óculos característicos, com uma expressão de sincero espanto e, sim, de saudade, Franzen encolhe os ombros diante da estranheza dessa equação — o amor equivale a vomitar e continuar impassível.

"O que mais posso dizer, eu sou um tipo de cara dos anos 1970. Quer dizer, sou o tipo de pessoa que gosta de processo."

Franzen está se referindo, em parte, a crescer nos Estados Unidos numa época em que os modelos de processamento de informações dos computadores foram mapeados em metacognição. Nos tornamos as histórias que contamos a nosso próprio respeito.

Mas ele também está demonstrando como conseguiu dar um salto tão admirável como romancista: de autor de sucesso mediano, trabalhando à sombra de Don DeLillo em seus dois primeiros romances, *The Twenty-Seventh City* e *Tremor*, ele passou a ser o principal autor literário nos Estados Unidos.

Ele fez isso ao criar um elo com os leitores. "Quero ser sincero com os leitores, esse é o meu pacto com eles."

Então aqui temos, como ele escreve em *Farther Away*, "a poeira que o amor inevitavelmente joga no espelho de nosso autoapreço". Do mesmo modo que adoramos Larry David por nos deixar rir com seus excessos, adoramos Franzen por permitir que vejamos isso.

Demorou algum tempo para que a franqueza de Franzen fosse vista simultaneamente como um dispositivo de comédia e literatura.

Em meados dos anos 1990, quando ele escreveu sobre a ficção americana na *Harper's*, criticando-a por abandonar o compromisso social, ele era o estranho lúgubre. O depressivo. O rei dos nerds: correto no conceito, mas talvez consciente demais da sua correção.

Tudo isso mudou com *As correções*, que mostrou que ele era capaz de fazer mais do que apenas criticar do lado de fora.

O que tornou o livro tão poderoso foi uma visão sem retoques das sagradas crenças americanas: a família, nossa cultura consumista e o jeito como as duas se fundem na ideia de que podemos nos livrar dos erros da nossa criação, formando nossas próprias famílias. Família 2.0.

As correções esclarece a falácia dessa ideia com humor. Chip, o personagem principal, solteiro, preocupado com status, é excessivamente instruído e emocionalmente subdesenvolvido. Morando em Manhattan no auge do boom tecnológico, sem filhos e deslizando escada abaixo no mundo acadêmico, sua vida se tornou uma mentira após outra, contadas com o objetivo de manter a superioridade sobre as próprias raízes do Meio-Oeste.

A longa abertura, em que seus pais, Enid e Alfred, chegam da fictícia St. Jude para visitá-lo é um dos trechos mais engraçados já escritos na ficção americana. Ali estão todas as pressões de um estado consumista — a exigência frenética do status para fazer mais, melhor — se impondo sobre uma pessoa que internalizou as suas mensagens, ao mesmo tempo que as odeia.

Em um dos auges dessa parte, esperando impressionar seus pais com suas maduras habilidades cosmopolitas, Chip rouba um filé de salmão no Gourmet Garage, pressionando o peixe na virilha, onde provoca a sensação de uma "fralda fria, cheia".

Franzen, reconhecidamente, tentou escrever o romance no final dos anos 1990, mas não conseguiu, e o objeto desse fracasso se tornou um de seus melhores ensaios. Uma análise sobre o fracasso do romance social americano, a sociedade em si, e ele mesmo.

Antes ele teria dito que tinha raiva demais para escrever, mas agora, olhando para trás, acha que isso foi uma bênção. "Eu tive sorte de ter sentido aquela raiva, porque ela tende a gerar comédia, e eu estava, você sabe, eu estava... Eu estava transformando a raiva em um tipo cruel de comédia."

Há momentos de humor nos primeiros dois romances de Franzen, mas são sátiras e críticas sociais, sorrisos silenciosos em vez de gargalhadas. "Eu sempre quis ser um autor cômico", diz Franzen, "e isso é o que eu ainda quero ser".

Ele atingiu o sucesso por meio do fracasso. Durante o longo intervalo entre o segundo e o terceiro romances, um mar de mudanças aconteceu no mercado editorial americano. "Acho que fiz uma leitura de *The Twenty-Seventh City* quando foi lançado — era o principal título da Farrar, Straus and Giroux, e fiz só uma leitura — numa livraria. Para *Strong Motion*, fiz duas."

No fim dos anos 1990, no entanto, leituras em livrarias se tornaram muito populares. Ainda que Franzen não tivesse um livro novo, ele tinha "uma perene necessidade de coisas engraçadas para ler nesses eventos, que subitamente viriam a ser obrigatórios na cultura literária".

"Como as coisas estavam sendo escritas, trechos estavam sendo escritos para serem lidos em voz alta", acrescenta ele. "Eu os ouvia e começava a cortar frases, ah, muitas delas para garantir o timing do humor: 'Ok, aqui temos frases demais sem uma risada... Há algum problema aqui, preciso cortar, cortar alguma coisa.'"

"Nesse sentido, sim, eu acho que me tornei deliberadamente um autor cômico."

Há poucos anos, com o humor ainda beligerante, Franzen teria voltado atrás e imediatamente negado essa afirmação. Ele se tornou famoso, em entrevistas, por ser a pessoa que questionava as perguntas dos entrevistadores.

À medida que a claridade começa a diminuir em Manhattan, no entanto, Franzen dá a impressão de ser um homem muito mais suave, caloroso e engraçado do que é frequentemente retratado.

Começamos a falar sobre o timing na comédia, e Franzen me diz que, quando ele está na Califórnia, onde mora metade do ano com a escritora Kathy Chetkovich, ele ouve o "stand-up" Mitch Hedberg enquanto dirige.

"Ele morreu — overdose de heroína, eu acho. Mas ele era... Ele era muito engraçado. Tinha uma voz perfeita."

Franzen adota um registro de voz ultrabaixo e o imita.

"Por que eu desisti do tênis: nunca seria tão bom quanto uma parede."

"Joguei contra uma parede uma vez... Ela não cedia."

Ele continua durante algum tempo, depois ri tanto que não consegue falar. Assim que o riso diminui, Franzen dá uma guinada para falar sobre Kafka, que ele lê principalmente como um autor cômico.

"Ele leu o manuscrito inteiro de *Metamorfose* em voz alta, para os amigos, e eles ficaram, sabe, completamente sem fôlego, porque era muito engraçado. E é. É hilário!"

Há 25 anos na carreira de escritor, Franzen ainda escreve para desajustados. Escreve para as pessoas que vão achar engraçado um homem que se transformou num inseto.

"Há desajustados de todos os tamanhos, feitios, cores e faixas de renda", diz ele, como que para me lembrar de que ainda é um deles. "E uma das coisas animadoras para mim é a quantidade de cartas que recebo de leitores na adolescência e nos vinte e poucos anos, e outros tantos que eu vejo em leituras, sabe: ainda estamos, de algum modo, produzindo... desajustados."

A publicação de um romance de Franzen agora lhe dá a chance de se encontrar com todas essas pessoas. *As correções* foi um sucesso surpreendente de vendas, mas o lançamento de *Liberdade*, nove anos depois, mostrou que não tinha sido por acaso.

O livro foi instantaneamente para o número um da lista de mais vendidos do *New York Times*. Oprah Winfrey o escolheu para o clube do livro e, dessa vez, Franzen foi ao programa. Barack Obama foi visto carregando-o nas férias.

Isso é maravilhoso, se você torce para que a literatura esteja no centro da cultura americana, mas é também estranho, já que o romance tem tantas coisas sombrias a dizer do país e do culto à vida em família.

O livro, que conta a história da família Berglund e de sua desintegração diante de relacionamentos complexos, tem como alvo a ideia santificada da palavra em seu título. Ou seja: que o nosso conceito de liberdade irrestrita é profundamente corrosivo para as coisas que mantêm uma família unida, como o sacrifício e a fidelidade.

É um livro, primariamente, cheio de traições. O filho dos Berglund, Joey, dá as costas à sua educação liberal, enquanto seu pai, Walter, tenta negociar determinados valores em troca de poder em Washington.

Patty Berglund, a personagem mais angustiada e tridimensional de Franzen até agora, desiste do sonho de um amor irrestrito para ter uma família. Aos poucos, a pressão dessa perda cria fissuras em seu casamento.

Pergunto a Franzen por que o romance contém menos raiva que o seu predecessor, ainda que partilhe o mesmo tipo de humor áspero, e ele diz: "Tem a ver com me tornar menos irado; por algum motivo, todas as coisas que me enraiveciam a respeito do país me irritam menos agora."

Tento atrair Franzen para uma conversa sobre economia, sobre o consumo, tão robusto agora quanto na época do lançamento de *As correções*, sobre a persistência da tecnologia e de como ela talvez esteja ainda mais entranhada em nossas vidas, mas ele não morde a isca.

Conversamos brevemente a respeito de David Foster Wallace, seu amigo íntimo e concorrente, que se suicidou em 2008, mas isso dura pouco. Tudo o que Franzen queria dizer sobre ele falou no ensaio que intitula seu livro *Farther Away*.

Em vez disso, ele volta ao amor. Franzen tem pouco mais de metade de uma coletânea de contos, publicados anteriormente na *New Yorker*, todos narrando rompimentos, mas ele não acha que esse será o seu próximo livro.

"Eu simplesmente não tenho mais energia para escrever", diz ele, "para entrar naquele humor maldoso-engraçado necessário para fazê-los".

No entanto, ele está escrevendo. Normalmente, ele é discreto a respeito dessas coisas, mas, como uma pessoa apaixonada, não consegue se conter. "Estou meio que...", diz ele e, antes de falar mais e atrair má sorte, muda de direção, para explicar como é.

"Cheiros são mais potentes, eu entro no metrô e vou a algum lugar, e, para onde quer que eu vá, estou pensando nisso... Vejo as coisas mais claramente, as cores são mais vivas. Tudo o que parece estar quebrado na vida, em momentos como esses, parece mais completo.

"Eu tenho publicado por quase trinta anos, e os quatro anos que levei para escrever meus quatro romances estão..." — aqui ele faz uma pausa, silenciosamente incluindo a californiana com quem compartilha sua vida — "... entre os mais felizes da minha vida."

Jonathan Franzen feliz? Para aqueles que leram seus livros, essa é uma ideia tão kafkiana quanto um homem acordar e descobrir que se transformou num inseto. Mas, em vista das ideias de Franzen sobre sinceridade e amor, ela provavelmente irá levar a alguma coisa estranha e divertida.

Dezembro de 2012

Jeffrey Eugenides

JEFFREY EUGENIDES *nasceu em Detroit, em 1960, filho de um corretor hipotecário greco-americano e de mãe irlandesa-americana de Appalachia, e cresceu em Grosse-Point, Michigan, um dos subúrbios mais arborizados e ricos da cidade. Essa identidade entrelaçada — de estar tanto fora quanto dentro de uma cultura, como imigrante, e de estar dentro e fora de uma sociedade rica, como estrangeiro — perpassa os três romances de Eugenides, tão diferentes uns dos outros que pode parecer que foram escritos por três autores distintos. E foram, em certo sentido, dado o tempo decorrido entre eles.* As virgens suicidas *(1993) tece uma rápida e sombria fábula sobre um grupo de irmãs encantadoras que cometem suicídio. Por causa dele, Eugenides foi incluído na primeira seleção dos Melhores Jovens Escritores Norte-americanos da* Granta, *uma lista que incluía também Jonathan Franzen e Edwidge Danticat. Eugenides levou nove anos para terminar seu segundo romance,* Middlesex *(2002), uma saga familiar vista através da vida de Cal Stephanides, uma mulher criada como homem em circunstâncias bem parecidas com a de Eugenides (menos a identidade intersexual) — em Detroit, filha de uma segunda geração greco-americana. O primeiro livro de Eugenides era tenso e poético; já* Middlesex *é volumoso e clássico, um Grande Romance Americano, intenso, enquanto seu predecessor era mais suave. Conversei com Eugenides quando seu terceiro romance,* A trama do casamento *(2011), uma história adorável sobre amor e a arte de contar histórias, tinha acabado de ser lançado em brochura. Nos sentamos em frente a uma lareira, enquanto o cachorro de Eugenides farejava nossos pés.*

Jeffrey Eugenides tem uma ideia curiosa sobre como ser rebelde. Numa noite de segunda-feira recente e fria de rachar em Princeton, essa rebeldia consiste em tocar para mim jazz. Usando chinelos e um suéter de gola rulê, o romancista de olhar apurado, 52 anos, vencedor do Prêmio Pulitzer, sobe e desce as escadas na ponta dos pés para verificar se a filha está se aprontando para dormir. Agora ele remexe uma pilha de vinis em busca de algo de Dexter Gordon. Coloca o disco, e o saxofone soa macio e acolhedor, como o espesso copo de vidro lapidado de bourbon que Eugenides acaba de me servir.

Trinta anos atrás, quando ele cursava a Universidade Brown, sua ideia de rebelião era um pouco mais ascética. Era o início dos anos 1980, e, enquanto seus colegas de classe fumavam cigarros e aprendiam a desconstruir livros, ou o amor — qualquer tipo de ideia intimamente sentida, com exceção da ideia de que as ideias eram fingidas —, Eugenides fez algo radical. Adotou a religião. "Eu poderia ter sido um punk com um corte moicano, e isso teria sido normal. Mas ir a uma reunião quacre ou a uma missa católica, para ver como era, isso sim era algo estranho e rebelde."

Se você tivesse de caracterizar essa experiência de acordo com o espectro de variedades de William James, ela seria um pouco morna, mas era real. Suas leituras o levaram a explorar mais e, com o tempo, Eugenides acabou assumindo um compromisso sério. "Pensei que o fascínio não deveria ser meramente intelectual", ele lembra. "Será que posso me dedicar aos doentes e aos pobres em Calcutá, ou não sou essa pessoa? Não sei ainda, porque só tenho 20 anos, então deixe-me ver se consigo fazer isso. Eu queria me testar."

Eugenides trancou a matrícula por um ano na faculdade e, em janeiro de 1982, foi para a Índia. Chegou a Calcutá e falhou rapidamente no próprio teste, e de forma colossal. Ele não era nenhum santo, não chegava nem perto disso. O sofrimento o deixou relutante, e ele não era muito bom em matéria de abnegação. Mas a viagem e seu estímulo ficaram com ele. Durante vinte anos tentou escrever sobre ela e, finalmente, há poucos anos, ela encontrou um lugar em seu último romance, *A trama do casamento*, que é uma história a respeito da crise de fé — não apenas em Deus, mas nas ideias, nas pessoas, na narrativa — disfarçada em um romance sobre o amor, fantasiada de romance sobre a vida no campus nos anos 1980.

O livro começa com um triângulo amoroso. Madeleine Hanna, sua heroína, é uma moça bem-educada e nascida em Nova Jersey, que infelizmente está apaixonada e simultaneamente atraída e repelida pela mania da teoria do desconstrucionismo. Essas duas tendências se chocam quando ela lê *Fragmentos de um discurso amoroso*, de Roland Barthes, um livro que Eugenides se lembra ter sido uma amostra dos ideais de seus colegas de classe. "Você ficava muito desconfiado do amor", lembra Eugenides sobre seu efeito, e depois ri: "E, mesmo assim, no meio [da leitura] você muitas vezes ainda se apaixonava!"

O mesmo acontece com Madeleine. Ela se apaixona e desapaixona por Leonard Bankhead, um gênio alto, mentalmente instável, cuja experiência da fragilidade do próprio corpo lhe diz que não existem ideias nas quais valha a pena acreditar. Mitchell Grammaticus observa de perto, agoniado porque a mulher pela qual ele se apaixonara escolhera um companheiro tão arrogante, pouco confiável. A solução de Mitchell para o problema é sair do país e, como Eugenides, ir trabalhar para madre Teresa, em Calcutá.

Sentado num sofá em sua sala de estar, passados trinta anos de sua própria viagem, Eugenides é severo com seu eu mais jovem, o ascético novato que lê Thomas Merton. O rapaz que acreditava poder conquistar o desejo ao removê-lo da equação. E assim é para Mitchell no livro. "Surge a seguinte questão: se não ter desejo é um tipo de desejo", diz Eugenides. "Se mesmo a santidade é um tipo de cobiça. Certamente, temos muitas dificuldades por conta de todas as coisas que queremos."

Embora os Estados Unidos sejam um país profundamente religioso, o questionamento de Eugenides é, dentro de ambientes literários, um pouco incomum. Quase se poderia dizer, ultrapassado. Os ateus, de um modo geral, predominam, e os que não são ateus — Dave Eggers — não estão exatamente alardeando que vão à igreja.

"Acho estranho que isso não seja permitido", diz Eugenides, com uma leve irritação. "Com certeza muita gente ainda está interessada nessas questões. Elas não desapareceram inteiramente."

Eugenides foi batizado como grego ortodoxo, mas a religião não constituiu uma parte importante da sua infância. Ele nasceu em 1960, em Detroit, Michigan. Seu pai era a segunda geração de imigrantes gregos, um corretor de hipotecas cujo sucesso os levou de Detroit para Grosse Point. A mãe de Eugenides era uma irlandesa americana que cresceu "extremamente, extremamente pobre em Appalachia", diz Eugenides. Sua família, acrescenta, tinha vindo de Kentucky para Detroit para trabalhar na indústria automobilística. Desse modo, o tio de Eugenides era operário na manufatura de peças. "Ele estava sempre indo trabalhar numa fábrica e sendo despedido."

Detroit, na época, como agora, era uma cidade de muito ricos e muito pobres. Nos anos 1970, começou-se a procurar meios de acabar com a separação entre as classes. A cidade pensou em transportar crianças dos bairros mais ricos para as escolas municipais, e foi assim que Eugenides acabou indo para a University Liggett School, uma severa escola preparatória, cujo objetivo era incutir os valores elitistas dos Estados Unidos e preparar seus rebentos para uma futura educação no Leste e na Ivy League.

No final, Eugenides não estava sozinho em ser parcialmente adequado. Pais de todos os tipos de descendências tinham os mesmos temores — medos que Eugenides admite serem em parte racistas — de que seus filhos fossem para uma escola de bairros muito pobres. "Eu me adequei ao grupo que veio, porque nenhum de nós pertencia àquele lugar e éramos de várias etnias: filhos de italianos, filhos de gregos, filhos de árabe-americanos. Nós nos vestíamos de modo diferente e nossas famílias agiam de modo diferente, e eu adquiri um senso real da estrutura de classe nos Estados Unidos ao ir para aquela escola, e isso me fez querer assimilar um tipo de comportamento protestante, branco e de classe alta, que desde então quase desapareceu nos Estados Unidos."

A escola deu a ele outra coisa valiosa, além da capacidade de estar dentro e fora do sistema, o que lhe permitiu observar e tomar partido ao mesmo tempo. Ela lhe deu Catulo. Foi um poema de Catulo, um poema de amor, que fez Eugenides querer ser escritor. Ele escreveu poesia durante muitos anos. Quando foi para a Universidade Brown, ganhou até mesmo um prêmio de poesia. Meg Wolitzer, a romancista, ficou em segundo lugar. Mas, a essa altura, o seu interesse havia minguado. "Nunca pensei realmente em ser poeta depois daquela fase", diz Eugenides. O que realmente queria era ser romancista.

Demorou muito para descobrir como fazer isso. Não se tratava de botar palavras na página, mas de como fazê-lo com um sentido de importância e significado. Ele trouxera toda a seriedade e os altíssimos padrões de ser um santo para se tornar um escritor. Seu absolutismo estético estava afiado quando chegou a Stanford, onde Gilbert Sorrentino dava aulas. O escritor queria que seus alunos reinventassem a maneira de escrever uma história. "Ele detestava tudo na *New Yorker*, lembra Eugenides, "detestava quase tudo, estava cansado deles, estava cansado não porque fosse estúpido, mas por ser incrivelmente inteligente e conseguia ver exatamente o que os escritores estavam fazendo".

Eugenides acedeu, mas, num padrão que persistiu pela sua vida inteira de escritor, ele manteve as próprias ideias. Desse modo, podia escrever histórias que ironizavam o realismo, mas que não abriam mão inteiramente da trama ou do enredo. Foi essa abordagem que adotou para escrever seu primeiro romance, *As virgens suicidas*, que conta a história de seis irmãs, em Grosse Point, que se matam. O romance conta a história na primeira pessoa do plural, algo que nunca tinha sido feito com muito sucesso na literatura americana.

Mesmo assim, Eugenides não iria descartar a trama e o suspense. "No início, eu fazia com que uma delas morresse em cada capítulo", Eugenides recorda. "Isso se tornou muito previsível. Era horrível. Então percebi que devia fazer só uma morrer, depois ninguém mais. Mesmo que o leitor saiba o que aconteceu, ele vai chegando ao final do livro e pensa, como é que todas elas vão morrer?"

Em termos literários, *As virgens suicidas* teve um sucesso razoável. Vendeu bem em capa dura e começou a cair em brochura. Em 1996, Eugenides foi escolhido como um dos Melhores Jovens Escritores Norte-americanos da *Granta*. Entre os romancistas nessa lista estava outro escritor do Meio-Oeste que morava em Nova York, Jonathan Franzen. Do mesmo modo que Eugenides, ele estava trabalhando num romance e as coisas não andavam muito bem.

Durante partidas de tênis e encontros em lanchonetes, os dois se tornaram amigos. "Ele estava escrevendo o que veio a ser *As correções*, e vinha tendo dificuldades; eu escrevia *Middlesex* e passava por grandes dificuldades; ele estava jogando fora a maior parte do livro — teve de refazer tudo —, e eu passava por um processo semelhante."

A desilusão não vinha só do que não estava funcionando em seus romances, como também sobre o romance como forma. "Conversamos muito sobre se o romance tinha ou não tinha morrido", e ambos chegaram à descoberta espantosa para dois jovens romancistas que escreviam numa época em que David Foster Wallace era considerado uma estrela do rock: o romance do século XIX tinha alguma coisa especial.

Eugenides, é claro, não era totalmente ignorante da história da forma. Ele lera *Crime e castigo* quando adolescente e ficara hipnotizado. Mas levou muito tempo até que voltasse à época de uma maneira séria, voluntária. Ele já estava com vinte e tantos anos quando finalmente chegou a *Anna Karenina*, "e foi aí que o interruptor ligou", diz ele. Conversando com Franzen, trabalhando em *Middlesex*, ele descobriria um jeito de importar suas qualidades profundamente absorventes para o século XXI.

O germe para *A trama do casamento* nasceu dessa reversão. Madeleine está "exatamente na mesma situação que os romancistas de nossa época", explica Eugenides. Assim, quando dizem a ela que o amor está morto, que é uma reação química, "estão também nos dizendo que a narrativa é velha, que as histórias já foram contadas. Mesmo assim, a sedução da narrativa parece prevalecer sobre algumas dessas imposições intelectuais contrárias a ela".

Em outras palavras, o enredo e a trama, o envolvimento profundo com personagens que parecem reais, serão sempre algo importante. Eugenides demorou anos para descobrir como escrever *Middlesex*, o livro que surgiu dessa descoberta. Ele obteve uma bolsa na Alemanha e se mudou para Berlim com sua nova mulher, a escultora Karen Yamauchi, que o conhecera durante um período que parara de escrever. Quando a bolsa acabou, ficaram por lá. "Era barato e maravilhoso, e a cidade parecia ser a minha cidade."

Era algo surpreendente para um garoto de Detroit morar numa cidade europeia, não apenas porque o apartamento em que Eugenides e sua mulher viviam ficava, supostamente, no mesmo prédio em que David Bowie tinha passado algum tempo nos anos 1980. A história da cidade era tangível, seus trens funcionavam. As pessoas não iam embora. "Os europeus não conseguem abandonar suas cidades como nós, porque não têm espaço suficiente", observa agora Eugenides. "Eles não podem simplesmente sair de Rust Belt e ir para o Arizona, como nós. Eles têm de lidar com isso."

Parte desse pensamento certamente apareceu em *Middlesex*, que conta a história de Cal, uma criança intersexual que cresce, como Eugenides, de uma mistura de raças e confuso sobre o seu lugar em Detroit, nos anos 1960. Mas ele está também confuso sobre seu sexo. Estendendo-se da história dos pais e avós de Cal e da sua viagem da Ásia Menor até os Estados Unidos, e sua busca por uma operação, o livro é uma grandiosa história do século XIX.

Franzen teve seu momento com *As correções*. Publicado em 2001, recebeu o National Book Award e se tornou um sucesso colossal quando Oprah Winfrey o escolheu para seu clube do livro. Eugenides também rompeu barreiras com *Middlesex*. Lançado doze anos depois de *As virgens suicidas*, que a essa altura se tornara um tipo de livro "cult", *Middlesex* foi recebido com entusiasmo, boas vendas e o Prêmio Pulitzer. Oprah Winfrey o escolheu para seu clube do livro em 2007. Desde sua publicação, já vendeu mais de quatro milhões de exemplares nos Estados Unidos. Jeffrey Eugenides já não é mais um escritor "cult".

O vento aumentou do lado de fora, e Eugenides gostaria de fazer uma pausa para tocar outro disco para mim. Depois de colocá-lo na vitrola, ele atiça o fogo e vai até o bar para me oferecer uma cerveja. É um ambiente agradável, e Eugenides é um anfitrião generoso. Ele não se instala inteiramente até que eu esteja confortável e reforça que, se o tempo estiver muito ruim, eu posso ficar. Ele esfrega o focinho do cachorro com o pé calçado em chinelos. Toca um pouco mais de música. Não dá tanto a impressão de uma pessoa contente por ter companhia, mas sim de um homem que sabe como desfrutar o prazer.

Se o sucesso comercial de seus livros tornou a vida de Eugenides financeiramente um pouco mais fácil, não mudou sua vida como escritor. Seu perfeccionismo permaneceu, tornou-se ainda mais forte. "São páginas e páginas. É um banho de sangue", ele diz, e o humor se altera quando começa a falar sobre como é difícil escrever bem. "Eu jogo tanta coisa fora." Fica claro que Eugenides não quer ser taxado de lento, especialmente quando há outros — Franzen, notadamente, mas também Junot Díaz, Marilynne Robinson e Edward P. Jones — que não se apressam, algumas vezes levam até mais tempo do que ele. Mas ele não conhece outro modo de escrever.

"Nunca posso planejar meus romances. Então, tenho de viver a experiência do livro com os personagens enquanto o estou escrevendo. E só assim compreendo para onde as possibilidades da trama podem ir."

Neste exato momento, Eugenides está num interregno entre romances. Tem ideias, mas não sabe com qual se comprometer. Enquanto a minissérie de *Middlesex* entra e sai da gaveta de alguém na HBO, ele escreve o roteiro de *A trama do casamento*, que Scott Rudin — o produtor de *Foi apenas um sonho* e outras adaptações literárias — tem a opção, junto com o diretor Greg Mottola, conhecido por *Superbad*.

Enquanto isso, Eugenides está também reunindo uma coletânea de contos que vão abranger 25 anos de trabalho, desde seus dias experimentais até os contos recentes, "que tratam principalmente de camaradas suburbanos com deprimentes problemas de dinheiro", brinca Eugenides. Ele ainda tem mais alguns para escrever. A publicação deve ocorrer entre 2014 e 2015.

Não é de surpreender que, com esse tipo de vida, o maior obstáculo à escrita seja ser Jeffrey Eugenides. Não é só o fato de que escrever um conto é difícil, mas seu sucesso fez com que ele pudesse imaginar o livro já lançado. Ele consegue imaginar como será comercializado e vendido e, quando isso acontece, diz ele, o trabalho vai para o brejo.

Mas ele não se queixa. Ele sabe que sua vida e sua carreira poderiam ter tomado outra direção. "É um jogo de dados", diz ele. "Penso em todas as pessoas com quem fiz a pós-graduação e que eram realmente talentosas; não se ouve falar de muitas delas agora, e não sei o que aconteceu. É duro. Depende da sorte."

Agora, ele e Franzen estão no topo do grupo de romancistas dos Estados Unidos. É uma posição a que Eugenides não se prende, pois ele sabe que, eventualmente, haverá uma nova onda. Ele consegue até, de alguma maneira, vê-la surgir. "De vez em quando há uma festa literária e eu vejo uns camaradas me olhando, camaradas que eu costumava ser, e tenho certeza de que estão no mesmo processo e no mesmo estágio, ambiciosos e faladores, mostrando seus trabalhos a amigos, e tenho certeza de que a coisa continua. O olhar que vejo nos olhos deles é o mesmo que imagino ter tido em 1992."

Fevereiro de 2013

Frank McCourt

A história da vida de FRANK MCCOURT *deveria dar esperanças aos que amadurecem tardiamente. Nascido no Brooklyn em 1930 e criado na pobreza, na Irlanda, durante a Depressão, ele trabalhou como professor em escolas de Nova York por quase quatro décadas. Ao se aposentar, começou a escrever a história de sua vida, publicada em 1996.* As cinzas de Angela *conta a infância de McCourt em Limerick, com um pai bêbado, muitas vezes ausente, e uma mãe em luta para manter a família viva. Publicado quando McCourt tinha 66 anos, as memórias ganharam o Prêmio Pulitzer e o National Book Critics Circle Award. Ele continuou e escreveu mais duas memórias* 'Tis *(1999), que segue a história de McCourt quando desembarca em Albany, Nova York, no início dos anos 1950, sem um tostão e sozinho, e* Teacher Man *(2005), relato caloroso, comovente, de sua carreira como professor. Eu entrevistei McCourt por ocasião da publicação desse livro. Ele morreu em 2009.*

Frank McCourt pode estar sorrindo, esses dias, mas a escuridão que vem de dentro não cessa. Depois de publicar dois livros de memória, best-sellers, a respeito de crescer pobre na Irlanda e mudar-se para os Estados Unidos, *As cinzas de Angela* e *'Tis*, ele publicou o terceiro. *Teacher Man* faz a crônica das décadas que passou ensinando em escolas de Nova York. "Uma vez fiz os alunos escreverem os obituários uns dos outros", diz o autor de 75 anos durante uma entrevista no escritório de sua editora em Manhattan. "Chamei isso de acerto de contas."

Ele explica. "Eles foram terríveis uns com os outros. Havia incêndios, saltos da janela e aterrissagens em grades de ferro. Para eles próprios, sempre arranjavam mortes suaves — deitados com pompa, rodeados pelas pessoas amadas."

São histórias como essas que tornam *Teacher Man* uma leitura tão incomum, uma vez que McCourt admite livremente que, como educador, inventava as coisas à medida que avançava. Ele deu ao ensino sua própria interpretação negra (e sombria). "Eu sabia que tinha de encontrar meu próprio jeito de ensinar", diz McCourt, hoje vestido em uma camisa social bem-passada e jeans, o sotaque irlandês ainda acentuado. "Eu certamente não poderia contar a eles sobre gramática, análise ou seja lá o que fosse."

Então, em vez disso, ele contava histórias. No primeiro dia de aula, na Ralph R. McKee Vocational and Technical High School, em Staten Island, em 1958, o jovem professor aprendeu a manter os alunos quietos contando-lhes fatos de sua infância pobre na Irlanda. Depois pediu que escrevessem a melhor justificativa de dispensa que conseguissem imaginar. Hoje, aulas de escrita criativa chamam isso de oficina, mas na época nunca se tinha ouvido falar disso, e McCourt estava sempre prestes a ser demitido. "Eles não sabiam que eu estava elaborando as coisas com eles, respondendo àquelas perguntas a respeito de crescer na Irlanda. Eu estava perdido num nevoeiro, escapando lentamente."

Tampouco era uma época fácil para ser professor. Quando McCourt começou a trabalhar, Nova York era um lugar difícil. Gangues enfrentavam-se em brigas que faziam *Amor sublime amor* parecer um vídeo de treinamento. "Eles eram maus e brutais: o racismo. Até os irlandeses e os italianos brigavam. Se era uma gangue de negros, eles nem sequer eram considerados oponentes dignos. Se ousassem sair do Harlem ou de Bedford-Stuyvesant, os irlandeses os espancavam brutalmente. Mas os italianos e os irlandeses se respeitavam."

No entanto, não havia apenas ódio racial no ar. "Era uma sociedade bastante rígida", lembra McCourt. "Isso ainda era no pós-Segunda Guerra: Eisenhower no governo, o país bastante próspero, mas havia esse sentimento de que o inimigo estava por ali. E então, surge o Vietnã. Aqueles garotos eram os que iam para lá e voltavam dentro de sacos."

Ele explica que "quando você se formava na faculdade e se tornava professor, ficava isento do serviço militar. Então tínhamos meia dúzia de professores na Stuyvesant [sua escola seguinte] que só estavam ali por causa do Vietnã. Não tinham muito interesse em ensinar. E sempre se queixavam. Estavam na melhor escola da cidade, e tudo o que faziam era se queixar. Achei que eu estava no céu".

McCourt levou dez anos só para chegar até a Stuyvesant, que ainda é uma das melhores escolas na cidade, e gratuita. Ele mesmo teve de entrar pela porta dos fundos, em 1968, como professor substituto, e por fim tornou-se parte do corpo docente. Dentro de poucos anos, era tão popular que havia filas de espera para suas aulas, e artigos a seu respeito eram publicados no *New York Times.* No total, ele calcula que deu aulas a cerca de 11 mil alunos.

Mesmo assim, apesar desse sucesso, a seção maior de *Teacher Man* focaliza seus anos na McKee, quando ainda estava aprendendo, e ele e os alunos se encontravam num plano semelhante. Assim como eles, McCourt sempre fora um pobre-diabo, mesmo depois de se mudar para os Estados Unidos. "Achei que tudo seria diferente nos Estados Unidos", diz ele. "Não era." Ele já havia trabalhado nas docas e enfrentara momentos duros. Não era difícil para McCourt imaginar como as crianças se sentiam, presas na escola.

"Eu sabia como me sentiria naquela turma", diz ele. "Eu *odiava* a escola na Irlanda." McCourt sabia que tinha de se valer de medidas desesperadas para atingir determinadas crianças. Uma delas, lembra ele, tinha uma deficiência e andava de capuz por toda parte. McCourt o conquistou ao encarregá-lo de cuidar de alguns milhares de potes de tinta na sala de arte. "Eu tinha de dar a ele alguma coisa que o mantivesse ocupado", explica McCourt, estremecendo. "E depois ele foi para o Vietnã, e nunca mais ouvi falar dele."

Na McKee, McCourt começou pela primeira vez a escrever suas memórias e histórias que ele temia que se perdessem. Mas na Stuyvesant, onde os alunos eram tão sérios que, se mandasse que fizessem um ensaio de quinhentas palavras, eles entregavam o dobro, começou a pensar mais sobre escrever. Sua postura em relação ao ensino também mudou. "Eu costumava dizer às crianças: 'Isso agora é para mim'", diz ele, sem brincar. "Eu ia aprender mais que eles. Isso os fazia ficar atentos. Era um desafio."

Ocasionalmente, os alunos se queixavam de que para eles era mais difícil escrever, porque não foram criados na pobreza na Irlanda. Ele sempre discordava. "Você não tem de lutar contra touros na Espanha, como Hemingway, para escrever alguma coisa que preste, nem ir para a guerra. Está tudo bem embaixo do seu nariz."

Graças a essas duas memórias, um Prêmio Pulitzer, a versão para cinema de *As cinzas de Angela* e o fato de ele ainda passar parte de seu tempo em Nova York, nem todos os alunos de McCourt desapareceram de baixo de seu nariz, mais de dez anos depois de ele se aposentar. "Oh, eu tenho notícias deles", conta, as sobrancelhas erguidas, sugerindo um volume grande de correspondência. "Encontro-os na rua. Alguns me enviam livros e manuscritos."

McCourt sabe que, em parte, a explosão de livros de memórias se deve a ele — ou veio graças a ele —, mas acha que a cultura já ia nessa direção antes de começar sua segunda carreira, aos 66 anos. "Isso já estava no ar. Aparecia nos programas de entrevistas diurnos, onde você via aquelas pessoas no Jerry Springer, aquelas pessoas patéticas contando suas vidas. E agora você vê isso tudo com os *reality*. As pessoas querem histórias reais."

Como acontece com muitas memórias best-sellers, de *The Liar's Club*, de Mary Karr, a *Um milhão de pedacinhos*, de James Frey, houve dúvidas a respeito da veracidade das memórias de McCourt. Algumas pessoas em Limerick alegaram que ele inventara trechos inteiros de *As cinzas de Angela*. Hoje ele não se importa mais com isso. "Sempre penso numa coisa que Gore Vidal disse. Ele falou que uma biografia é uma tentativa de respeitar os fatos, mas uma memória é sua impressão pessoal deles. Esses livros são as minhas impressões sobre o que aconteceu — e não posso me lembrar de cada conversa, palavra por palavra, então recriei algumas, para ter uma ideia do que aconteceu na época. É uma história." Além disso, acrescenta: "Tenho três irmãos que vão me repreender se eu me desviar do que chamamos de a nossa história."

Não é difícil ver por que McCourt se tornou um alvo. *As cinzas de Angela* passou 117 semanas na lista dos mais vendidos no *New York Times*, foi traduzido para 17 línguas e virou filme. De repente, ele estava rico.

McCourt, que tem casas em Nova York e Connecticut, começou *Teacher Man* como um romance. Depois voltou a Nova York, vindo de Roma, onde estava trabalhando, e deparou com o crítico de livros da *Newsweek* Malcolm Jones. "Eu disse: 'Malcolm, estou tentando escrever esse romance sobre ensinar. Mas estou lutando com ele — não consigo decidir se deve ser um romance ou memórias.' 'Memórias', gritou ele. Eu disse, 'ok, Malcolm', fui para casa e voltei às memórias."

McCourt está bastante acostumado a ser reconhecido na rua. Ele acha a fama lisonjeira, mas, na verdade, ela não lhe virou a cabeça. "Tinha vários irmãos trabalhando no ramo de bares, no Upper East Side, onde apareciam todas essas pessoas fascinantes... como estrelas de cinema", lembra ele. Ele recusou essa vida para ensinar. "Eu não queria olhar para trás, para isso: uma série de aventuras em bares. No último dia de minha carreira de professor, eu estava sentado no meu apartamento, tomando uma taça de vinho, pensando: 'Fico feliz por ter feito isso — por ter me tornado uma pessoa útil, por ter aprendido alguma coisa.'" McCourt sabe que esse caminho não é para todos. Ele lembra como uma de suas tarefas menos populares no Stuyvesant era pedir aos alunos que imaginassem chegar em casa, do colégio, para contar a seus pais que tinham resolvido se tornar professores. “Oh, eles ficavam em alvoroço com isso. ‘Apenas um professor’, era essa a expressão. E você ganha um salário patético. Não haveria um pai no mundo que ficasse contente com a notícia.”

Novembro de 2005

Sebastian Junger

SEBASTIAN JUNGER *é jornalista e documentarista norte-americano. Ele cresceu em Belmont, Massachusetts, nos anos 1960, à sombra do Estrangulador de Boston, cuja história transformou em livro,* A Death in Belmont, *em 2006, ano em que o conheci. Formado pela Wesleyan University, onde estudou antropologia cultural, desde cedo se sentiu atraído pelas situações extremas. Depois de ter sido ferido num acidente com uma serra elétrica, enquanto trabalhava numa empresa de remoção de árvores, começou a se concentrar no jornalismo, especificamente em pessoas com tarefas perigosas. Ele é mais conhecido pelo best-seller de 1997,* A tormenta, *que conta a história da malfadada viagem de um navio pesqueiro de Boston.* Fire *(2001), coletânea de artigos sobre alguns dos locais mais perigosos do mundo, de incêndios florestais no Oeste americano a Libéria, Serra Leoa, Kosovo e Afeganistão em tempos de conflito. No mundo movido a adrenalina das revistas chamativas e suas matérias sobre guerra, a narrativa de Junger é notável por sua determinação lúcida de contar a história das pessoas envolvidas. Em 2010, voltou de um período de reportagens no Afeganistão com um relato de tirar o fôlego, entre 2007 e 2008, com a 173ª brigada Aerotransportada, em que discutia a excitação sexual e emocional da guerra, e, ao mesmo tempo, o dano que ela provoca.*

São dez da manhã no West Side de Manhattan, e Sebastian Junger já parece esgotado. Quarenta e quatro anos, vestido num terno de agente funerário e óculos escuros esportivos, o autor de *A tormenta* e outros livros entra no salão vazio de seu bar preferido, The Half King, e senta-se pesadamente. A garçonete traz café e volta quatro vezes para encher sua xícara enquanto ele fala.

"Lembro quando eu servia mesas", diz Junger. "Eu costumava acordar no meio da noite e pensar, me esqueci de levar a conta à mesa D2! Eles estão trancados no restaurante, ainda à espera da nota. Faço o mesmo com o jornalismo."

Junger tem muito no que pensar, porque *A Death in Belmont*, seu livro sobre o caso do Estrangulador de Boston, fez com que surgisse uma série de pessoas atrás da verdade. Isso não tem a ver com a quantidade de leitores que ele tem, enorme graças ao best-seller de 1997, *A tormenta*. Tem a ver com as memórias de James Frey, *Um milhão de pedacinhos*, que continha algumas falsidades. Todo o alvoroço plantou sementes de dúvida sobre qualquer um que escreva bem demais a respeito de eventos reais.

A Death in Belmont pode ser lido como outro "romance de não ficção" que deixou as pessoas alvoroçadas quarenta anos antes: *A sangue-frio*, de Truman Capote. As similaridades começam com o crime, ou suas características insondáveis. Entre junho de 1962 e janeiro de 1964, pelo menos 11 mulheres foram assassinadas na região de Boston, todas por um suspeito que passou a ser chamado de Estrangulador de Boston. Cada uma foi atacada dentro da própria casa e sufocada com a própria roupa. Muitas foram estupradas. As primeiras seis tinham idades entre 55 e 85 anos, levando os investigadores a pensar que havia um complexo materno em ação. Até surgir a vítima número sete, Sophie Clark, de 20 anos.

Ninguém foi condenado no caso, porque em 1965, enquanto era julgado por roubo e ofensas sexuais, Albert DeSalvo confessou ser o Estrangulador de Boston. Mas ele se enganou nos detalhes dos assassinatos, repetindo às vezes os mesmos erros relatados nos jornais. Outras vezes, simplesmente inventava. No fim, DeSalvo foi para prisão perpétua e morreu em 1973, em sua cela, ao ser apunhalado no coração.

Junger nasceu no subúrbio de Belmont, nos arredores de Boston, em 1962, de modo que o caso esteve sempre presente em sua vida. Muito presente, aliás: naquele mesmo ano, sua mãe começou a construir um ateliê de pintura no quintal. Entre os operários estava DeSalvo, que uma vez tentou atraí-la para o porão.

"Minha mãe disse a ele que estava ocupada", escreve Junger, "e depois trancou a porta do porão com ferrolho". Isso pode ter salvado sua vida.

Em março de 1963, Bessie Goldberg, uma mulher de meia-idade, foi estrangulada na sala de estar de sua casa em Belmont, depois estuprada. Seu faxineiro, Roy Smith, foi preso e condenado à prisão perpétua. Ele morreu de câncer no pulmão em 1976.

Junger sempre se perguntou se Roy Smith era realmente o assassino de Goldberg.

"Em última análise, o que realmente me intrigava no caso", diz ele, "era se eu podia escrever um livro sem descobrir a verdade absoluta. Se você pode provar que o negro não cometeu o assassinato há quarenta anos, esse é um livro muito óbvio para se escrever. Então, aqui está tudo o que consegui descobrir, tudo significativo a respeito do caso. O que vocês acham? Isso é exatamente o que o sistema judiciário faz. Afinal, cada pessoa traz um viés diferente à coisa. Mas quando você tem doze pessoas, instruídas ou sem instrução, mecânicos, advogados, o consenso médio de fato é bastante exato. É assim que espero que meu livro funcione."

Há divergências. No *New York Times*, o professor da Universidade Harvard Alan Dershowitz elogiou a dinâmica do livro, mas levantou algumas questões: "Embora ele reconheça que 'muitas vezes é simplesmente impossível conhecer a verdade', ele faz muita força para encaixar os fatos mais controversos no desfecho de sua narrativa."

E há uma discordância ainda maior de Leah Goldberg, a filha da vítima, que alega que Junger entendeu muita coisa de modo errado, inclusive pondo-a no tribunal enquanto o veredicto de Smith era lido, e não em casa, assistindo à cobertura do assassinato de Kennedy, onde ela diz que estava. Além do mais, observa ela, "eu gostaria que meus pais descansassem em paz".

Junger entende o quão delicada é sua situação, a importância da exatidão e o que significa falar com alguém que sofreu uma profunda perda. Ele aprendeu isso entrevistando viúvas da tripulação do pesqueiro perdido na tempestade, e nas reportagens sobre refugiados de guerra em Serra Leoa.

"A primeira coisa que você tem de fazer é dizer: 'Ouça, meu respeito por você vai ser sempre o mesmo, imutável. Mesmo que eu não entenda totalmente o que você passou, considero tudo muito importante. Preciso saber o que realmente ocorreu, e é por isso que estou aqui.' E você de alguma forma tem de sentir que na verdade não sabe de nada. Que nunca será possível entender exatamente o que significa ter sua mãe assassinada."

Junger deu duro para proteger suas histórias das dúvidas geradas pelos fatos. "Tive de contratar meu próprio checador de informações", diz ele, notando que, nas editoras americanas, os livros são verificados sob o aspecto legal, mas muitas vezes não recebem uma edição tão rigorosa quanto as reportagens em revistas. "Além disso, dei o livro ao advogado de defesa e ao promotor do julgamento. Há três tipos de imprecisão no jornalismo. Há o erro insignificante. Você escreve um nome errado, por exemplo; ele não tem impacto nem na premissa, nem na conclusão. É puramente acidental. Depois, há o erro significativo, que também não é intencional, mas muda o teor daquilo que você está escrevendo. Os repórteres do *New York Times* fizeram, por exemplo, uma longa e espetacular matéria sobre o homem encapuzado em Abu Ghraib. Era uma grande matéria, mas haviam falado com o sujeito errado. Isso é um erro significativo. Muda a essência da matéria, mas eles não fizeram isso de propósito. O Iraque é um mundo complexo, muitas vezes confuso; ninguém tem carteira de identidade. E há a distorção intencional, e esse é o pecado mortal do jornalismo. O que o público precisa saber, assim como as pessoas que discutem essas questões, é que cada erro é de uma natureza diferente, e é preciso saber distinguir entre eles, ou você vai acabar crucificando alguém no ramo literário ou jornalístico por haver cometido o tipo de erro que os jornais cometem todos os dias. Isso não é justo; não é exato."

O que é realmente assustador, então, em *A Death in Belmont* é que o livro revela que essas mesmas diferenças tornam obscuro o sistema de justiça criminal, onde, no final de cada dia, há muito mais coisa em jogo.

Abril de 2006

Geoff Dyer

O britânico GEOFF DYER *é ensaísta, romancista e crítico literário premiado. Nascido em Cheltenham, com pais de classe operária, frequentou escolas locais até ganhar uma bolsa de estudos para o Corpus Christi College, em Oxford, onde estudou literatura inglesa. Nos anos 1980, viveu um período de seguro-desemprego, que descreveu nas memórias "On the Roof", um ensaio notável para a revista* Granta. *Fez sua estreia literária em 1987, com* Ways of Telling, *um curto estudo sobre a obra de John Berger. Dyer levou a sério a inquietação de Berger com a forma e na década seguinte publicou dois romances (*The Colour of Memory, *1989, e* The Search, *1993), um livro inclassificável sobre o jazz (*But Beautiful, *1991), uma reflexão sobre a memória e a Primeira Guerra Mundial (*The Missing of the Somme, *1994), e outro a respeito de não escrever um livro sobre D. H. Lawrence (*Out of Sheer Rage, *1997). Nessas obras, Dyer criou a imagem de um diletante engajado, um* flâneur, *um autodidata tranquilo. Seus textos sobre fotografia,* O instante contínuo: uma história particular da fotografia *(2005), e seu livro sobre tudo e qualquer coisa,* Otherwise Known as the Human Condition *(2011), renderam-lhe vários prêmios. Conversei com ele quando outro livro inclassificável estava sendo publicado,* Ioga para quem não está nem aí *(2003), peculiar por ter sido publicado antes como não ficção (nos Estados Unidos) e depois (no Reino Unido e além) como ficção.*

Sempre que Geoff Dyer acha que está numa rotina, ele empacota seus pertences e bota o pé na estrada. Desse modo, o romancista e crítico de meia-idade mais antenado da Inglaterra já deu a volta ao mundo várias vezes, morando por toda parte, de Nova York a Nova Orleans, de Roma a Paris, escrevendo sobre suas viagens em uma não ficção com fortes traços ficcionais, ou uma ficção fortemente autobiográfica.

"É essa questão da importância de algum outro lugar", diz Dyer, aos 44 anos, por telefone, de sua atual base, sua casa em Londres. "Digamos que você esteja muito puto com tudo. O conselho clássico é sair de casa e dar uma caminhada por uma hora. Eu apenas expandi a escala."

Essa estratégia para manter as coisas frescas seria sensata, não fosse pelo fato de que uma cidade nova em geral joga Dyer, de forma calamitosa e hilária, para fora dos trilhos. Quando ele se mudou para Paris, no começo dos anos 1990, a fim de escrever um romance nos moldes de *Suave é a noite*, acabou produzindo três livros — todos a respeito de um homem que cai exausto e não escreve um livro. Agora Dyer reuniu histórias de outras de suas iniciativas abortadas — em Bali, Camboja e Roma, entre outros lugares — e apareceu com *Ioga para quem não está nem aí*, coletânea de ensaios sobre a atração por outros lugares que não o seu, e os prazeres de apenas existir. Se você é o tipo de pessoa que às vezes pensa em desaparecer no meio da multidão de alguma cidade europeia, aqui está sua bíblia.

O primeiro texto do livro, "Deriva horizontal", começa com Dyer e uma namorada indo de Los Angeles a Nova York para entregar um carro. Os dois usam o automóvel de graça, como meio de conhecer o interior, exatamente como Dean Moriarty e Sal Paradise fizeram quatro décadas antes em *Na estrada*, de Jack Kerouac. Durante o trajeto, passam por Nova Orleans, uma cidade de que Dyer gosta tanto que mais tarde volta e mora lá durante três meses.

As histórias que se seguem são como um jogo de amarelinha intercontinental, na companhia de amantes de nomes estranhos — uma se chama Dazed, outra se apelida Circle — e amigos que realmente curtem suas drogas psicotrópicas. Um capítulo gira em torno de um dia encharcado de chuva, em que passa chapado por cogumelos em Amsterdã; outro em Paris, onde Dyer convence uma amiga a fumar um pouco de *skunk* (um gênero potente de maconha), fazendo com que ela fique mais doida do que qualquer um deles esperava. O artigo que dá título ao livro detalha uma viagem que Dyer fez pelo Sudeste Asiático, onde ele encontrou uma série de pessoas fazendo uma espécie de "autojornada". Todos estavam ocupados demais fritando os próprios miolos para se preocupar com algo mais físico, como ioga. Como piada, Dyer tem a ideia de escrever um livro de autoajuda para esses egressos da vida convencional.

Essa série de vinhetas pode muito bem ser confundida com cenas da vida durante a loucura dos anos 1960. Mas, para que *Ioga* não torne Dyer o herói dos boêmios pelo mundo afora, o autor indica que os eventos descritos no livro não aconteceram necessariamente como foram escritos. "Tudo bem, estão a poucos centímetros de como aconteceram", explica o autor, que é cuidadoso em manter ocultos os detalhes de sua adaptação. "Mas a arte toda está nesses poucos centímetros."

Dyer condensou linhas do tempo, mudou nomes ou simplesmente inventou coisas. "Alguém me pergunta", lembra Dyer, "se é constrangedor revelar esse tipo de coisa a seu próprio respeito. E, de um modo um tanto estranho, eu me sinto mais constrangido falando a esse respeito pelo telefone, porque quando sou 'eu' falando no livro, meio que não tem nada a ver comigo".

Além de dar a Dyer um anteparo atrás do qual ele possa se esconder — oficialmente, ele se casou há dois anos e meio e, segundo ele, o outono de seu uso de drogas se transformou em inverno —, sair do discurso oficial o ajuda a dar uma forma narrativa a suas viagens, muitas vezes sem formas definidas. Desse modo, ao longo de 250 páginas, *Ioga* mapeia uma viagem da agitação existencial até chegar à "Zona", que, explica Dyer, significa "um lugar de perfeita satisfação — um lugar onde a possibilidade de haver outros lugares não é uma incitação ou um tormento".

Alcançar esse estado de beatitude e transformar a busca em uma boa história são duas coisas distintas. Felizmente, Dyer consegue fazer ambas. *Ioga* está cheio de descrições elaboradas, líricas, sobre não fazer nada em Roma, ou jogar intermináveis partidas de pingue-pongue em Bali. Há até panegíricos aos seus sapatos preferidos — Tevas —, que o acompanham em todas as viagens.

Outro escritor poderia fazer o leitor bocejar durante esses trechos; o que acontece, no entanto, é que desaceleramos para saborear a prosa vívida de Dyer e a forma como constrói suas frases. O cuidado com a linguagem é contagioso: o leitor começa a tratar esse livro como Dyer os faria tratar a vida — de modo atrevido, lânguido, sem sequer olhar para o relógio.

Mas o livro também contém notas de angústia, que ocorrem frequentemente com o autodesprezo que surge nesses momentos de ócio. "Sempre há o medo", admite Dyer, "de que eu esteja apenas sendo preguiçoso".

Como não há um nome para a mistura de não ficção e ficção que Dyer está aperfeiçoando, muito menos uma categoria para isso nas estantes da livraria, a insegurança assombra constantemente o escritor.

"Digamos que você esteja escrevendo um romance", diz ele. "Pode estar indo bem, ou indo mal, não interessa — pelo menos você sabe que vai resultar num romance. Minha ansiedade é redobrada pelo fato de que eu não tenho ideia do que [um projeto] vai ser."

Mesmo que possa ser mais fácil voltar a escrever em gêneros convencionais, Dyer imagina se algum dia vai escrever outro romance (até agora, escreveu três, sendo que o último é *Paris Trance*, de 1999). Ele imagina que, como *Out of Sheer Rage*, seu livro a respeito de não conseguir escrever um livro sobre D. H. Lawrence, seus futuros projetos surgirão de alguma obsessão, de um tipo ou de outro. No momento, ele está escrevendo um livro sobre fotografia, um tema que aborda aqui e ali em *Ioga*. Até agora, diz ele, não está indo muito bem. "Eu simplesmente não consigo ver onde vai acabar", diz ele, desanimado.

Não é de surpreender que Dyer agora tenha direcionado seu olhar sobre outra cidade: São Francisco, onde passou alguns meses recentemente, durante o período sabático de sua mulher. É só mencionar o lugar, e a voz de Dyer passa para tons melífluos, provando que mesmo depois de escrever *Ioga*, a Zona, aquele lugar além do tormento e da tentação, é elusivo como sempre.

"Eu ficaria chateado se não acabasse me mudando para lá", diz Dyer, com a voz sumindo. "Inacreditavelmente trágico. Eu sinto, em algum nível, que é o meu destino."

Janeiro de 2003

A. S. Byatt

A. S. BYATT *é romancista, contista e crítica inglesa, nascida em Sheffield. O pai era do Conselho da Rainha, e a mãe, professora da Browning. A própria A. S. Byatt se tornou professora, nos anos 1960, quando a presença de uma mulher na academia era coisa pela qual se tinha de lutar. Seu romance de estreia,* The Shadow of the Sun, *foi publicado em 1964, quando ela ainda não tinha 30 anos. Mais tarde, Byatt transformou em ficção seus primeiros anos na academia, com uma tetralogia autobiográfica, começando com* The Virgin in the Garden *(1978) e terminando com* A Whistling Woman *(2002). Tornou-se best-seller com a publicação de seu romance de 1990,* Possessão, *que entrelaça a história de um romance poético vitoriano com a história de estudiosos contemporâneos em busca de resquícios literários desse antigo caso de amor. A. S. Byatt é também autora de várias coletâneas de contos, que tendem a ser tão sombrios e misteriosos quanto seus romances são altaneiros e sardônicos. Apoiando generosamente jovens escritores, Byatt é uma das poucas conexões vitais entre a universidade e o público geral no Reino Unido e certamente está entre as mais brilhantes.*

"Se eu não estivesse aqui, estaria com um grupo de pessoas discutindo 'A ciência é nossa nova mitologia?'", diz A. S. Byatt em Nova York. Tal é a vida de uma polímata. A autora de 68 anos foi convidada para um programa de rádio no Reino Unido, mas, em vez disso, voou para os Estados Unidos, para uma palestra e uma série de leituras.

"Minha palestra é sobre uma coisa em que penso muito", diz Byatt, com os olhos grandes e atraentes. "Penso em como os personagens literários se tornaram mais magros desde o desaparecimento do cristianismo."

Esse reconhecimento do dom do cristianismo ao romance pode parecer uma concessão estranha, vindo de uma quacre nata, mas A. S. Byatt sempre foi uma pensadora notavelmente livre de ideologias. Ela estudou inglês em Cambridge, numa época em que a literatura discutia aspectos da vida, e não o contrário, o que deixava Byatt livre para formar suas próprias interpretações sobre o significado de um livro. Ou, como ela gosta de dizer, quando lhe perguntam quem era seu personagem modelo quando era menina: "Fui criada para acreditar que você deve descobrir as coisas por si mesma."

Essa mistura de impaciência com ideologia e autoconfiança enérgica poderia explicar por que A. S. Byatt se divertiu tanto alfinetando as suposições sagradas da academia em seu arrasador livro de 1990, vencedor do Booker Prize, *Possessão*, ou reprovando a profissão de Boswell em *The Biographer's Tale*. Esses dois romances tiveram uma alegre vitória sobre os efeitos embotadores da teoria: não importa quanta ferramenta teórica se use para dissecá-los, o brio da narrativa de Byatt os mantém inteiros, cheios de arte e mistério.

Não é de surpreender que Byatt tenha uma teoria mais ampla sobre o triunfo da arte de contar histórias na ficção britânica. "A literatura britânica subitamente começou a florescer nos anos 1970 porque os romancistas se deram conta de que não davam a mínima para a teoria literária. Ou para os críticos", diz ela. "E começaram a contar histórias. E os críticos continuavam a dizer coisas como: 'As histórias são vulgares. Tudo no mundo é aleatório, fortuito, um grande miasma.' Enquanto isso, os contadores de histórias — gente como Salman Rushdie e Angela Carter — continuaram a contá-las."

Byatt deu um jeito de amenizar essa divisão durante mais de uma década, como professora universitária, e continua fazendo isso em sua obra (ela até agora publicou cinco volumes de crítica). Seus interesses ensaísticos alimentam sua ficção, e vice-versa: ler e escrever permanecem sendo a mesma atividade para ela. Embora já não ensine mais (desde 1984, "um ótimo ano para se abrir mão de alguma coisa", diz ela), continua a se interessar pelo trabalho de escritores mais jovens: gente como Adam Thirlwell, David Mitchell (que conheceu quando ele ainda vendia livros na Waterstone's) e Lawrence Norfolk, que ela acha "que tem tudo para ser um grande romancista".

"O romance britânico está atravessando uma fase maravilhosa nesse momento", comenta ela, animando-se com o tema e admitindo que romances como *Brick Lane*, de Monica Ali, e *Dentes brancos*, de Zadie Smith, incorporaram uma espécie de reportagem de estilo americano. "Como nos Estados Unidos, o romance está se tornando representativo da sociedade, não é apenas a respeito dela."

Para conectar Monica Ali com John dos Passos é necessária alguma engenharia crítica, mas Byatt parece gostar desse trabalho. Análises sobre seu próprio trabalho normalmente ricocheteiam no ozônio literário e vão parar em lugares inesperados, como Dame Edna Everage. "Se eu fosse um tipo diferente de escritora, escreveria uma história a respeito de como ela amedronta Barry Humphries", diz, num tom travesso.

Estou prestes a encorajar A. S. Byatt a ir adiante e executar essa ideia, mas percebo que isso teria de esperar numa longa fila. "Tenho um caderno", diz ela, "com uma lista de mais umas dezoito histórias que vou escrever nesse momento. Assim, por exemplo, quando criei o título *The Little Black Book of Stories*, selecionei ideias que estavam no meu livrinho preto e as escrevi".

Como os contos de fada sombrios que Lewis Carroll poderia ter escrito se seu público fosse inteiramente adulto, *The Little Black Book of Stories* representa o avesso da coletânea mais solar de A. S.

Byatt, *Elementals*, publicada em 1998. Antes desse volume, vieram outros três. "Tenho um conto chamado 'Arachne'", diz Byatt, "do qual gosto bastante, e estou tentada a escrever outras histórias para acompanhá-lo, para que eu tenha um livro com ele dentro. Mesmo assim, toda vez que digo à minha editora, 'Não dá para fazermos uma coletânea de contos?', ela diz, 'Dá, sim, já estou montando uma coletânea na minha gaveta'."

Por um momento, A. S. Byatt não parece muito diferente da criança petulante que com certeza foi, a asmática que passava o tempo todo na cama lendo Austen, Dickens e Scott, e inventando suas próprias tramas. Naquela época, os contos não a inspiravam — e não a inspirariam ainda por algum tempo. "Se você me perguntasse, vinte anos atrás, se eu podia escrever um conto, eu teria dito que 'não, não posso'."

Mesmo assim, depois da morte de seu filho mais novo, em 1972 — vítima de um acidente automobilístico envolvendo álcool —, alguma coisa mudou em Byatt. Ela tinha aceitado uma vaga de professora no University College, em Londres, para pagar as mensalidades do ensino dele, mas ele morreu na semana em que ela começou no emprego. De algum modo, ela sentiu que havia tornado aquele pesadelo real. "Não parecia um acidente; parecia alguma coisa que eu mesmo causara ao pensar naquilo."

Como resultado dessa perda e de uma década e meia de reflexão, ela passou a acreditar que havia mais na narrativa do que apenas realismo. O único problema era que tinha começado uma tetralogia de romances a respeito de uma professora que se torna romancista, chamada Frederica Potter.

"Eu já tinha me tornado uma escritora bastante diferente, mas eu *estava devendo* aqueles livros", diz Byatt. "Eles precisavam ser escritos, de modo que fiz um monte de acordos e um monte de descobertas a respeito de como encaixar coisas no realismo inglês que não faziam parte do realismo, como todos os terríveis contos de fadas de *Babel Tower*."

Talvez seja por isso que os contos de Byatt sejam a ponte mais acessível entre seus impulsos críticos e criativos. Seus grandes romances, *Possessão* e *Babel Tower*, fisgam os leitores para a discussão de questões intelectuais, enquanto seus contos são pura sedução — eles retiram as paixões da mente de A. S. Byatt e as colocam numa espécie de ação ominosa.

Estou prestes a compartilhar essa teoria com Byatt, mas ela chega antes, com mais uma teoria própria. Ela voltou à sua palestra e me explica como o vazio pornográfico de *O animal agonizante,* de Philip Roth, não é um fracasso, mas uma declaração. "Eu me dei conta de que Roth está dizendo que sem religião ficamos reduzidos ao sexo e à morte." Ela deixa isso sedimentar durante algum tempo, e então é hora de ir embora.

Para terminar, ela pergunta: "O que devo ler esta noite?" Vou responder, mas, antes de abrir a boca, percebo que essa é uma pergunta não só a mim, mas a ela mesma. E assim, em vez disso, guardo meu gravador, e no silêncio não embaraçoso de uma conversa completa, eu vejo, ou acho que vejo, seu rosto se acomodar numa expressão de alguém que tomou sua decisão.

Março de 2005

Jennifer Egan

JENNIFER EGAN *é uma contista e romancista americana cujo trabalho atravessa igualmente gêneros e décadas. Nascida em 1962, em Chicago, cresceu na Bay Area e começou a publicar ficção ao final dos vinte anos. Sua coletânea de estreia,* Emerald City *(1993), pula de um continente a outro, retratando mulheres que tentam, e não conseguem, crescer num mundo que não foi projetado para protegê-las. Ao lado de Don DeLillo, ela é a romancista americana com interesse mais profundo pela cultura da imagem, e seus quatro romances seguem suas variações através do movimento da contracultura (*The Invisible Circus, *1995), do terrorismo (*Look at Me, *2001), e da indústria musical (*A visita cruel do tempo, *2010), sendo que este último entrelaça magistralmente os gêneros, ao mesmo tempo que discute questões morais. Esse livro lhe rendeu o Prêmio Pulitzer.*

Eu a encontrei numa tarde de sexta-feira com neve no Brooklyn, onde ela mora com o marido e dois filhos, depois de finalmente terminar o que acabou sendo uma infindável turnê mundial incentivada pela repentina popularidade do livro.

Até os 35 anos, Jennifer Egan costumava ter fantasias a respeito de se tornar uma policial. "Meu marido ficou aliviado quando a data limite passou", brinca a romancista de 50 anos, sentada num bistrô do Brooklyn, referindo-se à idade máxima para o exame no departamento de polícia de Nova York. "Mas eu adorava tudo aquilo, as histórias, os crimes e a farda, sim, a farda."

Não é difícil imaginá-la com um distintivo. Egan tem um tipo de beleza dura, com o cabelo louro tornando-se ligeiramente grisalho. O calor de seu rosto é quase o desdobramento de algo adverso.

Se a fantasia tivesse se tornado realidade, Egan estaria seguindo uma tradição de família. Uma de suas irmãs é advogada, casada com um delegado do Departamento de Justiça dos Estados Unidos. O avô de Jennifer Egan era um policial de Chicago que atuou como guarda-costas de Truman quando ele veio à cidade, mas antes e depois de seu período como presidente. "Ele tinha um cabelo negro como tinta", lembra Egan, rindo, "e só se podia imaginar o que ele estaria tramando".

Entretanto, duas coisas levaram Egan para longe desse possível destino. Seus pais se divorciaram quando ela tinha 6 anos, e sua mãe casou-se outra vez, com Bill Kimpton, um investidor cujo trabalho os levou para São Francisco, onde Egan cresceu nos anos 1970, durante os desdobramentos posteriores dos movimentos da contracultura. Seu padrasto acabou fundando a rede de hotéis Kimpton, em 1981, e hoje é a maior cadeia de hotéis-butique do país. Ele morreu em 2006.

E Egan, claro, passou a vida escrevendo, utilizando a narrativa do crime, de maneira sutil ou direta, em toda a sua ficção. Desde *The Invisible Circus*, seu romance de estreia, em 1995 — que conta a história da obsessão de uma mulher com a morte misteriosa da irmã —, até *A visita cruel do tempo* — uma série de histórias interligadas, que se passam no mundo da música —, vencedor do Prêmio Pulitzer em 2010 seus livros são impulsionados pela ideia de que o mundo não é o que parece.

Muitas vezes, essa quebra da realidade nos livros de Egan é transmitida através do que acontece com mulheres. Seus romances nada têm da sensação sinistra da obra de Joyce Carol Oates, mas neles as mulheres estão frequentemente em perigo, em risco, ameaçadas. Um mundo que, à primeira vista, parece seguro e acolhedor é revelado como sendo tudo, menos isso.

Em "Caixa preta", um conto publicado na revista *New Yorker*, uma espiã infiltrada numa associação criminosa transmite informações para a sua base por meio de um chip embutido em seu cérebro. Narrado na segunda pessoa, o conto se desenvolve em breves imagens, como uma história contada por um telegrama. Na verdade, ele foi publicado sob a forma de série no Twitter da *New Yorker*, ao longo de nove dias.

A forma é mais do que um artifício. À medida que o perigo aumenta, há uma indistinção entre o que a personagem tem de fazer como espiã e o que uma mulher precisa fazer para que gostem dela. "Sua pessoa física é a nossa Caixa Preta", começa a história, tirando seu nome do dispositivo de gravação presente em todos os aviões para manter o registro dos voos. Mais tarde, depois que a espiã tem de dormir com sua presa para conquistar sua confiança, Egan escreve: "Lembre-se de que você não está sendo paga em dinheiro ou espécie por qualquer ato em que esteja envolvida. São formas de sacrifício."

Egan sabe o motivo, já que na maior parte de sua carreira ela refletiu muito, em seus livros, sobre a cultura da imagem e sobre como ela causa impacto nas mulheres. No final de seus anos no terceiro grau, e antes da faculdade, ela trabalhou como modelo. "Ser julgada pela minha aparência me causou um impacto gigantesco", diz ela agora, em parte porque não teve sucesso com isso. "As pessoas me diziam, 'Sua aparência teria sido perfeita alguns anos antes.' Me senti muito mal por ter fracassado."

O insucesso como modelo afetou-a profundamente porque, na época, confirmou algo que ela sentia a seu próprio respeito. "Eu era muito bonita quando menina", diz ela. "Tinha cabelos louríssimos e sabia o efeito que causava nas pessoas. Mas, em poucos anos, mudei, todos nós ficamos mais velhos e, na minha cabeça, eu me tornei um tipo de versão degradada de mim mesma." Ao se tornar adolescente, diz Egan, ela passou a se odiar, como todas as meninas dessa idade.

Isso aconteceu na São Francisco nos anos 1970, e, lembrando-se da época, Egan diz que algumas vezes fica imaginando como conseguiu sobreviver. Ela não era tão louca como outras, mas se assusta com os riscos a que se submeteu. "Comecei a tomar ácido aos 14 anos e a ir a toda parte descalça." Se estivesse atrasada para a escola, ocasionalmente pedia carona.

Grande parte desse ambiente aparece em *The Invisible Circus*, que trata de uma mulher que cresce em São Francisco nos anos 1970, quando o radicalismo do movimento descambou para algo mais pesado, mais difícil. A festa — se é possível chamá-la assim — dos dias da contracultura havia terminado.

"Durante os anos 1970 houve um curioso período de falsa calmaria," diz Egan, referindo-se a São Francisco. "Eu agora sei que houve péssimas consequências, mas sinto-me como se, na época, eu não tivesse percebido. Eu não me dei conta de que eu era uma das consequências."

Egan endireitou bem a tempo. Ela se tornou uma aluna introvertida, preocupada, mas não especialmente boa. Esse quesito podia ser aplicado à futura crítica feminista Naomi Wolf, uma de suas colegas de classe. "Ela era tão formidável na época quanto é agora: parecia que tinha vindo ao mundo já completamente formada."

Depois que o flerte com a rebeldia se foi, Egan se tornou cada vez mais consciente daquilo que ela chama de sua própria ignorância esmagadora. Mudou-se para o Leste, para cursar a Universidade da Pensilvânia, no auge da teoria crítica. O exercício mental era tentador, mas ela ainda ansiava pela experiência real.

"Pensei: 'Não passo outro minuto sem conhecer a Europa.'" Desse modo, durante a faculdade e depois, ela viajava com a persistência de uma pessoa determinada a mapear o mundo e seus limites. Viajou pela África e pelo Extremo Oriente, uma trajetória desordenada que aparece sutilmente na sua primeira coletânea de contos, *Emerald City*.

Por fim, ela se deu conta de que estava fracassando também nisso. "Eu queria ver coisas, mas sempre havia algo mais a conhecer — um novo limite." Egan foi à China nos anos 1980, logo antes dos eventos da praça da Paz Celestial, só para aprender que a coisa mais corajosa a se fazer era entrar no Tibete, o que um amigo dela realmente fez, disfarçando-se de monge. "Pensei, 'Tudo bem, acabou, não posso me equiparar a isso'", diz ela.

Não era o risco que Egan invejava: era a experiência. Por volta dessa época, aos vinte e poucos anos, ela descobriu que havia um meio de finalmente obter o seu precioso tesouro. Poderia inventá-lo. "De certa forma, era a solução perfeita: eu sabia que jamais conseguiria satisfazer a minha ideia de experiência de outro modo."

Egan se tornou escritora de um jeito mundano; frequentou uma oficina de texto. Durante os anos 1980, um editor de ficção da revista *Esquire*, chamado Tom Jenks, criara uma dessas oficinas em sua própria sala de estar. Egan se matriculou e acompanhou suas histórias serem demolidas, uma a uma. Finalmente, levou um conto sobre um editor de fotografia em ação, e Jenks a desafiou a escrever sobre isso de modo frio, sem sentimentalismos.

Ela o fez, e o conto, "The Stylist", acabou sendo publicado na *New Yorker*, uma revista com a qual ela agora mantém um relacionamento de mais de vinte e cinco anos. Outros contos começaram a aparecer em revistas e jornais. Egan estava morando na Inglaterra na época em que os terminou. Ela conhecera seu marido, David Herskovits, diretor de teatro, enquanto estudava em Cambridge. Sua coletânea acabou sendo publicada pela primeira vez ali, em 1993, com o subtítulo "Obras reunidas de Jennifer Egan".

Como costumam ocorrer com estreias, não foi uma largada muito promissora. O livro tinha alguns erros de impressão e não incluía seus melhores contos — eles seriam acrescentados mais tarde, na edição norte-americana. Além disso, na época da publicação, ela se mudara de volta para Nova York. Era o final da era *Bright Lights, Big City*, mas ela não experimentou nenhuma das festas e dos excessos de cocaína da cidade naquela época. "Não posso ter o crédito de não ter ido à festa, eu simplesmente não era convidada. Provavelmente eu adoraria ir. Mas eu não era ninguém."

Além disso, Egan trabalhava como secretária particular para uma mulher excêntrica, a condessa de Romanones, e precisava estar no trabalho de uma às seis todos os dias, no Upper East Side de Manhattan. Nessa época, ela ficou amiga de outro escritor mais velho, que "achava que só tinha um determinado número de livros dentro dele", e isso acabou contaminando-a. "Eu tinha uma noção profunda do trabalho que eu tinha de fazer. De oito ao meio-dia, todos os dias, para escrever; depois disso, eu ficava uma ruína. Não daria para fazer isso tudo com ressaca."

Cada um de seus livros levou cinco ou seis anos para ser escrito. Ela escreve à mão, o que pode parecer uma coisa estranha para uma escritora tão interessada em tecnologia, mas não saberia fazê-lo de outro modo. Além disso, cada um de seus livros é dramaticamente diferente um do outro. "Para escrever, parece que eu tenho de recomeçar tudo do zero", diz ela.

Ela não está totalmente incorreta. *The Invisible Circus* é um suspense literário à maneira de Robert Stone, que Egan diz tê-la influenciado bastante. *Look at Me,* seu segundo romance, é um livro político pós-moderno sobre como as ideias extremas podem levar ao terrorismo. *O torreão*, seu terceiro romance, é uma história neogótica em que todas as coisas que tipicamente acontecem às mulheres nesse gênero — ataque de nervos, confinamento — acontecem, ao contrário, a um homem.

Em *A visita cruel do tempo*, Egan tomou essa inquietude com a forma — sem mencionar a reversão de gênero de *O torreão* — e a transpôs para um nível estrutural. Dividido em uma série de histórias, é um livro que fala de pessoas, ambientado no interior da indústria da música, tendo como temas o tempo e a mortalidade.

Egan começou a escrevê-lo antes de saber que daria um só livro. "Eu continuava voltando a esses personagens", diz ela. Com cada história, ela dava um salto para a frente ou para trás no tempo, e a forma mudava: uma é contada como ficção policial; outra, de forma novelesca. Uma delas é basicamente uma série de slides de

Power Point. Eu pergunto se ela estava tentando conduzir um estudo pós-moderno da narrativa, e ela responde: "Eu estava simplesmente tentando me divertir."

Embora um dos principais personagens do livro seja um homem, e ele se enfureça contra o seu gradual declínio como homem, muitas de suas preocupações — sobre sua aparência, seu peso, sua diminuição de carisma — são em geral atribuídas a mulheres. Egan expressa surpresa quando eu chamo atenção para essa forte linha de pensamento sobre mulheres e poder contido em seu trabalho. Não era algo que ela se propusera a escrever, diz, mesmo quando estava deliberadamente tentando injetar ideias em sua ficção. "Sinto que agora, mais do que nunca, esse é o meu projeto. É mais isso do que pensar a respeito da nossa cultura da imagem, *per se*, que é um dos motivos pelos quais acabei escrevendo sobre terrorismo."

No momento, ela está trabalhando em dois livros, um dos quais é um *noir* ambientado no Estaleiro Brooklyn, em que muitas das personagens, já que se passa durante a guerra, são mulheres. Eu lhe pergunto se ela gosta de tornar histórias enterradas visíveis, já que períodos do passado recente dos Estados Unidos aparecem em toda a sua ficção, e ela responde simplesmente dizendo: "As mulheres são mais facilmente esquecidas."

"Caixa preta" faz parte de outro projeto no qual ela está trabalhando. Egan não tem exatamente certeza de qual direção ele vai tomar, em parte porque este trecho do projeto parece ter reescrito as regras do que pode vir depois. "Eu realmente senti que tinha atingido algum tipo de limite do que um conto pode fazer." Assim, a mulher que se voltou para a escrita para saciar sua fome de experiência chegou aos limites da narrativa. E ela não deve voltar a viajar em futuro próximo. "Acabo de encerrar três anos de viagens por conta de *A visita cruel*", diz Egan, "e é bom, para variar, estar em um só lugar".

Janeiro de 2013

Agradecimentos

Estes artigos foram originalmente publicados, sob formatos ligeiramente diferentes, em *Age, Australian, Believer, Courant, Dallas Morning News, Denver Post, Granta.com, Herald, Independent, Jerusalem Post, Las Vegas Weekly, Los Angeles Times, Metro, Milwaukee Journal Sentinel, Nerve.com, New City, New Zealand Herald, Newsday, Plain Dealer, Poets & Writers, San Francisco Chronicle, Scotland on Sunday, Seattle Times, South Florida Sun Sentinel, St. Louis Post Dispatch, St. Petersburg Times, Star Ledger, Star Tribune, Sydney Morning Herald, Times, Toronto Star, Vancouver Sun* e *Weekly Alibi*. Agradeço enormemente aos editores dessas publicações por me darem a oportunidade de conversar com tantos escritores extraordinários.

Gostaria também de agradecer a Michael Heyward e a Caro Cooper, da Text, que perceberam que isso estava se tornando um livro muito antes de eu o concebê-lo como tal. As edições de Caro os melhoraram imensamente. Quem me dera ter sua mente por perto para resolver outros aspectos da vida. Obrigado, também, a Sophia Efthimiatou por me defender de mim mesmo. Agradeço as leituras preliminares de Ellah Allfrey, Yuka Igarashi, Patrick Ryan e Ted Hodgkinson. Sarah Burnes e Arabella Stein são amigos com os quais é um prazer trabalhar. O apoio deles para este livro foi muito além do encorajamento. Quero também agradecer, e pedir desculpas, à mulher que conviveu com essas entrevistas enquanto elas estavam sendo escritas: muitas vezes tarde da noite, em aviões, trens e carros, durante feriados, e até na luzinha noturna do banheiro em um *bed and breakfast*. Se houve alguma alegria em abrir mão de uma vida de prazos, fora, bem, o sono, foi compartilhar essas horas recém-liberadas com você.

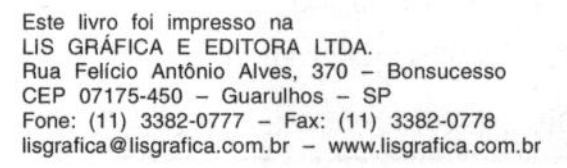

Este livro foi impresso na
LIS GRÁFICA E EDITORA LTDA.
Rua Felício Antônio Alves, 370 – Bonsucesso
CEP 07175-450 – Guarulhos – SP
Fone: (11) 3382-0777 – Fax: (11) 3382-0778
lisgrafica@lisgrafica.com.br – www.lisgrafica.com.br